北京汉阅传播
Beijing Han-read Culture

DIAGNOSIS:IMPOSSIBLE II
EDWARD D. HOCH

吉林出版集团有限责任公司

不可能犯罪诊断书 II

[美] 爱德华·霍克 著
吴非 姚向辉 译

作者自序

每次出席布彻大会①遇见读者和书迷,听他们说起我笔下的某个角色是他们心头最爱,我总是非常开心。我并不在乎他们具体喜欢哪个人物,因为这些年来,我日益明白了萝卜青菜各有所爱的道理。许多人对尼克·费尔维(Nick Velvet)情有独钟,而该系列也是最让我获益的;还有人喜欢扑朔迷离的密室和不可能犯罪,因此成了山姆·霍桑医生的忠实拥趸;有时候,当里奥波德警长(Captain Leopold)的两个故事间隔太久,我便会收到读者抱怨,哪怕我们的好探长这些年一直琢磨着退休;还有些上了年纪的书迷,从一开始就不断支持西蒙·亚克(Simon Ark)——这并不容易,须知第一个西蒙·亚克故事是五十年前写的,那也是我开始一名职业作家生涯的起点。

我认为山姆·霍桑医生得以长盛不衰的原因有二。其一当然是密室和不可能犯罪题材自身的永恒魅力。犹记得当年《埃勒里·奎因神秘杂志》(EQMM)的传奇编辑弗雷德里克·丹奈曾

---

① Bouchercon,目前全球规模最大的推理小说迷聚会,因纪念著名的推理小说家、评论家安东尼·布彻(Anthony Boucher)而设立,首届大会是1970年在圣·莫尼卡举行的。

建议该系列全部包含一些不可能元素，我闻言欣然应允。截至目前，我发表了六十八个山姆医生的故事，而且自认其中绝无创意或解答的雷同。说实话，有时我会觉得若给山姆医生想个新的不可能犯罪，确实要比给尼克·费尔维选个新的东西来偷，来得更加简单一些。

该系列持续红火的另一原因，是这些故事的前后关联。它们按时间顺序娓娓道来，向读者展示了主人公的生活和那个年代的风情。

在我的上一本山姆医生选集里，山姆医生自1922年1月来到北山镇，故事延续至1927年9月。而您现在读到的这本选集，其故事发生时间是1927年秋天至1931年12月。

我陶醉于创作有关山姆医生和北山镇的不可能犯罪故事，只要我和我的电脑运转正常，我就打算一直续写下去。后来，山姆医生结婚了，时值美国投兵"二战"。1943年9月，他的第六十八个故事发生了。

有些读者会问，山姆医生退休后的动向如何？答案是：他小酌一杯，然后又开始给朋友们讲述曾经的那些故事啦！

爱德华·霍克
罗切斯特，纽约
2005年9月

目 录

13	复活帐篷 …………… 001
14	鬼语屋宅 …………… 029
15	波士顿公园疑案 ………… 059
16	杂货店问题 …………… 089
17	法院石像鬼 …………… 115
18	朝圣者风车 …………… 143
19	姜饼船屋 …………… 173
20	粉色邮局 …………… 197
21	八角房间 …………… 221
22	吉卜赛营地 …………… 245
23	私酿贩子的汽车 ………… 271
24	铁皮鹅谜案 …………… 299

不可能犯罪诊断书Ⅱ
Diagnosis: Impossible Ⅱ

13
复活帐篷

"我有没有和你们讲过那次差点因谋杀被捕的经历？"山姆·霍桑医生直起身子，从架子顶上取下一瓶白兰地，开始今天的故事，"那件事绝对令人印象深刻！但是不能责怪警方。谁让案件发生之时，我是唯一看上去有可能犯罪的人呢？当时就我和死者两人，共处一顶硕大的帐篷之下。对，帐篷。那是用来举行宗教复活大会的。我看我还是从头讲起好了……"

★　　★　　★

我觉得故事真正开始的时间——我首次听说宗教复活会这回事——是案发前一周。一位名叫哈姆斯·麦克劳林的退休教授正在撰写一本专著，研究美国人生活中的一些仪式。他邀我至他府上一叙。麦克劳林的谈吐敏捷、流畅，鼓励的话语令我有些飘然，以致我误觉他只是邀请了我一个人来。因此，当我在前门走廊遇见马吉·米勒的时候，难免感到有点意外。她腋下夹着一本剪贴簿。

马吉是一名学校教师，一九二七年秋天刚刚迎来二十九岁生日。因年龄相仿，又都是单身，某些好心人曾有意撮合我们，可惜都未能成功——乡民们采用的办法大都简单粗暴。她是个漂亮的年轻女子，身材也很棒，但我们之间就是没有感觉。我猜是化学反应不对路——时下，有些人就是如此称呼不来电的爱情。那天晚上，在麦克劳林教授家的门廊上遇见她，我的第一反应竟是：又一次精心策划的劝婚阴谋。

"呃，你好，马吉。最近一切可好？"

"山姆医生！想不到能在这里遇见你！"她有些紧张地挪了挪剪贴簿的位置，"你也是来参与哈姆斯·麦克劳林教授的研究项目？"

"看起来大概是吧。"

"他正在访谈一些人，以将谈话内容作为他著作的素材。说实话，他真是一位聪明睿智的老人，简直把我吓到了！有一次他在我们学校散步，走进我的教室时，我都怔住了，不知道该做些什么。自从我驾驶妇女联谊会的彩车参加返乡游行以来，我还没有那么木然地傻站过。我完全——"

门开了，哈姆斯·麦克劳林突然伫立在我们眼前。我觉得我们就像一对在课堂上闲聊的小学生，被老师抓个正着。我率先回过神来，伸出了手："很高兴再次见您，教授，您的腿怎么样了？"

"好多啦，谢谢。"他一直遭受关节炎的折磨，但他领我们进屋的时候,看不出曾经跛足的迹象。

"我带了大学时期保存下来的剪贴簿,"马吉·米勒说着,把剪贴簿放在桌上,"如果你需要的话,可以留着它细细阅读。"

教授向她微微一笑,他深谙如何将他的魅力传递给年轻女性:"我会把它安置在书桌里,会有一天用得着的,马吉。一辈子在哈佛大学教书的经历,真的不足以让我有资格撰写普通美国校园的学生生活。"

"俄亥俄对你来说够普通啦,"她说道,"女生联谊会、男生社团、足球、返乡游行,所有一切。那个和我约会的男生,他有一架尤克莱利琴①和一个扁平小酒瓶——而这还只是禁酒令颁布的头一年!"

麦克劳林教授匆匆扫了一眼剪贴簿里的内容,便把它塞进了书桌抽屉。"大学生活的仪式——我相信一定是丰富多彩的。"他转而对我说道,"如你所知,这将是我书中的一个章节。还有一章是关于上层社会的仪式。蓝思警官将协助我完成法律仪式的章节,而我需要你的帮助,霍桑医生,有关病者和垂死者的仪式。"

"我不知道我是否能……"

"我相信所有生活都是由仪式构成的。我们总是从一套仪式走向另一套,我说的不仅是那些体系完备的宗教仪式。婚礼仪式、商业仪式甚至体育仪式——所有这些都值得深入研究。"

"听上去是个旷日持久的工作。"我评论道。

---

① 一种小型夏威夷四弦吉他,形似班卓琴。

"一点不错！我的出版商预估这本书将有五百页，实际上可能更厚。我已经收集了成堆的研究资料。"他用手在书桌上比画了一圈，我这才发现桌上有大堆的马尼拉文件夹①、待回复的信函，还有厚厚的卷宗。卷宗的页边露出一些小纸条，标注着重要文字的页码。

"恐怕那本剪贴簿里，大部分都是我的一些照片。"马吉说道，她有点被学术资料的数量给吓坏了。

"所以我才需要剪贴簿——给学术研究补充些娱乐性嘛。"

"我可没有剪贴簿提供给您，"我告诉教授，"您希望从我这里得到什么呢？"

哈姆斯·麦克劳林从桌上拿起一张传单："你在镇上见过这东西吗？下周四晚上有一场宗教复活会，将在露天市场的帐篷里举行。有个叫乔治·耶斯特的男子，带着妻子和七岁的儿子在东北部旅行。他宣称只要他的孩子把手放在病患身上，就能够治愈疾病。"

"太可笑了！"马吉·米勒情绪激动，"你相信这种鬼话吗，山姆医生？"

"当然不信。"

"这个男的应该被抓起来！"

"我相信蓝思警官会照顾他的。但我要演的角色呢，教授？"

麦克劳林在椅子里调整了坐姿："我希望你能陪我去参加这

---

① 最初制作这种文件夹时，原料都是马尼拉麻，其颜色通常是米黄色。

个宗教复活会,霍桑医生。我想了解你对事件的第一印象。按照我的理解,这些活动中包含了大量的宗教狂热。"

"我又不是神职人员。"

"但你是个医生,你能告诉我这些所谓的治愈是否真实可信——我需要的其实是这个。你认识这里的每一个人,尤其是病人们。"

"倘若治疗是真实有效的呢?"

"那将会支持我书中的一个论点:美国的仪式具有巨大的精神力量。"

"我开始跟不上您的思路了,"马吉说,"要是没有别的事情,教授,那我先走啦。"

他笑着送别马吉:"谢谢你,马吉。我敢肯定你的照片和剪报会对我大有帮助。"

临走前,她朝我投来注视的目光,但就算其中包含着些许特殊的喜爱之情,我依然视而不见。

"再见,马吉。回见。"

"很不错的姑娘。"只剩我们两人之时,哈姆斯·麦克劳林挑起话题,"她会是个好妻子的。"

我权当没听见。

周四,我驾车载着护士爱玻如约前往哈姆斯·麦克劳林的家。"想象一下,我们去参加这样一个热闹的聚会,山姆医生,"她说道,"人们看到你在那儿,准会认为你想到了什么新的治疗手法。"

"兼听则明,爱玻。天知道我能否给费尔·拉夫提或珀利·亚伦斯带去治病良方。"

"我听说他们今晚都会来的。"

"我相信那复活会只不过是病人的黄粱一梦罢了。"拉夫提六十多岁了,患有某种血液病;而珀利·亚伦斯因背部疾病,几乎成了跛子。我没能帮助他俩康复,所以我很怀疑一个七岁小孩能做的事情。尽管如此,麦克劳林的仪式理论也许自有其道理。

"我们到了,"爱玻说,"怎么回事,你差点开过头!"

"我在想别的事儿。"

"莫非是米勒姑娘?我听说你俩某晚共处时被人看见了。"

"就在麦克劳林的前门门廊。那可不是什么适合约会的地方。"我让皮尔斯·阿洛①的引擎转着,下车去找教授。

门铃只响了一下,教授就来应门了:"好极了,好极了!我很高兴你能提前赶来,医生。这样我们就有机会在耶斯特开始演示之前和他聊聊。"

我的轿车只能容纳两个人,但爱玻习惯了跨坐在圆形单人折叠椅上。"这样比较自在,"如她所言,"和两个帅小伙在一块儿。"

麦克劳林咯咯笑道:"霍桑医生,你的护士能让人重焕青春。"

"她浑身是嘴,能说会道着呢,"我附和道,"说到这个,镇上对耶斯特和他儿子有何传闻?给我们好好讲讲,爱玻。"

这下她可来劲了:"唔,我听说他现在的妻子不是孩子的生

---

① Pierce Arrow,美国豪华轿车厂牌。

母。他的第一任妻子在孩子出生后就离开了他。而他现任的妻子颇有些招人注目之处——大红色的头发和抹着口红的嘴唇,还有花里胡哨的城里人穿的衣服。举行募捐仪式时,他把她藏在别的地方。"一开始嚼舌头,爱玻就完全变了个人。

帐篷进入了我们的视线,聚会还有整整一小时才开始,但此时在布满车辙痕迹的泊车区域的车辆数量已使我大吃一惊。我们倒了一段车,将车停在泊车区的周边位置,这才跟着麦克劳林教授直奔中央大帐。帐子里面没有马戏团,只有些椅子,被当地居民在脏兮兮的地面摆放成排。一个纤瘦的男子正在摆弄一尊银质等身雕像,那是一个近乎赤裸的持剑女人。男子的胡须很是修长。

"嗨,伙计们。"看到我们走近,他主动打了招呼。

"乔治·耶斯特?"

"正是在下。"他比我预料中更年轻也更英俊,是那种妆容精致的都市潮人——我们这些乡巴佬总被提醒要防着他们。我不知道这男人能治愈什么疾病,没准只能治好你沉甸甸的钱包?但紧接着,我想起了那个男孩。

哈姆斯·麦克劳林帮我们相互认识,和耶斯特握手时,我问他:"你孩子在吗?"

"不,他不在——复活会开始前他要好好休息。他们消耗了他太多精力。你稍后会见到他的。"他退后几步,审视着雕像的位置,又稍微向左挪了几许,"喜欢吗?我称呼它健康天使。雕像的模特就是我第一任妻子。"他轻轻拍着雕像左肩,"只是石膏做的,外面涂了些银色颜料,这样用卡车后舱运输时比较方便。但这把剑可是货真价实的。"

我伸手一摸,剑被雕像的右手松松垮垮地握着,剑尖落在我们站立的木头舞台上。那确实是一把锋利的宝剑。"难道她不该将宝剑举过头顶?"我疑惑道,"以便和疾病战斗?"

其实我并没打算一本正经地谈论握剑姿势。但耶斯特一本正经地回答了这个问题:"也试过你说的那种姿势,但剑的重量使雕像无法保持平衡。所以我才让她朝下握着。这样一来,剑也可以支撑雕像。托比喜欢这样。有时候我允许他舞剑玩。"

"我可不认为他能举起这把剑。"

"他比同龄的男孩可强壮多了,基本上和八九岁的大孩子没区别。"

麦克劳林教授转过身,视线从舞台投向舞台前方的那几排空着的木头椅子。"会有很多观众吗?"他问道,仿佛正体会着一种临场感,并想象着那男孩站在台上,将观众们一览无余的情境。

"我们会让椅子满满当当的,"耶斯特毫不犹豫地说,"托比有的是号召力。上帝之子、健康天使。我们的宣传单早就传遍镇上了,你看见没?"

"哪能看不见呀。"我语带讽刺地答道。我现在能理解他的首任妻子离开他的原因了,但我依然无法想象为何会有姑娘愿意下嫁给他,难道是昏了头了?"你胸襟宽阔,想必会原谅我的质疑。"

"医者胸怀天下,"他挥了挥手,示意我去一边凉快,"托比和我,就让我们来治愈你无法对付的疾病吧。"

"别忘了,还有仪式呢。"教授补充道,"倘若霍桑医生表现得像个非洲巫医,说不定会更获成功。我这是认真的哦。"

"我不能告诉你托比是如何办到的,"孩子的父亲说,"我组织复活会有些年头了,但直到去年冬天,我才让我的孩子加入——医疗服务——让他当众演示。他为此而生。他这会儿穿着一件白色的小外套,看上去正如天使。"

"不知你有没有他的照片,"麦克劳林问道,"比如宣传单上面那张。我的书需要那样的素材。"

耶斯特看了一眼手表:"那你稍候再来找我好了,托比还能给你签个名呢。现在观众们来了。"

我们回到前排座位落座,这下子麦克劳林教授可以开始观察治疗全程了。耶斯特准备登台,却被一个艳俗的红发女子拦了下来,她边说话边挥着手。"那是他妻子。"爱玻在我耳边悄悄说道。

我"嗯"了一声表示了解,心里琢磨这女人有何问题。大概和她的孩子有关吧——说不定他玷污了他神圣的白色外套。

北山镇的居民鱼贯而来,几乎将这里填满。有些人看见我,露出些许内疚的表情,仿佛他们的出现就是支持和我竞争的医者。我笑着向他们挥手致意。反正这里是剧场,不是诊所。

须臾,帐篷顶部悬挂的电灯渐渐暗淡。表演将要开始了——只见乔治·耶斯特现身木头舞台的一隅,抓住幕布向旁一甩,徐徐走上台来。他双手高举过头，对着天空的方向，高呼道："今天……是耶斯特日！"

没有人发笑。

我简直怀疑观众们排队时是否被他催眠了。这才上场多久，观众们居然一个个都服服帖帖的！上帝，快来救救我们吧。

在一大堆充斥着迷信的开场介绍之后，他将我们的注意力引向那尊银色的健康天使雕像。聚光灯集中至雕像周围，舞台的其他部分陷进黑暗。接着，正当众人屏气凝神的瞬间，一个身着白衣的男孩突然自雕像身后走出。掌声倏然盈满了帐篷。这正是大家来此的目的。

"坦白你的罪，"男孩开始吟咏，"我将赐予你新生。"

录制了管风琴音乐的留声机开始播放，为表演营造了合适的氛围。这灯光、音效和其他的东西，不知道是不是耶斯特那位红发妻子负责操作的。

然后，我看到他们走上通往舞台的中央通道——一瘸一拐的高龄病人。我的治疗对象、我的病人，就这样向一个孩子索求我无法带给他们的健康。

他们边走边唱。

我体内胀满了之前从未体验过的愤怒，这种情绪一定是流露出来了。我感到爱玻的手按着我的胳膊。"现在不行，山姆医生。"她轻轻说道。

费尔·拉夫提是首批上台的患者之一。他跪在地上，男孩伸双手触碰他的身体。接着，他吃力地站了起来。我无法断定那折磨着他的血液疾病是否真的倏然消逝无踪。还有许多人接踵而来，其中甚至有些我不认识的、来自附近村镇的人。再然后，我看到了珀利·亚伦斯，她因痛苦而弓着背脊。托比·耶斯特的双手触碰到她的时候，她急速地抽动了一下身子。

接着，她的身子站直了。

虽然很慢，而且带着某种迟疑——但她最终站直了身体！

观众们疯狂了。

在我身旁，麦克劳林教授忙着记笔记。"没什么令人惊奇的，"他不顾四周人群的号叫，卓然说道，"他们总能完成一两个所谓的痊愈。"

面对眼前的场景，男孩似乎很是淡然。他继续走向队伍中的其他人，将手放到他们身上。很快，另一声尖叫传来，一个女人晕倒了。音乐的音量愈发响亮。

最后，托比完成了演出。他一句话都没说，只是僵硬地鞠了一躬，便走下了舞台。乔治·耶斯特再度登场，他花言巧语地说了一通，号召大家对"健康天使的继续赐福"进行募捐。然后，他和他的红发妻子穿行于一排排椅子之间，拿着募捐用的篮子。我朝里面扔了个一角硬币。

我认为它就值这点儿。

来到帐篷外面，人群依然沸腾不休，争相交流他们目睹的场面。我拨开人群,寻觅着珀利·亚伦斯,爱玻和教授落在我身后。不管刚才发生了什么,她依旧是我的病人。

当我找到她的时候,她正倚在一棵树上,垂着头,身边围了一些朋友。

"怎么了,珀利?你哪里不舒服吗?"

"我……我的背。它没治好,山姆医生!它只好了几分钟,然后又不行了。看来是我的心不够诚!"她开始哭泣。

"胡扯,珀利!他没有治愈你。获得治愈的兴奋感——心理上的预期——使你忘了疼痛并直起身子,但那只是暂时的。"

"我想像别人一样,能再次站起来行走,山姆医生。"

"你会的,我肯定。但靠那孩子的帮助,不可能。"这时,爱玻找到了我们,我留下她来安慰这个女人。

"你要去哪里?"麦克劳林教授问我。

"去找乔治·耶斯特。也许我没办法让他为他的所作所为付出入狱的代价,但我完全可以让他了解我的想法。"

"冷静点。"

我甩开他的手,以大步快速穿过了车辙凌乱的停车区域。轿车和四轮马车纷纷发动,人们准备离开了。我看见了蓝思警长,他拿着一个灯笼站在路边,引导车辆驶入黑暗的巷子,但我无暇和他谈话。我绕到大帐后面,那里有一部小拖车和一辆帕卡德轿车。我径直走向那部亮着灯的拖车,砰砰砰地敲门。

红发女子立刻打开了门。"有事?"她问道。

她背后，那个名叫托比的男孩正用今晚收获的纸币和硬币搭着积木。

"我想见你丈夫。"

"乔治在帐篷里打包我们的行李。您找他有事？"我的愤怒之情肯定是溢于言表了，所以她看上去特别害怕。我二话没说，转身朝帐篷走去。

乔治·耶斯特确实在那里，一个人怡然自得地打包收拾东西，包括演出中使用的胜利牌留声机和聚光灯。他回头看见我，便转过身来站在舞台前方，旁边是健康天使的雕像。只听他开口说道："表演很不错吧，医生？"他脸上的表情让我很想揍他。

"不怎样。"

"哦？那太糟了吧。其实这表演很成功呢。"

"成功的是装钱的篮子吧？"

"你看到了，有个女人被治愈了。"耶斯特答道。

"然而正是片刻之前，我在外头看到她被痛苦折腾得要命！你的治愈没持续多久。"

"大概是她的信仰比较弱吧。"

"我真希望让你为你在此地干的这些事去蹲大牢！"

"逮捕我？就因为我给这些愚昧无知的人们送来一点点的希望和安慰？"

然后，我真的动手了。

我挥右拳击中了他的下巴，打得他向后跌倒。摔倒之后，他一副非常吃惊的样子。我没再多言,转身沿着舞台的通道,朝帐篷后方走去。

就在我快要走到出口的时候,我听到了耶斯特的尖叫。我回头一看,只见他依旧躺在舞台前面。

但此时此刻,那雕像手中的银色宝剑正插在他胸口。

帐篷里再没有其他人了。

我朝他跑去,将剑拔出,试着用手帕止住不断涌出的鲜血。他的眼皮微微一颤,接着就咽了最后一口气。

我原地跪着,无法相信发生的一切。帐篷里除了一排连着一排的空椅,再没有别的东西了。周围没有动静,只有死者胸腔内逐渐溢出的空气,散发出粗重的声音。我盯着那把剑,不觉用手仔细检查,却倏然意识到剑柄处印上了我的指纹。

我别无选择,只好召唤蓝思警官。希望他还提着灯笼站在停车区。

我又一次来到帐篷后方,撩起了门帘。不出所料,摇晃的灯笼仍然指引着最后一批姗姗离去的观众。除我以外,没人听见耶斯特垂死之际发出的呼声。"蓝思警官,"我不愿离开帐篷,就站在门口对他喊道,"到这儿来——快!"

"发生什么事了,医生?"他反问道。

"过来我再告诉你。了不得了。"

他三步并作两步走了过来。

"怎么回事?"

"乔治·耶斯特被杀了。"

"那还等什么!"

"你自己去看看吧。"我掀起帐帘,让警官进去。看到舞台前方的尸体时,他低声吹了一记口哨。

"他是怎么被杀的,医生?"

我将所知道的一切和盘托出,从复活大会以及我和麦克劳林教授决定出席开始说起。

"教授现在何处?"他问道。

"我猜大概在外面,和爱玻在一起。"

"有没有可能是你将耶斯特打倒之时,剑从雕像上被震松,掉下来了?"

"你的意思是一场事故?我倒希望如此。但剑尖是顶着舞台的,就算掉下来,也是剑柄先砸到他。若是事故的话,剑刃不可能穿过胸膛。别忘了,剑是我拔出来的,它几乎刺穿了死者。"

"你想让我相信是雕像活过来把他杀了?"

"当然不。但肯定有人把剑取下,趁他倒地之际刺中了他。"

"而且上面还有你的指纹。"

"我和你说过了,我想救他,便把剑从伤口里拔了出来。"

"而且你对他一肚子火。你承认你揍了他,把他打倒在地。"

"没错。"

"而且帐篷里没有第三个人。"

"没有。"

蓝思警官不住摇头。我知道他所想的事情。他走上舞台,双臂环抱住银色雕像,将其举起,又放回地面。

"比我预想的轻。"

"里头是石膏,只是涂了银色颜料罢了。耶斯特告诉过我们的。你想做什么?"

"只有一个可以藏人的地方,就是这木制舞台的下面。我要做个初步勘察。"

舞台本身十二英尺见方,高十八英寸,四面封闭。它与地面无粘连,只是搁置在那里。警官轻而易举地抬起了它。

"我得早点告诉你这下面无法藏人。"我说,"要是有人的话,他出来的时候,怎么可能不弄翻舞台上的雕像?"

他直起身子,四下打量了一番,接着他的注意力被舞台两侧的幕布吸引:"有没有人藏在那后面,医生?"

"我承认我没留意这部分,但就算有人又能怎样?从我迈步走下舞台大道,到耶斯特发出尖叫,前后大概只有十五秒。听到叫声,我立即转身,但完全没看到任何人。凶手要在十五秒内从藏身之地出来,越过舞台,取下雕像手中的剑,刺死耶斯特,这令人难以相信。而更加不可能的是,在我转身前,他还能消失得无影无踪。"

蓝思警官嘟嚷着弯下身子检查地面:"太乱了,脚印都无法辨识。也许耶斯特是自杀的,医生。"

"用一把那么长的剑？就算他能举起剑来,也不可能把伤口刺得如此之深。不,凶手是站在高处,自上而下出手的。"我说着,抬头朝帐篷顶端望去,那里只有一些电线和一排排悬挂着的发出昏暗灯光的电灯泡。

"医生,你难道没发现我是在给你找一条出路吗？妈的,我可不想逮捕你！"

"逮捕我?！"我直到此时才开始担心这可能出现的结局。

"动机,机会,全都有了,医生。再者,依据你本人的陈述,凶手不会有别人。"

"但我是清白的！我没有杀死……"

乔治·耶斯特的妻子的出现,让我的话只说到一半。她风风火火地闯进帐篷,显然是在寻找她的丈夫。"乔治！"看到尸体,她尖叫道,"乔治,他们都对你干了些什么？"

"很抱歉,女士,"蓝思警官说,"我们正打算向你说明,有人杀害了你的丈夫。"

她倒在尸体旁,开始抽泣。我不得不轻轻把她拉走。"我们无能为力,"我轻轻说道,"他是当场死亡的。"

她看看我,一对棕色的眼睛泛着泪光:"你们也许无能为力,但他的儿子也许可以做些什么！托比能让他好起来！"接着,她就从帐篷里跑了出去,我们来不及阻止。

"拦下她,警官！我们不能让她把孩子带到这里。"

"跟我来。"

我们在帐篷后面撞见了母子二人,蓝思警官拦住他们的去路。年幼的托比无措地站在那儿瑟瑟发抖,他还没完全明白究竟发生了什么事呢。终于,这红发女子冷静下来,将孩子领回他们的拖车。

没有人能让乔治·耶斯特死而复生。没有。

"好吧,警官,"我叹了口气,说道,"想逮捕我的话,现在是时候了。"

但他并未将我逮捕,至少现在还没有。我们共同经历了那么多奇怪的案件,因此他深谙我犯案的能力。他告诉我,这案子将呈交村里的大陪审团,并且在起诉书被送回警局之前,我都拥有行动的自由。这至少给我争取到几天时间,虽然我并不知道如何利用。嫌疑人似乎远在天边,又近在眼前。任何一名观众都可能悄悄潜回帐篷,对耶斯特下手。但他是如何办到的?原因呢?

我从费尔·拉夫提开始着手调查,因为我在帐篷外的人群里没有看到他的身影。费尔在镇里的邮局工作,当他的血液状况尚未严重到令他寸步难行时,他都会去那里上班。发生谋杀后的那个早上,我在邮局找到了他。

他看着我,睡眼蒙眬:"我其实并不敢相信昨晚的闹剧,但我老婆非让我去。"

"你今天感觉如何?"

"没太大区别。感谢上帝,我还能继续工作。"

"告诉我昨晚表演时或结束后,你有没有注意到任何不同寻常的事?任何有可能成为破案线索的细节?"

"当然有呀!事实上,我今天正打算向警长报告呢。我们是最后一批离开的,因为我想等车子先走。奈莉——我们的马,它怕车。总之,正当我们动身之际,我看到一个人影从帐篷里跑了出来,往树林里去了。"

"是男人还是女人?"

"看不清楚。那人披着某种长及地面的披肩,头上还戴着头巾。你能想象的,那种僧侣装扮。"

"袈裟?"

"对,我猜也是。当时我就觉得奇怪,结果今天早晨得知发生了谋杀,我立即觉得有必要让警长知道此事。"

"去告诉他吧,费尔。谢谢你的信息。"

离开邮局之后,我心里相当纳闷。一个疑似和尚的人,披着袈裟在帐篷四周鬼鬼祟祟地活动?这比谋杀案更让人觉得蹊跷。而且,费尔·拉夫提一定还看到了其他的东西。

回到诊所,我和爱玻交流了一下,得知她昨夜在拥挤的人群中和麦克劳林教授走散了。在我们和珀利·亚伦斯碰面后,她就再没见过教授。"我应该去找他谈谈,"我下了决定,"他一直留心四周,并做了笔记。也许他注意到了某些被我们忽视的线索。"

出乎我意料的是,事态进展很快。我比预计的时间更早到达了教授家里。

距离我下决定尚不足十分钟的时候,我就接到一通马吉·米勒打来的电话。自从那天晚上在教授家见面以后,我俩就没碰过面。电话里,她的声音高亢,情绪有些失控:"山姆医生,我在教授家!他被人袭击了——快来呀!"

"被袭击?"

"他昏过去了,血流个不停,屋子里一团糟!"

"我这就过来。通知蓝思警长。"

我和警长同时抵达现场,在教授的小书房里找到了马吉。她正用冷毛巾擦拭教授额头的一道划伤。他的意识恢复了,但仍有些神志不清。

"我过来拜访教授,结果发现前门半开着,"马吉说道,"我发现他的时候,就是现在这个样子。"

我环顾着四周散落的纸和敞开的抽屉,显然袭击者企图寻找某些东西。"你能说话了吗?"看到教授微微睁开双眼,我问道。他的伤势不算太重。

"我想——我想没问题。现在几点了?"

"十点半。你失去意识多久了?"

"今早太阳还没升起来的时候,我听到了一些动静,就下楼去查看,结果就被人打了脑袋。我只知道这么多。"

"你有没有看到对方的脸?"蓝思警长边提问边记录。

"完全没有。我是从背后被袭击的。"

"你的前额被划伤了,"我注意到,"没准是你向前跌倒时弄出来的。"我隐约感到他的头发下面,有一块肿大的凸起,"你最好躺到床上休息休息,稍后我给你检查身体。"

"他们拿走了什么?"他的视线最终定格在那些凌乱不堪的稿纸上面。

"不知道,也许一无所获。也许他们没找到想要的东西。"

蓝思警长帮我一同搀扶教授起身。

"医生,你觉得这和耶斯特一案有关吗?"

"有可能。"但我实际上并未看出两者间有何关联。教授到底目击了什么,竟足以威胁到凶手安危?我是否忽视了什么被他看到的东西?

我们将哈姆斯·麦克劳林安置在床上,我给他倒了一杯私贩的威士忌。他看上去已经摆脱了遭遇盗贼潜入家中的不安。蓝思警长逗留屋内,仔细检查着一扇侧窗,窃贼正是通过这扇窗户进来的。

回诊所的路上,我中途转向,前往拜访珀利·亚伦斯。那时她正怡然自得地休养生息呢,但昨天让复活会现场达到高潮的短暂治愈却一去不回,她的背依然如故。我离开她,再次驱车前往复活大会的场地。

耶斯特太太忙里忙外地打包拖车上的行李,显然她和那个男孩马上就要走了。

"昨晚的见面太仓促了,"我说,"我是山姆·霍桑。"

她茫然看着我。我发现她的红发未经打理,乱成一团。想必她度过了一个备受煎熬的夜晚。

"我是苏·耶斯特,说不定你早就知道我的名字了。有人说是你杀了我丈夫。"

"不对,那不是我干的。"

"你是一位医生,对吧?"

"对。能和你聊聊乔治的事吗?"

小男孩托比来到拖车的车门旁边,但是被母亲撵了回去。

"他还有什么人们不知道的事情吗?有关他的故事早就尽人皆知了。你想问的是?"

"你丈夫身边有没有谁对他怀恨在心?"

"要说有,就只有像你这样的人。我们总是和乡村医生发生摩擦。"

"你们干这行多久了?"

"在我认识他之前,他就已经在举行复活大会了。那还是孩子出生的时候,从俄亥俄州开始的。四年前,我也开始参与表演,但托比直到去年才介入。他一鸣惊人——乔治人生中前所未有的机遇出现了。"

"你相信托比能治疗人们的疾病吗?"

"昨晚,我确实希望一切成真。我希望自己相信托比能把乔治带回我们身边。但说真的,我认为我并不相信他这套东西。托比只是个孩子,和其他男孩子没有区别。他治愈不了任何人,只不过有时人们会因情绪激动而获得了短暂的自我康复。"

她的聪慧超出了我最初的预计。我没有其他问题要问她了。她给我提供了解开谜团的最后一块拼图。

"我们该离开这里了,去麦克劳林教授家,"我告诉蓝思警长,"答案就在那里。"

他深深吸了口气:"越来越多的抗议传到我这里来了,因为我始终没有将你逮捕,医生。若你不能尽快把眼下的局面做个收束,恐怕我不得不对你采取行动了。"

"我认为到了今天中午,一切都会水落石出。"

我们到达之时,教授正坐在一把椅子里。他正指导马吉将书房重新打理,并把散落的纸张复位。"还是没发现丢了什么,"他告诉我们,"这里面有很多我还没来得及花时间应付的研究材料,但到底是谁想把它们偷走呢?"

我对着他坐下:"教授,我认为我知道是谁杀死了乔治·耶斯特。我来到这里,就是为了先告诉你。因为昨晚你和我都在现场。"

蓝思警长不安地绷直了身子:"继续,医生。"

"首先,最让我头大的问题是,如何做到的?耶斯特是如何在我眼皮下被那把剑刺死的?我认为只要明白了凶手的手法,凶手的身份必将随之明朗。凶手离耶斯特的距离必须足够接近,这样才可能在我回头之前,完成拿剑、杀人、藏身等一系列动作。他也许可以选择待我离开后再下手,但趁我在的时候下手,无疑会帮他制造一个送上门来的嫌疑犯。他自然看到了我推搡并打倒耶斯特的过程。"

"现场并没有可供藏身之处，"蓝思警长坚称道，"你本人也是这样告诉我的。"

"有一个我压根没想到的地方。在那尊银色雕像身后！凶手绕过雕像，拿起剑，插入倒地者的胸腔，再走回雕像后面。他趁我去找你的时候逃跑了，警长。"

"雕像后面？"蓝思警长冷笑道，"那后面根本没地方！他是什么——侏儒？"

"不——他是一个七岁的小男孩。"

"托比！"

"完全正确。还记得我们昨晚看到的吗，教授，昨晚演出时，他是如何从雕像后面登场的？还记得耶斯特告诉我们他是如何耍弄那把银色的剑吗？我猜这孩子是在抗议强加到他身上的命运，抗议一位父亲的爱竟会和夜间演出的收益成正比。没有其他的可能了。只有托比·耶斯特可能藏在雕像后面，并杀死他父亲。"

说完，我转身直视着面如死灰的马吉·米勒。她的嘴巴动着，却没有声音。

"你有想说的话吗，马吉？"我催促道，"在警长出发逮捕托比之前？"

"你这浑蛋，山姆！"她尖叫道，"你知道了！"

"知道什么，马吉？"我淡淡问道。

"不是托比干的，是我杀了乔治·耶斯特！"

晚些时候,我返回诊所,将整件事告诉了爱玻。

"当她说出那些话的时候,我没有丝毫成就感。爱玻,我为我们彼此感到难过。"

"山姆医生,你的意思是,她只是想要救那男孩一命,才坦白罪行?我不懂。"

"前提是,她是为了这孩子才动手杀人的。所以,我知道她一定会牺牲自己,主动招供。告诉你吧,马吉·米勒是托比的母亲。"

"老天!你如何得知的?"

"很多部分都是猜测,爱玻。我们知道,托比的生母——耶斯特的第一任妻子——从孩子出生后就离开了。苏·耶斯特今天告诉我,这一切发生在俄亥俄州,而据我所知,马吉的大学是在俄亥俄州念的。日期也吻合——孩子出生的时候,马吉应该是二十一或二十二岁,而今年她刚好二十九。她和乔治·耶斯特扯上关系,很可能是大学最后一年。我想,当她看见他对亲生骨肉的所作所为之时,她肯定无法坐视,那超出了她所能忍受的极限。尽管她一度抛下了他们,却依然觉得有必要挽救托比。而她唯一的办法,就是像复仇天使那样,彻底毁灭乔治·耶斯特。"

"怎么干的,山姆医生?当时你就在那里,她怎能在你眼皮底下杀人?"

"哦,我看到她了,爱玻。我肯定是完全看到她了,但我本人没有发觉。蓝思警长昨晚的一番话提醒了我,当时他问我那尊雕像是否活了过来。现在你知道了,那就是整个案件的真相。在那决定性的几分钟内,马吉·米勒化身为雕像中的天使。"

"山姆医生!"她显然并不相信我说的话。

"听来不可思议,爱玻,但并非没有可能。有一回在波士顿,我亲眼看到某个百货商店的橱窗里,模特们摆着姿势站了二十分钟,一动不动。我想起了上周马吉和我说过的一些事。她说有一次麦克劳林教授突然光顾她的课堂,把她吓了一大跳,结果在原地呆呆站了半天。她说自从驾驶妇女联谊会的彩车参加返乡游行以来,她还从未如此木然地呆立不动。事后,我想起了当时她说的话,觉得很是奇怪——游行上驾驶彩车的人,通常都要向观众挥手致意。倘若她站着不动,那没准就是要扮演某尊雕像。我记得我念大学时,也见过类似的事——一个漂亮的两性学校①学生被涂上金色或银色的颜料,打扮成雕塑的模样。有时候颜料会堵住毛孔,令人甚觉不适。"

"但耶斯特和你肯定能将真实的姑娘跟一尊雕像区分开呀!"

"我们能吗?别忘了,聚光灯电源都切断了。帐篷顶上只剩下一串昏暗的灯泡。同时,我们也没必要盯着那尊雕像看。而雕像的尺寸和外观呢,耶斯特曾告诉我是以他的第一任妻子为原型制作的。所以健康天使就是马吉·米勒。我猜,耶斯特最初就是看到她在彩车上的扮相,才产生了灵感。"

"这些都是她告诉你的?"

"她说得够多了。她第一次听说耶斯特要来北山镇,是上周

---

① 当时有的学校仅限男生或女生就读。

在麦克劳林教授家里。现在我才想起来当时那消息带给她的不安和愤怒。她整周都想着这事,最终决定杀死前夫,把托比从假扮弥赛亚的命运中解放出来。在她的大学毕业纪念品里,还保留着那罐游行时用的银漆。虽然雕像的脸不太像她,但身材和她一样。当得知耶斯特会独自返回帐篷打包行李的时候,她就确定表演结束之后,她有机会替换真正的雕塑。她希望用这样的方式杀死他,就像一个复仇天使,一尊复活的雕像。她渴望看看他脸上的神情。我猜她一想到儿子,想到她竟把儿子抛弃,丢给了耶斯特,就让她几近疯狂。

"总之,她把全身涂上银漆,趁表演结束之际,偷偷潜进帐篷。她披着一件带头巾的长袍,以掩盖近乎全裸的银色身体。这就是费尔·拉夫提所看到的人影,那正是她逃走的时候。她把真正的雕像藏到幕布后面——雕像很轻,很容易搬动——再站到雕像原来的位置,手中握剑。但她还没来得及对耶斯特下手,我就走了进来,开始和他争执。当我把耶斯特打倒在地的时候,她看到了机会,一剑刺下。当然,耶斯特发出了尖叫声,而她在我转身之前,必须回复静止不动的状态。"

"当时,她肯定一度有些焦虑,但我更关注的是挽救生命。我从未近距离观察过那尊雕像。当我离开帐篷,去召唤蓝思警长的时候,她举起真的雕像放回舞台,这才溜之大吉。"

"那麦克劳林教授又是怎么回事?也是她干的?"

我点点头:"她留给教授的剪贴簿里,有返乡的照片,包括一张她站在彩车上的。虽然他尚未翻阅,但她必须在教授看到并将其与谋杀案联系起来之前取回相片。教授听到了她在书房发出的响动,因此她不得不把教授打昏。然后她将书房弄得一团糟,使书房看上去像是小偷在寻找什么东西。其实她并不想伤害麦克劳林教授,因此今早她回到教授家里,假装第一个发现事故,并打电话给我求助。"

爱玻坐在那儿,只是一个劲儿地摇头:"那孩子呢,托比?"

"我觉得他最好永远别知道这些。苏·耶斯特不是什么坏人,也许她能带领他回到正常的生活。"

★　　★　　★

"……这就是故事的结局,"山姆医生最后说道,"托比·耶斯特长大成人,换了名字,成为一名成功的夜店艺人。他永远都不知道他的亲生母亲杀了他父亲。马吉招供后很快就崩溃了。她的精神状态一直没有恢复到能出庭受审的程度。而我们北山镇也再没有举行过复活大会了。不过,有趣的是——你知道费尔·拉夫提吧?他的血液病在那之后就好了很多。我一直没搞明白其中缘由。好了,这次的故事就说到这里,欢迎你随时再来。下次,我要给讲一个真正的鬼故事!一栋闹鬼的房子和所有不可思议的奇观!离开之前,你们也许愿意再来——呃——再来一小杯?"

吴非　译

14

鬼语屋宅

"我向各位保证,这次的故事牵扯到一栋真正有鬼魂出没的房子。"年迈的山姆·霍桑医生开启话匣,按惯例自斟一杯,"呃,我要讲的故事,这就开始了!那是一九二八年二月里的案子,险些成为我插手的最后一案——无论我用的身份是医生还是侦探。我想,咱们还是以那位捉鬼者的出场来开篇吧,谁让故事正是从他抵达北山镇的那一天开始的呢……"

★　　★　　★

捉鬼者的名字是萨杜斯·斯隆,我原本觉得这名字的主人肯定是个灰胡子老教授,戴着厚厚的眼镜,拄着拐杖。其实不然。他是一个三十余岁的中年男子,比我年长不了多少,他见到我的第一句话就是:"请叫我萨德①。"

"那你叫我山姆好了。"说着,我同他握手致意。他个子比我

---

① Thad,Thaddeus(萨杜斯)的昵称。

高，瘦得跟柴火棍似的，一小撮胡须——仿佛山羊一般——很好地遮住了瘦削的下巴，这和他那对深邃有神的眼珠相互映衬，予人一种奇怪印象，就好像慈眉善目的撒旦。

"我相信你知道我前来北山镇的原因，山姆。"

我挠了挠头，笑道："唔，这可难说。这周边确实闹过鬼，好些年前，有传言说镇广场的露天音乐台有鬼魂出没，结果却发现是有人装神弄鬼。然后，还有……"

"我感兴趣的是布莱尔宅邸。"

"哦，没错。我早该猜到了。"一份波士顿报纸最近策划了一期周日专版，报道了这栋老房子的故事，报道内容比大多数北山镇居民知道的还多。

"那屋子会说话，这是真的？而且里面有个秘密房间，进去的人都没再出来过？"

"老实说，我从没去过布莱尔老宅。从我在北山镇生活开始，那儿就空置着，我只去病人需要我的地方。"

"但你肯定听到过有关那屋子的传说吧！"

"在我读到波士顿报纸的专版之前，那里对我而言不过是栋空屋。说不定报社的记者有些添油加醋，夸大运用了他的想象。"听了我的话，他看上去相当失望，以致我只得补充说道，"不过，确实有居民反映那屋子闹鬼。有些时候，风吹过的声响听来就像是房子在窃窃私语。"

这番话使他再度振作："当然，我找那记者聊过他写的故事。

据他所说,大部分的信息都是他从曾经居住过北山镇的波士顿住户口中取得的。"

"这很有可能。"

"有人提到了你的名字,说你有个爱好,喜欢解决当地发生的案件。"

"这说法不太合适,"我抗议道,"本地发生的事件,任何城镇都可能发生。我只是偶尔有幸留意到别人忽视的小小线索,故能助蓝思警长一臂之力。"

"但你是现在唯一能帮我的人,我需要一个熟悉本地的向导。我打算在布莱尔古宅里过一晚,希望你和我同行。"

"捉鬼我可不是行家,"我说道,"它们又不看病。"

正说话间,护士爱玻拿着早晨刚刚送达的信件走了进来。她先朝萨德·斯隆礼貌性地一笑,继而对我说道:"山姆医生,安德鲁斯太太来电话了,她儿子比利从干草垛上摔下来,把腿伤了。"

"告诉她,我马上过去。"说罢,我笑着对萨德道,"你不妨跟我一同去吧,见识一下乡村医生的执业水平?安德鲁斯太太的住所就在布莱尔老宅那条路的前方不远之处。"

他跟着我出了门,钻进我的黄色皮尔斯·阿洛小轿车。

"乡村医生开的车还真不赖。"

"那是我父母送给我的毕业礼物,都七年了。现在虽然有点旧,但跑起来还好。"

我沿着北方公路驾驶,到达了安德鲁斯家。安德鲁斯太太迎了出来,火烧火燎的心情一览无遗:"山姆医生,您能过来,我真是太高兴了。比利刚好摔在一柄干草叉上!流了好多血!"

"别急,安德鲁斯太太。带我去看看您孩子。"

她领我们穿过谷仓旁的空地,二月的残雪散落地面,我能理解她忧心忡忡的原因。她丈夫曾是一名节日集市的摊贩,去年因心脏病去世了,因此,经营农场和照料家畜的活儿就落到二十三岁的比利肩上。唯一具有劳动能力的男人身受重伤,对农场的未来自是致命打击。

比利躺在谷仓的地板上,左腿紧紧缠着一圈简陋的止血带。沾血的工装裤从伤口处被撕去了一个口子,伤口血肉模糊,小腿肚子被干草叉完全穿过。

"不算太糟,"我稍行检查之后,安慰道,"适当流流血,对伤口的清洁是有益的。"

比利·安德鲁斯紧咬牙关,勉力说道:"我用叉子把干草拨下来喂牛,却一脚踩空,摔了下来。该死的草叉在我腿上刺了个透明窟窿。"

"这不算最糟糕。"说话间,我想起萨德·斯隆一直站在谷仓门口,遂向比利和安德鲁斯太太介绍了这位来客。他对那两人点头致意,眼睛却依然紧盯着我,显然是对我的医术兴趣浓厚。

"现在我打算给你用点止痛剂,"我告诉比利,"再将你腿上的这个窟窿缝合。"我用消毒药水做了清创,接着开始动手缝合。完成这些工作前,没必要把比利转移到屋里,而比利对谷仓地板亦显得甘之如饴。

为了打破工作时沉默的尴尬,我开口说道:"斯隆先生是一位捉鬼者。他此行的目标是要去布莱尔老宅一探。"

"哦,那里没有鬼呀!"安德鲁斯太太摆着手嚷嚷道,"只有鬼故事。"

萨德·斯隆的视线越过田野,凝望着半英里外的一处建筑。"是不是那栋房子?"他问。

"没错,"我答道,"我马上就带你过去,先让我打理好比利的伤口吧。"

捉鬼者再次向安德鲁斯太太提问:"你是说你从未注意到那房子有何怪异之处?午夜间奇怪的灯光、无法解释的响动,这些事情都没有?据说,有人曾听见这房子的窃窃私语。"

"那不是我说的,它只是栋普通房子。比利还是个孩子时,常在那附近玩耍。比利,你有没有听过布莱尔老宅讲悄悄话呀?"

比利稍稍调整了卧在谷仓地板上的姿势,我刚才完成了对伤口的治疗。"从没听到过,除了有一次我发现若干流浪汉在里面住着。那可不是悄悄话这么简单,他们撵着我过了好几片田地。"

"加把劲,"说着,我帮他站了起来,"只要别让伤腿用力,你很快就会痊愈的。我们这就把你弄回房间里去。"我走在他的左边,用胳膊挽着一瘸一拐的他。来到房间里,我们将他安置在床上,我告诉他伤脚要避免乱动。"走路的话,会疼几天的,但并非大碍。你很快就能康复了。"

安德鲁斯太太目送我们离开:"真不知该如何感谢您,山姆医生,您来得太及时了。"

"这是我作为北山镇医生的责任。"

"我该付您多少诊疗费用?"

"别太当回事。爱玻会把账单送过来的,你方便时再付吧。"

回到车上,我们沿着颠簸不平的土路驶向布莱尔老宅。萨德说道:"我还以为像你这样的乡村医生只在书里出现。"

"像我这样的人多了去了。"

盛夏之时,通往布莱尔老宅的车道上一度杂草茂盛,如今则因清扫道路的积雪而显得凌乱、泥泞。这路况让我断然将车停到路边,领着他步行前往宅邸。

虽然屹立了七十余年,但哪怕是走到近处来看,这宅邸依然维护得相当不错。紧闭的窗扉说明其无人问津,上面的灰漆早就褪色,却并无剥落之迹。

"我觉得我们进不去。"我说道。

他冲我狡黠一笑:"只要锁没坏就进得去。我从波士顿的房产公司那儿弄了把钥匙,这栋房子列在他们名下。"

"如此说来,你是真打算在这儿过夜了?"

"那当然了。"

事到如今,我尚未完全相信他的说辞:"若这房子挂牌出售,不就说明布莱尔家族的最后一位继承人也不在人世了?"

"有些外甥还在,但他们想把这屋子处理掉。"他将钥匙插入锁眼,轻而易举地打开了门。我随着他走进黑漆漆的房内。

"我建议咱们开几扇窗子让阳光进来。这里一直没供电。"

萨德·斯隆从口袋里掏出一个手电筒:"我宁愿用这家伙。你看,这儿有好多蜡烛,足够我们用了。阳光可不是唤醒鬼魂的媒质。"

大部分的家具很久前就从房子里被挪走了,所以看到残留的一小部分时,我感到很惊奇。客厅里有个破烂不堪、被蛾子啃过的扶手椅,巨大而古老的壁炉旁立着一个空空如也的柜子。疑似餐厅的房间里搁着两个直背椅。我们从厨房一隅发现一枚燃尽蜡烛的残骸,还有一个空瓶子,里面没准装过禁售的威士忌。

"我看比利·安德鲁斯那个流浪汉的说法是真的。"我说。

"不过,没有新的痕迹。这可能是好多年前遗留下的东西。"

我们开始新的探索,穿过底层的其他房间,偶尔看到一些未被带走的家具。借助斯隆的电筒和从楼上一些未关的窗户射进来的阳光,我们沿着吱吱嘎嘎的阶梯上到二楼。

"这里啥都没有。"我如释重负地说道,"连鬼魂也没有,真是让人安心。"

"很少有鬼魂会在正午时分端坐屋内迎接访客。如果真有鬼魂,我们要在晚上才能发现。"

"那我也没听到任何窃窃私语的声音。还有你提到的那个进去了就出不来的房间,在哪里呢?"

只听萨杜斯·斯隆轻轻叹道:"我也不知道。看来,今晚有必要再来一探。"

我始终没搞明白自己为何会答应跟这个捉鬼者在一栋传闻有鬼的屋子里共度一夜。回想起来，只怕年轻时太鲁莽了，尽管当时并不觉得这有何疯狂。我猜我也许是想证明一些东西给萨德·斯隆看，又或者是为了我自己。北山镇是我生长的地方，就算只是迁居，如果要斩妖除魔，我也是义不容辞。

结果那天晚上接近十点整的时候，我们开着车，回到了布莱尔老宅的门外。斯隆带了很多蜡烛和火柴，还有其他一些令我迷惑不解的工具。"你看，"他解释道，"我们必须跑一些特定的流程。一些捉鬼者用七根人类的毛发将门窗封死，并且戴一串大蒜项链。我没那么夸张，不过我还是带了一把手枪——"

"用来对付鬼魂？"

他对我笑笑："有备无患罢了。"

我们正处于底楼最大的一个房间里，萨德·斯隆手里拿着一根粉笔，走到房间中央。他一言不发，在木地板上画了一个大大的圆，又在圆圈中标出一个五角星："瞧，这是个五芒星。据说人站在里面就是安全的。"

"一把手枪和一枚五芒星！"我讶然道，"你已经万事俱备了。"

他还带了其他的装备：一架相机，一台闪光枪。

他把它们装在一个带旋转头的三脚架上："今晚要是有鬼来犯，我们已经准备就绪了。"

我定下心来，准备迎接一个漫长而乏味的夜晚，真希望我之前带来了最新一期的医学杂志，那就可以在第一时间读到里面的内容了。

异动是大约一小时后发生的。没多久就到了午夜。这时，我们听到了低语声。起初我以为只是风吹过老宅的二楼，但很快那声音就有了准心，并且实实在在地构成了语句：

"你俩要是还想保住小命，就快从这里滚出去……"

"你听到了吧？"斯隆惊呼。

"听到了，但是不太肯定。"

"从这里滚出去……"那声音又一次低沉地响了。

"这是某种骗人的把戏，"我当机立断，"有人想要我们。"

"来吧，山姆。让我们瞧瞧。"他拿着枪走出了精心绘制的五芒星。我紧紧跟着，虽鼓足所有勇气，仍不免有些胆怯。

"你打算怎么办？"我问，"去楼上？"

"上了再说。"

我们快速爬上前厅的楼梯，在二楼的平台停下，再次竖起耳朵。这会儿好像确实有风在外面刮着，但是没有低语声。

接着，楼下的门突然开了。我们僵着身子站在原地，斯隆示意我找个地方藏起来。于是我随便进了一个开着门的卧室。

有人开始上楼。起先我看到的是提灯的光，然后出现了一个男人。他身形瘦削，留着胡子，个子不是很高，穿着皱巴巴的冬衣，头戴一顶皮帽。他的步伐快速而谨慎，提灯举得高高的，照耀着前方的路。尽管他看上去对这栋房子知根知底,但我肯定从没见过这个人。不过,当人影从我身边不到五英尺远经过的时候,某种熟悉的感觉终于浮现出来。

我心想不知道斯隆什么时候会从藏身之处突然出现,但他也许和我一样,对于这个男人将要去的目的地更为感兴趣。答案马上就揭晓了。他走到过道尽头,面前是一堵光秃秃的墙壁,墙与一扇门相接,他碰了门框的某个位置。不知何处立即传来咔嗒一声,然后他开始推墙,墙壁的一部分在他面前转动起来。这是我第一次亲眼看到机关墙板的运作。

隐藏门在他身后关上,二楼过道再次陷入一片漆黑。我等了一会儿,然后再次回到走道上。萨德·斯隆看到是我,也从躲藏的地方走了出来。"你觉得是怎么回事?"我问。

"我认为我们找到那个秘密房间了。"斯隆不温不火地道。

"那个没人能出来的房间?"

"我们很快就会知道了。那人进去了,而且还没出来。"

我们仿佛等待了一段足以被称为永恒的时光,尽管那实际上还不到半小时。我们做好准备,一旦密室的门打开,就立即闪回藏身之所,但那扇门一直关着。

最后,时间已逾午夜,斯隆说:"我下楼去取照相机。然后我们就把那该死的门打开,会一会我们的朋友。"

"自始至终,我们就没排除还有其他出口的可能性啊。"我指出这一点。

"可是，如果有的话，那要通向哪里？如果他从这层楼的其他地方出来，我们应该能看到的。"他下楼去取照相机和三脚架，没过多久，就用肩膀扛着这些家伙们回到二楼。"你还记得他是推了什么把门打开的吗？"

我摸索着门框侧壁，发现一块松动的凸起："我想就是这了。"

斯隆对准墙壁摆好三脚架和相机。他在闪光枪里额外添了一些镁粉，按住快门松置键。"好了，"他说，"开门吧。"

我按下那个凸起部位。墙上的隐藏门应声转开。我琢磨着眼前出现的会是一个大惊失色的男人还是空空如也的房间。

都不是。

男人依旧留在屋内。只见他直挺挺地坐在一张桌子前方，面孔朝向我们。我们的突然出现似乎并未给他造成惊吓。

"我觉得他已经——"我边说边走进了房间，朝那个男人身旁走去。

"死了？"萨德·斯隆替我说了下半句话。他松开快门，一瞬间，小小的密室里充满了闪粉产生的光线。这使我们清楚地发现，房间里既没有别人也没有其他出口。

"他已经被刺身亡了，"说着，我向后扯开他的外套，露出一把猎刀。刀身从左胸贯入，直逼心脏。"这里还有一些别的东西。"我指着地面上一把小小的点二二口径自动手枪。显然，这是从死者手指滑落地面的。

斯隆环顾四面坚固的墙壁。他甚至还检查了进入密室的门背后。"可是这里没有地方躲藏,又没有出去的路!"

"正是如此。"

"山姆,你是想说,他是被鬼魂干掉的?"

我检查完尸体,站起身来:"不,我想说的比这还要不可思议。我对尸僵的相关知识颇有了解。这尸体冰冷僵直,不会是半小时内死亡,很可能死亡十五至二十小时了。"

"但这不可能呀!我们刚刚还看到……"

我点了点头:"不是鬼魂下的手,话说回来,今晚走进这房间的才像是货真价实的鬼吧?"

我留下来守着尸体,萨德·斯隆则沿着马路跑去借用安德鲁斯家的电话。按照我的嘱咐,他打电话给蓝思警长,于是这个夜晚接下来的大部分时光就交给了配合警方的调查。调查结果了无新意,我们唯一新发现的事实就是,这晚上又有许多人进了密室,而且都全身而退地离开了。

蓝思警长对隐藏门的机关很感兴趣:"这地方是十九世纪五十年代兴建的,传说是通往加拿大的秘密铁路的一个站台——为逃亡的奴隶们而建[①]。这段故事,你们想必知道。"

"我认为确有这种可能。"我表示同意。我们拍打过四周的

[①] 19世纪50年代,美国颁布了第二部《逃亡奴隶法》,将协助奴隶逃亡定为非法行为予以惩处,并限缩逃亡者与自由黑人所拥有的权利,但也正是这一时期,废奴主义开始兴起,成千上万的黑奴纷纷向加拿大、海地、中美洲、非洲迁徙,形成一股势头。

墙壁和地板，结果一无所获。我甚至把自己孤身关进房内，让萨德·斯隆和蓝思警长在外面等着。令我感到惊恐的是，这扇隐藏门从里面是无法开启的。

"看来你让传说成真了，"斯隆兴奋地说，很明显是因为捉鬼出现了这样戏剧性的结果，"没有归途的房间！一个从未有人走出来过的房间！它存在的意义是——一个密室，里面的人直到活活饿死都不会被人发现。"

"我承认这些墙确实够结实的，"我说，"你说得也许没错。"

蓝思警官在检查那把小型全自动手枪："这把枪开过火。看上去死者对凶手开了一枪。"

我想起了早些时候在木桌桌脚上发现的一个小洞："我敢打赌，这枪准是射在这儿了。你带小刀了吗，警长？"费了一会儿工夫，我从细长的桌腿中取出一小块金属。尽管有点变形，但还是能很明显地辨认出是一颗子弹。

"这说明……"斯隆问道。

"顶多告诉我们一件事，这位死者枪法够烂。"

"子弹会从鬼的身体里直接穿过吧。"

"鬼才不会用猎刀砍人，"蓝思警长说道，"我从来不信鬼魂之流说法，今后也不会。"

"但我们的所见又该如何解释？"萨德·斯隆问道，"只能用鬼魂来解释！"

蓝思警长嗤之以鼻："那是你的问题，不关我的事。"

"关于死者的身份,有线索吗?"我问警长。

"从没见过这人,他的口袋也是空的。没有现金,没有身份证件,什么都没有。"

是夜,我们没什么可做的了,然而次日一早,我尚未睡醒,蓝思警官就开始敲门,他带来了一些有趣的消息。

"验尸官证实了你之前的判断,医生。验尸报告显示,他死于昨天凌晨三点至五点间,但同时也发现了新的事实:尸体脸上的胡子是假的。"

"什么?"

"假胡须,用化妆发胶粘在脸上,像演员们表演时那样。你对此有何高见?"

"我居然没发现,真丢人。去掉胡须后,有没有人能认出他?"

"有点眼熟,医生。我无法肯定,但我也许在镇上见过此人的通缉令。"

"真有趣——他从我面前经过时,我也觉得他看着眼熟。"

"你还对你们那套鬼魂的说法念念不忘吗?"

"我只不过是把我们亲眼见到的告诉你罢了。"

"倒不如跟我讲讲你们是怎么看到死人走路的。"

我想了一下:"这好像不是问题的核心,警长。"

"又是一个你最喜欢的不可能犯罪事件,不是吗?"

"看上去是,"我承认,"确实不可思议。"

"你打算怎么办?"

"等天亮后,回现场重新察看一番。"

我是一个人去的,将车停在之前的老地方后,我沿着车道向布莱尔老宅走去。不管昨晚的男人是谁,他显然不是驾车来的——除非有其他人把车开走了。我压根就没想过鬼魂作祟。我看到的是一个有血有肉、十二分鲜活的男子,若这事实的存在只加深了案件的诡谲,那就意味着我还有需要解开的谜。

积雪方融,长长的杂草低垂着头。我踏着草丛绕到房后,并不期望能有何发现,只是觉得无论如何都该再检查一遍罢了。最后,屋后的排水管引起了我的注意。水管末端的排水口向外弯曲,距地面约两英尺高。不知何故,这让我联想到一个超大号喇叭的吹口。我用手围成杯状,试着对排水口喊话,声音在水管里回荡不休,无法确定屋内是否传来回音。

"重回案发现场?"身后响起一个声音。我被吓了一跳,直起身子,发现是捉鬼者萨杜斯·斯隆。

"瞧,我认为我发现了些线索。你还拿着前门钥匙吗?"

"嗯。"他从口袋里拿出钥匙。

"快进屋,我们去昨晚听到耳语时所站的位置站好。我要做个实验。"

他"领命"而去。我忽然发现透过排水口上方的窗口,能观察到他在房间内的行动。我再次试着对排水口喊话,他做手势表示能听到。我遂压低声音,改作刺耳的窃窃私语。他连忙跑过来打开窗户:"就是这个声音,山姆!这就是房间说话的秘密!你是怎么发现的?"

"刚好猜中了。昨晚我们才听到耳语不久,那鬼魂就进了房间。这让我思考,是否有方法能在屋外制造耳语的声音。后来我看到排水管道,就尝试了一下。"

"你的意思是,我们的鬼魂朋友是个冒牌货?"

"我认为他掌握了一个秘密,那就是声音经过排水管会在阁楼被放大,并传遍整个屋子,很可能是通过烟囱走的。"

"若一个人死了快一整天,他怎可能对着排水管耳语,再开门上楼走进密室?"

"我不知道,"我坦承道,"我有个想法,但目前它只会带来更多的新问题——解释了一个不可能,又冒出一个新的。"

"别卖关子了。"

"好吧,如果我们看到的那个男人其实就是凶手乔装成死者的模样,很多问题将迎刃而解。"

"这能解释他是怎么从密室里消失的?"

"不,这不行。"我苦着脸说。

"我还是倾向鬼魂之说。若拍下他走路的照片就好了。"

"你把房间现场和发现尸体的照片冲印出来了吗?"

他点了点头,手伸进随身携带的一个皮包:"在这儿,但基本没用。"

曾经有一次,犯罪现场的照片帮我解决了一个案子,但这次我不得不承认,照片上的信息极其有限。桌子面前的死者、他身后坚实的墙壁——这就是全部。我们仍须面对一个身份不明的鬼魂。"我要回办公室了,"我把照片还给斯隆,"你一起走吗?"

他摇头:"我再转转,找找新线索。"

我来到外面的马路,钻进皮尔斯·阿洛。就在我启动车子的同时,发生了意想不到的状况。起初是引擎罩下传来一声爆裂巨响,紧接着火焰就蹿了起来,整辆车突然着火了。

我想办法从车里跳了出来,在冰冷的地面上滚了几滚,以压熄衣服上的一些火苗,但我的车无疑完蛋了。我失魂落魄地站在原地,看着它被火焰吞噬,犹如站在垂死病人的床畔。我对此无能为力。

注意到滚滚浓烟的萨德·斯隆终于从布莱尔宅邸的屋后现身。他朝我飞奔而来:"发生什么事了?你的车……"

"我不知道,估计是爆炸之类事故。能逃出来算我命大。"

"我载你回镇上吧。"

"不必了,我想还是让蓝思警长来这里看看好了,"我朝路一头的安德鲁斯家走去,"我去给警长打个电话。"

安德鲁斯太太在门口迎接我:"山姆医生,又有麻烦了?你的衣服都烧坏了。"

"车子起火了。可以的话,我想打电话给警长。"

"您自便。"

"比利的脚恢复得如何了?"

"比较慢。既然您在这儿,我希望您能帮忙看看。"

他在自己的房间里，但不在床上，他正尽力跛着脚四处活动。我立即注意到缝线处有点红肿发炎，却并非大碍。

"你应该待在床上，"我正色道，"才一天时间，你还不能用这条腿。"

"还有好多工作要干的，我真是太绝望了。妈妈很多事都做不了。"

"回床上去，我给你在伤口上敷些药膏。否则我就把你送去医院，你本该待在那儿的。"

这话似乎吓住他了，他回到床上："你看来不比我好多少，医生。发生什么事了？"

"车子被烧了。"

"该不会是你的皮尔斯·阿洛吧！"

"就是它。无论如何，七年了，也该换新的了。但这样的告别委实让我相当不忿。"

我完成治疗工作后，和安德鲁斯太太一同回到事故现场。火势渐渐转小，我发现蓝思警长已然赶到，随行的还有十几名消防志愿者，他们扑灭了剩下的火焰。

"真是太无耻了。"看着这一幕，安德鲁斯太太说道。

"有人想给你上火刑，医生，"蓝思警长说，"凶手在引擎盖下面藏了一罐汽油，然后用一根吸满油的布条连着火花塞。像个土炸弹。"

"和我猜测的差不多。"

"你觉得这说明什么,山姆?"萨德·斯隆问,"你在这里树过敌吗?"

"我只有一个敌人,就是昨天杀死那位不知名男子的凶手。现在我可以排除鬼魂作案的可能了,鬼魂没能耐在光天化日下安装汽车炸弹。"

"炸弹应该是趁我们在屋子后面时安装的,"斯隆说,"这意味着凶手一直在监视我们。"

"有可能。"我说。我记得我是第一个到达现场的,然后斯隆来了。

蓝思警长悲伤地看着冒烟的废车,黯然摇头:"这可是轿车里的艺术品呀,医生。"

"爱玻会心碎的,而且比我更甚。"这辆车总是带给她与众不同的快乐。

蓝思警长把我拉到一旁:"对了,医生,有些新消息告诉你。今早我接到了州警方的电话,他们辨认出了死者身份。"

"他是?"

"乔治·吉福德,前些年佛罗里达地价飙升时,他涉嫌几桩诈骗。一个大陪审团起诉了他,但判决迟迟未定,使他得以假释。那州警说吉福德推销土地很有一套,总是出售一些子虚乌有的油井或金矿给买家。"

"有意思。不知道他又在打布莱尔老宅的什么主意。"

"也许他看到了那篇新闻,决定购买一栋货真价实的鬼屋。"

"也可能是贩卖。"我说。警长带来的消息让我开始思索。回诊所的路上,我向斯隆询问撰写北山镇鬼屋报道的那位波士顿记者的名字。

车子报废的消息已经传到了爱玻的耳朵里。"噢,山姆医生!"她看到我进门,哭喊道,"你没事吧?"

"我比车好多了,爱玻。有没有电话找我?"

"没有急诊。"

"很好,我想打个长途电话,到波士顿。"

记者名叫察克·伊格尔,线路很糟,我几乎听不清他在说什么。没错,他记得那篇鬼屋的报道,也对萨杜斯·斯隆询问这件事有印象。"斯隆是在文章刊登以后找你的吗?"我对着话筒大吼,"你以前没见过他?"

"没有,我从未见过斯隆先生。"

"这栋房子的故事是哪一位北山镇的前住户告诉你的?"

"唔,是个名叫吉福德的男人。他是搞地产的。"

"搞到被起诉欺诈!"

"这我不知道啊,"记者有点畏缩,"但我还是调查了他告诉我的事。那栋房子曾作为逃亡奴隶的一个中转站,同时流传的还有一段秘闻,说房子里有个隐蔽房间,从来没有人能从里面出来。你要知道,这篇报道给我惹了一身麻烦。"

"说说看?"

"布莱尔家正在卖房,他们抗议我的报道把生意搅黄了。有些买家不喜欢怪力乱神的东西,有些买家则觉得房子被曝光后缺乏隐私。他们尤其不希望买到房子后,成为好奇心的众矢之的。所以房屋主人雇用斯隆捉鬼。"

"斯隆受雇于布莱尔家族?你确定?"

"当然,我确定!他们雇他把神神鬼鬼的东西赶走。他答应告诉我进展,并承诺让我独家报道。发生什么事了吗?"

"没什么,"我稳住他,"要是有事,自然逃不过你的耳朵。"

我挂了电话,意识到有事可干了。但首先,我要把这身烧焦的衣服换掉。

下午晚些时候,我给旅馆里的斯隆打了电话,告诉他我打算重返布莱尔老宅。

"是时候和鬼魂干一场了,"我说,"要不要一起去?"

"义不容辞!"

"那你开车来接我,行吗?我没时间换车。"

我们到达老宅时,夜幕已降,气温复又转凉,二月的冷冽空气中,雪片零星飘落。斯隆用钥匙开门,我在一旁等待。"蓝思警长知道你有开门的钥匙吗?"我问。

"我告诉他了,但他没让我交钥匙。"

"他应该收走的。"

"那我们还怎么进屋?"

他这么一说,让我陷入某种沉思,因此没有立刻回答他的问题。我跟在他身后,爬上楼梯,来到密室里。

"这里肯定有路出去,"我说,"那些关于逃亡奴隶的传说,还有从未有人走出房间的说法,它们的存在一定有其事实依据。没有人能出来,因为别有出口,我现在就把它找出来。"

"怎么找?"

我按下门上的机关,推开松动的墙板:"我进去把门关上。等我半小时,然后开门。"

"我不能和你一起进去吗?"

"那样的话,我若找不到另外的出口,谁放我出来?"

他同意了我的提议,我遂只身进入密室。墙板转了一圈关上了,只听咔嗒一响,门亦被锁上。

我站在没有出口的房间里,孤身一人。

我把带来的提灯放在桌上。搜索工作先从四面墙壁开始。它们都很结实,但后墙似比其余部分更加坚固。我起初不懂,继而恍然——楼下壁炉的烟囱贯穿房屋中央,所以这堵墙很可能就是烟囱的一侧。这为秘道提供了完美的场所,但叩击墙面后没发现任何线索。我又尝试了其他几面墙壁,结果同样令人失望。木质地板和墙壁一样坚实。

这几处地方,我之前和蓝思警长摸过一遍了,唯一没检查的唯有天花板。那里看上去同样牢不可破,但我依然爬到桌上亲手确认了一番。确实没有花样。就算墙面上的涂料四处开裂,我仍未发现蛛丝马迹。

我爬下桌子,一时大有山穷水尽之感。

我在椅子上坐下，开始思考。乔治·吉福德正是坐在这里死的。四面墙壁，没有窗子，结实的地板，无路可逃的天花板。关上门，房间里甚至没有通风口。难道所有进入这房间的人都曾像吉福德一般死去？这就是密室无人生还的原因？我几乎可以想象逃亡的奴隶被囚禁在此地濒死的模样，无论是因窒息或因饥饿。

不对，不是这样的，事实不该如此，很多事说不通。

我断然告诉自己，凶手杀人后离开了这间上锁的密室。这一点绝不会错。有些东西被忽视了——一扇尚未发现的门。

怀表显示半小时已到，我因而开始敲打墙板，让斯隆开门。

门外没有反应。

我用更大的力量又敲了一次。还是没有回应。

萨德·斯隆，难道我看错了他？难道我一步步走进了真凶的掌心？我想起他冲下楼，奔向烈焰熊熊的轿车；想起他受雇于这栋宅子的主人；想起他在鬼魂进入密室后，下楼去取他的照相机。

照相机！

当他拍照之际，我有一阵子因闪光灯的缘故失去视觉。会不会有人在那个瞬间，悄然从我身边经过，溜出房间？

我使劲敲打墙板，但没人来给我开门。

这是一个糟糕的时刻，所有的确信无疑全部变作怀疑。若我判断错了怎么办？我把自己托付给一个凶手，一个不久前还打算将我烧死的凶手。

但我不会想错的。闪光灯亮起的瞬间，我和斯隆堵在门口，不可能有人在那时隐身般离去。退一步说,他的身影也将出现在照片上。

可是,斯隆如果没有站在凶手那边,他发生什么事了?

我盯着空白与冷酷的墙壁,寻找一条不存在的出路,惶恐感随着时间的流逝而渐渐上升。

忽然,有光射进脑海。

我在房间里待了将近四十五分钟,但空气新鲜如故,提灯也烧得亮堂。

所以,这房间并非看上去那般密实。

我取下提灯的玻璃灯罩,火苗立即开始摇摆。我一下子就找到了气流的来源。空气是从木地板间的缝隙涌入的。

可惜我没办法把这些木板抬起,既无暗板,又找不到机关门。地板一直延伸至坚实的墙体下方,那是烟囱的四壁之一。

我打了个激灵。

地板为何会从墙壁底下穿过?那边不就是烟囱了吗?

我再次弯下身体,仔细检查地面,发现了一些可能是用刀尖刻出的沟槽。尽管有些是新的,但大部分都颇有历史。我从口袋里拿出一把小刀,插进沟槽最多的那块木板。利用杠杆原理,我试着将木板朝烟囱那面墙壁的方向滑动。

木板移动了。我又试了两块木板,他们都能移动。

每一块有沟槽的木板都滑进了烟囱墙壁的下方,我只能想象它们伸到烟囱里了。当我移动第四块四英寸宽的木板时,地面上出现了一个足够宽敞的空间供我钻入。我拿着提灯跳了下去,发现自己正位于一楼天花板上方的空间,这里只能爬行,高度不到一英尺,很难向前移动,但我还是爬到了头。在头顶上方,我发现那些木头地板能像推过来一样轻松复位。

现在,我知道这里肯定有出路了,因而决定继续匍匐前进,直到发现出口。沿外墙一直向前,终于来到一个洞口,一架梯子从中通往底楼。我爬了下去,发现置身于房屋后方一间狭小的食品储藏室里。这就是奴隶们为了避免被困二楼密室找到的亡命之路。这就是传说中有去无回房间的生还之门。

我赶紧穿过屋子,从前厅的楼梯返回二楼。萨德·斯隆四脚朝天地躺在走道上,处在昏迷状态。他的后脑勺被人打了。

我起身环顾四周,试图看透那些黑漆漆的房门。"还是出来吧,安德鲁斯太太,"我说,"我知道你在里面。"

她从黑暗中出现,步入我的提灯形成的光圈中,她举着一把猎枪,瞄准我的胸口:"你知道得太多了,山姆医生。我很遗憾,不得不让你永远闭上嘴巴。"

她说话时,灯光在她脸上阴晴不定地跳动,我浑身掠过一阵寒意。这才是布莱尔老宅鬼魂的正身,比任何鬼魂都更要危险。

"你还是暴露了,安德鲁斯太太。"

她稍稍将枪口抬高:"我没想到你能找到出来的路,但还是以防万一守在这儿。"

"是你把汽油炸弹装在我车里的?"

"没错。你破案的本事太出名了,我非常害怕。"

"我今晚差点就名声扫地了。找到房间的出口,靠的只不过是运气——加上我对自己判断的信心。"

"你是怎么知道这一切的?"

"吉福德的尸体没有身份证明。口袋都是空的。但是,如果口袋里什么都没有,那他用来开门进屋的钥匙到哪里去了?我们看到他进门,从我们面前经过,然后进入密室。我们现在当然知道,吉福德的尸体那时已经在房间里了,从我们面前走过的其实是你,你穿着冬衣,头戴皮帽,还粘着假胡须。

"尽管如此,那把钥匙的失踪只不过是配合尸僵的线索让我确信从我们身边走过的另有其人。你需要胡须、帽子和大衣来掩饰你的真实身份,这些道具可能是你的丈夫在节日集市上遗留下来的商品——然后你把它们给死人穿戴上,以加深我们的印象,让我们认为那个从大厅里经过的人就是死者。最后,你顺着我刚才离开房间的路线逃走。"

"乔治·吉福德本就该死。"她平静地说。

"原因呢?我还不太了解你的动机。"

"数月前,他来到这里,带着他的一些土地经营计划。他打算买下这栋宅子和我们的农场,然后将股份出售给度假村之类的客户。我犯了个错误,把有关这个密室的传说告诉了他,结果他找了个波士顿的记者,大肆报道了一番,这样一来,土地的价格将会下跌,他便可趁机买入。后来布莱尔家请来了这个捉鬼的家伙,吉福德急了,匆匆忙忙跑来威胁我们。我们怕得要命,唯恐他夺走我们赖以为生的农场!"

其实和他们的农场相比,吉福德更感兴趣的是玩弄投资人,但我现在没必要说这些。失去农场的恐惧促成了吉福德的死亡。"你说的我都理解,"我温言道,"但还是有些我无法理解的地方。"

"什么?"她脸上的肌肉因为怀疑拧在一块儿。

"昨晚你为何要冒如此大的风险,乔装打扮来到这里?让我们误认为死者当时还活着,有那么重要?也许我们本来永远也找不到尸体,结果你冒着极大的风险带我们找到了。我们本可以在你经过时当场把你抓住,或在你尚未逃走前冲进密室。"

她这会儿显得非常迷惘:"我——我没有——"

我悲哀地摇了摇头:"在如此一个穷乡僻壤,你不可能了解尸僵这种专业知识,不是吗?你不知道警方其实可以推断出死亡的大致时间。你从吉福德的身上拿走了他的钥匙,对着排水管说了一通悄悄话,然后以伪装好的姿态回到这里。接着,你把伪装的道具转移到死者身上,好让我们以为他是那天晚上被杀的。现在请告诉我,事情是这样吗?"

"你想得太多了,山姆医生。"说着,她又举起了枪。我看着黑洞洞的两个枪口,心里明白我只有不断地说话,并且让她也说话,才有可能活命。

"你不会开枪的,安德鲁斯太太。你在车里装了炸弹,因为那是自动触发。这样你就不用眼睁睁地看着我丧命。不过你也不会开枪的,因为到目前为止,你从未杀过任何人,今后也不会。杀死吉福德的是你的儿子比利,不是吗?"

她喉咙里发出的悲鸣说明了一切。"对着排水管小声说话,借此吓唬人,"我继续说道,"这不是一个母亲会做的事,除非她的儿子告诉她该怎么做。她有一个自幼玩在这里,并且发现了密室的儿子。当然他也发现了从房间里离开的路。从头到尾,只有比利一个人,不是吗?

"用猎刀刺死吉福德的不是你,而是比利!搏斗期间,吉福德掏出一把小型手枪,击中了比利的腿,于是你想出了一个主意,把伤口的原因归咎于一起发生在谷仓的事故。那颗小口径子弹还没有草叉的叉尖大,在腿上穿过,形成了一个整齐的伤口,然后陷入桌腿。事实上,那颗子弹甚至连射穿桌腿的能量都没有,这说明在此之前,它首先穿过了其他物体。当然,吉福德的血迹掩盖了比利伤腿的失血,我猜比利用某些东西包裹了伤口,直到他蹒跚着回到家中。昨天晚上,他的腿瘸得太厉害,以至于无法伪装成死者出现在布莱尔老宅,于是你为了自己的孩子挺身而出。如果我们误以为吉福德死于昨晚,那么你的儿子就拥有了完美的不在场证明——假设我和斯隆万一发现了吉福德的尸体,这时比利就需要一个不在场证明了。"

"上帝,比利刺死他是正当防卫!这个男的有枪!比利只不过从他口袋里偷了些东西,好让他的身份晚些被发现。"

"那就请你不要为了比利,让情况雪上加霜,安德鲁斯太太。让法庭来决定吧。蓝思警长正在你们的房子实施逮捕。"

这是我信口而言,但她并不知道。一瞬间,猎枪晃动,我从她手中夺了下来。

★　★　★

"可怕的案子,"山姆·霍桑医生喝完杯中酒,作了如此结论,"我两次和死神擦肩而过,还痛失爱车!那个捉鬼者萨德·斯隆顶着脑袋上肿起的包回到了波士顿,路上没有鬼魂做伴。法院因无罪推定①的惯例,只判处比利过失杀人,但这样的判罚对他的母亲而言,依然很是残酷。刑期未满,她就去世了。还有——呃,没错——爱玻第二周和我去挑了一辆新车。"

他将酒瓶举到灯下:"再来一小杯——呃——敬上帝吧?没时间?好吧,回见。下次我要给你们讲的故事,发生在波士顿的一场医学大会上,原来不可能犯罪在大城市也有呢!"

吴非　译

---

① 当指控的证据不足之时,审判者必须相信被告无罪。

15 波士顿公园疑案

一个暖洋洋的夏日午后,年迈的山姆·霍桑医生稳坐后院草坪的桌畔,斟了一小杯雪利酒。这户外饮酒的机会无疑让他很是惬意。

"真难得今日空气颇佳,"只听他欣然说道,"但我年轻时几乎天天如此,包括城市里都是一样。有些乡亲曾问我有没有解决过城市里的不可能犯罪,这些年下来,确实有过一些。谁让我有时必须因故离开北山镇呢?要说那其中的第一桩——那个骇人听闻的案子——还是在波士顿发生的呢,时值一九二八年间,春日行将逝去……"

★　★　★

当时,我和我的护士爱玻同赴波士顿参加一个新英格兰医学会议。这是我首次长途驾驶新的坐骑——一辆棕色的帕卡德敞篷车①,它接替了我深爱的皮尔斯·阿洛。尽管道路不比今日的

---

① Packard Runabout,19世纪20年代美国运动型敞篷车的代表作品。

平坦开阔,但我们只花了不到两小时便顺利抵达。帕卡德的表现让我非常满意。那天非常温暖,我把车顶篷放了下来——爱玻特别喜欢这样。几年前,我曾带她前往新布里港①参加一个订婚聚会,她至今仍不时谈起当时的兴奋劲儿。眼下,我们将车驶向波士顿公园对面的精致旅馆,她的表现和那时如出一辙。身穿制服的看门人快步跑上前来帮我们拿行李。

"先生,您是来本旅馆参加医学大会的?"他问道。

"对。我是来自北山镇的山姆·霍桑医生。"

"请直接进门,在柜台办理登记。旅馆服务生会替您拿行李的,我去帮您停车。"

我们在大堂遇见的第一个人,是花白头发的克雷格·索默塞特博士。他是新英格兰医学协会的副主席。

"哎呀,山姆·霍桑!这些年过得如何?农村生活好吗?"

"棒极了,克雷格,很高兴又见到你。这是我的护士爱玻,我带她来见见世面。我参加那些无聊会议的时候,她可以四处转转。"

他瞟了一眼爱玻,后者的脸顿时红了。克雷格·索默塞特总是保持着新英格兰的绅士风度:"很高兴认识你,爱玻。希望你喜欢这个城市。"

"我有十年没过波士顿了,"她告诉他,"这儿变化真大呀!"

"如你所言,"索默塞特博士赞同道,"十年前,这栋旅馆甚至

---

① Newburyport,马萨诸塞州东北沿海小镇。

还没建呢。若从这里的高层俯视波士顿公园,视野很是不错。但是,我要稍稍提醒你——傍晚时,千万别去对面的公园。最近几周,我们碰上了一些麻烦。"

"哪方面的?"我猜,这是他故意给爱玻的忠告,"调戏女性的流氓?"

"恐怕还要糟些,"他话语中的轻松消失了,"那里前后有三个人遇害了,全是傍晚时的事情,而且天色尚还明亮。凶手简直是隐身了。"

"山姆医生准能逮住那家伙的,"爱玻说道,"他在北山镇解决的全都是你闻所未闻的案子,每一个案子听上去都不可能完成。"

"没有的事,别乱说,"我抗议道,"我是来这里开会的,不要节外生枝。"

"我正是要跟你谈谈会议的事,"索默塞特说道,"我想安排你利用我们后天的正式议程的间隙作个简短发言,给我们谈谈乡村行医时遇到的问题。"

"这种大场合……演说?我不太想这样做,克雷格。"

"但你精通业务。医学的这一块领域,大部分会员是一无所知的。"

"容我今晚考虑考虑好了。"

"那些人是怎么被害的?"爱玻的好奇心燃烧了。

"看上去似是下毒,皮下被注射了某种快速生效的化学物质,"索默塞特说道,"警方不想惊动公众,但事关毒药的成分,遂召我充当他们的顾问。"

"我向你保证,在北山镇时,山姆医生被蓝思警长求助的次数和他出诊治疗病人的次数一样多呢。"

"你真让我感到难堪,爱玻。"

说话间,我填好了登记表格。服务员正等着给我们引路,帮我们前往房间。"晚些时候再见,克雷格。"

电梯里,爱玻抱怨道:"他以为我是你的女人,所以你才带着我,山姆医生。"说着,她脸红了。

"别管他的想法。"爱玻三十有余,比我大出几岁,自一九二二年我到北山镇行医开始,她就是我的护士。早些年她瘦身成功,却依旧只是一个相貌平平的农村姑娘。我对她从未有过非分之想,但和她一同工作,确是件让人心情愉快的事情。

"你打算帮他们解决这案子吗?"

"没这工夫,我是来参加医学大会的。"

然而事与愿违,当晚八点钟刚过不久,隐形人就对第四个受害者下手了。

大约八点半的时候,索默塞特博士敲响我的房门。只见他一脸紧张神色:"我们需要你的帮助,山姆。又有人遇害了。"

"又在公园里?"

"对,就在刚刚穿过马路的地方!你能跟我下去吗?"

我微微一叹:"等我五分钟吧。"

我们默默穿过马路,来到公园一隅。那里正有一具年轻女性的尸体,靠着树仰面躺着。警察们忙着给现场拍照。一点点降临的暮色中,闪光粉大放异彩。一个魁梧的探员朝我们走来,看着像是负责人。"索默塞特博士,这就是您的大侦探?"

"这位就是山姆·霍桑,来自北山镇的一位医生。他是来波士顿参加医学会议的。据我所知,他解决了不少看似不可能的犯罪案件,当地妇孺皆知。山姆,这位是达奈尔探长。"

我一看就看出这人和蓝思警长不同。他是个大城市的警察,显然不喜欢别人打断他的工作,更何况我只是个乡村医生。"医生,你用不用放大镜?要不要像歇洛克·福尔摩斯那样趴着找寻线索呀?"

"实话实说吧,我只想回房休息。"

索默塞特博士亦颇不悦:"听着,探长,把你们目前的成果告诉山姆,这有何坏处?没准他会有破案的灵感呢。"

"妈的,我们早就竭尽所能了。成果就是四具尸体,两男两女。现在这个看起来是本案目前最年轻的受害人。有一个男性被害人是流浪汉,在公园里行乞;另一个则是年轻律师,当时刚结束加班,正在从办公室回家的路上;然后是一个中年妇女,傍晚出来闲逛的;最后就是今天这个。"

"全是被毒死的?"

探长点了点头:"这也是我们要让索默塞特博士参与本案的原因。我们需要一名医生供我们咨询这种毒药的情况。尸检结果表明,前三位死者均死于库拉雷的微量注射,这是一种南美洲的箭毒。该发现尚未向媒体公开。"

"库拉雷?在波士顿市中心的公园?"这太让人难以置信了。就算是医学院里,库拉雷都是很难取得的毒物,一般的医生甚至没有接触这种药物的机会。

"库拉雷作用于人体时,几分钟内就会生效,使运动肌和呼吸肌麻痹,"索默塞特博士解释道,"死亡的快慢和中毒者的体形有关。查尔斯·沃特顿①的著作《迷失南美》曾描述过一个实验,一头上千磅的公牛从中毒到死亡需要四十五分钟。"

"关于库拉雷,你知道的比我详细多了。"我说。

"所以达奈尔探长把我找来协助破案,"他俯视着年轻女子的尸体,"这是一种极其阴毒的杀人方式,因为不会引发痛楚,所以受害人几乎没有警觉。接着会出现重影和吞咽困难。当毒素影响到肺部肌肉时,便会引发窒息。诚然,这是一种无痛苦的死法,但也使受害人失去了求救的机会。"

"毒素如何进入受害人体内?"我问道,"皮下注射针头?"

达奈尔探长跪在尸体旁边,翻开死者白色短衫的衣领。只见死者的颈部肌肤上赫然插着一枚带尾羽的小小飞镖。"凶器太小了,死者可能根本没有察觉——就算有感觉,也可能误认为是昆虫叮咬。此前的两次命案里,我们一直没发现毒镖——说不定是受害人有感觉,把飞镖拂到地上去了,就像对待讨厌的蚊子那样;

---

① Charles Waterton(1782—1865),英国的自然学家。

而第一宗命案的凶器则嵌在死者的衣服上。"

"凶手是否使用了某种类似飞镖发射器的工具？"我思索道，"气枪的有效距离一般都挺长的。"

"南美人用的是六英寸长的吹管。"索默塞特博士说道。

"我无法想象这次的凶手是这样做的，"我说，"他在公园里躲不了多久。所有案件都是这个时间发生的？"

"都是傍晚天色尚未全黑时发生的。第二次案件后，我们的巡警数量翻了一倍，而第三次惨剧后，整个公园都安插了便衣。我认为是时候禁止闲散人员接近公园了。"

"我不赞同此举，"索默塞特持有不同观点，"那样的话，凶手只要换个地方或等到公园重新开放就行了。你们要做的是抓住他，而不是把他吓跑。"

"现场拍摄结束了，"一位警探向达奈尔探长汇报道，"能把尸体挪走了吗？"

"好，把她带走吧。"

"钱包里有没有证明身份的物品？"我问。

"丽塔·克拉斯基，波士顿纪念医院的护士。遇害时很可能正在上班途中。"

探长没有和我们告别，他追上盖着布的担架，走上街头。我转而对索默塞特博士说道："我真不知道能做些什么，克雷格。在北山镇，我打交道的是相处六年的人和场所。我了解他们生活和思考的方式。这里的一切超出了我的范围。波士顿人连讲话都和北山镇不同。"

"我只希望你能发现一些可能被我们忽视的线索,山姆。"

"凶手是个疯子,这绝无疑问。抓一个心智健全的凶手就够难了,何况是疯子呢。"

"别管这些,山姆。若你发现任何能协助破案的线索,今早第一单元的议程结束后,就来找我。"

一行人回到旅馆门口,索默塞特请看门人叫出租车。"你不住这儿?"我讶然问道。

看门人吹着叫车口哨跑向街角,索默塞特从口袋里掏出一枚硬币当小费:"不,我住家里。我太太坚持这样。"

回到楼上的房间,我挨着窗子坐了许久,俯瞰波士顿公园。警方依然搜索着凶手的踪影,手电的光芒星星点点,游动不休。片刻之后,我放下窗帘,上床歇息。

"又一起公园凶案!"

清晨的报纸头版故意用黑色粗体字渲染了这一消息。吃早餐的工夫,爱玻读了相关报道,我告诉她索默塞特曾来过我的房间寻求帮助。

"你去现场了?山姆医生,看到尸体了?"

"我看过很多尸体了,爱玻。"

"但是,在这么个大都市……"

"她和北山镇的死人没太大区别。"

"第一单元的议程结束之前,你还有些空暇。带上我吧,让我看看现场。"

我无法遏止她的好奇,只好和她穿过繁忙的特雷蒙大街,把丽塔·克拉斯基出事的地点指给她看。我们逛着逛着,不觉行到公园深处,经过墓地,沿士兵纪念碑①绕行,再向西折往查里斯大街。穿过街道,便会抵达毗邻公园的波士顿大众花园。

"瞧那些天鹅船②!"当我们走往一个人工湖时,爱玻忽忘情地喊道,"人们用脚在划船呢!"

她就像一个迎接圣诞节黎明的孩子,我带着她在其中一条天鹅船上绕湖一周,心知会议第一单元的议程是赶不上了。

划完船,我们沿着花园漫步走近阿灵顿大街的一侧,经过华盛顿纪念碑来到灯塔街上。不久,我们又绕过波士顿公园北侧,到达州府大楼。大楼的金色穹顶在晨光中闪闪发亮。

"报上说第一具尸体就是在公园的这一侧被发现的"③。爱玻说道。

"此事和我无关。"

"老实说,你有时候倔得像头骡子!"

---

① 波士顿公园北侧的纪念碑,1877年落成,用来缅怀美国南北战争中牺牲的马塞诸塞州战士。

② 此处是指波士顿公共花园的天鹅船队(Swan boats),该游船项目对公众开放的时间是每年的4月至9月。

③ 马萨诸塞州政府大楼位于公园北侧,而旅馆所在的特雷蒙大街位于公园东侧。

"我们来这里是欢度都市时光,不是来破案的。走吧,今晚我带你去新落成的大都会剧院看电影。大家都说那是一个名副其实的宫殿。"

我们穿过公园,开始返程。今天是工作日,但上午十点的公园附近几乎没有上班族的人影。这显然是和报上吓人的大字标题有关。我们在旅馆门口分手,爱玻要去买些东西,而我则独自上楼,刚好赶上开放讨论的散场。

索默塞特博士在出口处把我拦了下来:"中午我和探长有个会议。要不要同行?"

"这案子真的超出了我的范围,克雷格。今早,爱玻和我绕着公园溜达了一圈。这里对我来说,就像国外一样。"

"昨天晚上,我们还有一件和案情相关的消息没告诉你,"索默塞特低语道,"凶手一直在联系警方。"

"哦?就像开膛手杰克①那样?"

"没错,随我来吧,让你看看那些信件。"

索默塞特知道如何吊我胃口,我没办法拒绝这一邀请。

我心神不宁地坐在会场,听着晨会第二场的讲座,主讲人是哈佛药学院的一位教授,议题是小儿麻痹症的最新研究。

这是当月大量占据新闻报道的一个话题,只因艾尔·史密斯刚刚提名富兰克林·罗斯福担任纽约州的州长,而后者正是小儿

---

① Jack The Ripper,1888年残杀数名伦敦妓女的凶手,犯案期间曾屡次向警方致信挑衅,其真实的身份至今犹无定论。

麻痹症的患者①。

我提议让索默塞特搭乘我新买的帕卡德前往警局总部,但他坚持乘坐出租车。利用旅馆旁边的扬招点,拦出租甚是容易,而且时值白天,不用给门童小费。

车驶上特雷蒙大街后,我望着川流不息的人群,望着他们的面孔,不知道其中哪个才会是凶手的脸。如果是北山镇的话,我能把每个人的脸对号入座;但这里只有陌生人。此地若是北山镇,那我没准能抓出四五个嫌疑犯,可此时此刻,整个波士顿不啻全有嫌疑。

"这是你熟悉的城市,对吧,克雷格?"

"一直都是。其实你该来这里执业,那样你才会了解医学。"

"哦,我一直努力摸索呢。"

"你下乡六年了吧?要一辈子在北山镇虚度光阴?"

"这很难说。"

"波士顿有七十五万人,山姆,我们需要像你这样优秀的年轻医生。"

"理由?"我笑着问他,"波士顿是宇宙的枢纽?"

---

① 1921年夏,三十九岁的罗斯福随家人至海岛度假,扑灭一场林火之后,他跳进冰冷的海水休息,哪知上岸后竟引发双腿麻痹。经医生诊断,他患上了脊髓灰质炎,俗称"小儿麻痹症",但近年亦有学者怀疑其病情实属急性去髓鞘多发性神经炎。此事给罗斯福的政治生涯带来了很不利的影响,可他并未放弃。1924年,他被儿子搀扶着出席美国民主党的全国代表大会,发表《快乐勇士》演说,以期获得艾尔·史密斯的提名。1928年11月6日,他果然以微弱优势赢得了纽约州长一职。

"它可以是。有多少城市每天有汽船开往纽约,你知不知道?"

"说不定你们要抓的凶手每周都搭船从纽约过来呢。"

"不会的,"索默塞特肃然说道,"他就在我们周围。"

我们下了出租车,踏上警局总部的台阶。我遥遥眺望着海关大楼①的尖顶——那是波士顿最高的建筑——不得不承认,波士顿确实具有某种无法言喻的魅力。虽和北山镇那种小地方的质朴乡情存有天壤之别,却同样惹人喜欢。

而两地的犯罪事件亦颇有不同。我面前坐着达奈尔探长,我们之间的桌上则摊着凶手的来信。这家伙简直疯了。

昨晚是第一次公园杀人!还没完呢!

科尔伯洛斯②

另一封信:

死了两个,但尚未结束!波士顿会记得我的!

科尔伯洛斯

还有第三封信:

因你们的行径,还有人必须去死!记住我吧!

科尔伯洛斯

---

① Custom House,1849年建设的海关大楼,本是大理石圆顶,1915年增建后改成尖顶,是昔日波士顿市最高的摩天楼,高一百五十余米,共计三十二层。

② Cerberus,希腊神话中的地狱看门犬,有三个头。

"昨晚的凶杀案没有信?"我问道。

"暂时没收到。"达奈尔叹息着把熄灭的雪茄重新点燃,"今天的那堆信里可能就有了。"

"这些信件尚未对媒体公开吧?"

探长摇了摇头:"凶手有意哗众取宠,我觉得我们尽量别公开这些内容较好。"

"完全同意,"索默塞特道,"公众甚至不知道这些凶杀案是有关联的,尽管这一点早就呼之欲出了。"

"市长希望完全闭园,直到科尔伯洛斯落网,但正如昨晚你听到的那样,索默塞特博士反对此举。"

"你们要逮住他,而不是让他躲进暗处。"

我努力推敲这些信件,可惜茫无头绪。"我帮不上忙,"我说道,"凶手是谁,我想不出。"

"我们并不指望你说出凶手是谁。"克雷格·索默塞特说道,"我们只想知道他是如何下手的。"

达奈尔探长点头同意:"对,霍桑医生,你说他是如何做到的呢?我们已经知道凶手是谁了。"

我必须承认,他这句话让我斗志重燃:"你们知道谁是凶手,却并未实施抓捕?"

克雷格·索默塞特笑了:"这里又不是北山镇,山姆。像这样的大城市里,一个人可以藏好几个月而不被发现。"

"我又不是一辈子都蜗居北山镇,只是这六年罢了。我对城里的生活还有印象呢。"

然而,我当真知道?我是否离开城市太久了?

达奈尔探长清了清嗓子:"你要充分意识到,山姆医生,我们现在告诉你的事,出了这房间你只当没听说过。倘若那个科尔伯洛斯发觉我们知悉了他的身份,无辜民众的性命势必再受威胁。"

"我们是借由库拉雷顺藤摸瓜查到他的。"克雷格·索默塞特解释道,"谁让这东西不太容易搞到呢?当死因查明之后,我便着手调查波士顿周边地区的若干医院和研究中心。你大概知道,山姆,有人正研发着一种新的肌肉松弛剂,而库拉雷则是主要材料。该项目难度甚大,毕竟,哪怕只是微量的库拉雷,都可能引发恶心和血压降低。所幸我找到了一家剑桥①的研究所,一直摸索着运用这种毒药。大约半年之前,一些库拉雷从他们的实验室消失了,同时消失的还有一个临时助理研究员——乔治·托特。"

"他为何要偷走那些毒药?"我问道。

达奈尔回答了我的问题:"是他们解雇他的。研究活动一直是依靠当地一家慈善机构的补助金,所以钱花完了,研究便告中止。托特曾向市政府致信申请资金援助,但杳无回音。他和一名同事说过这样的话:倘若波士顿有人因库拉雷中毒而死,没准能获得当局的重视吧。不久,他就不见了,而且实验室缺了一小瓶库拉雷。"

"那个瓶子的剂量是?"我问道。

---

① Cambridge,此处指的是美国马萨诸塞州的剑桥市。

"足够对付二十到三十人。实验室当时没报告毒药失窃,没有人相信他真会杀人。然而当索默塞特博士开始调查失踪的库拉雷时,一切很快就明白了。"

"毒药会不会有其他来源?"

索默塞特摇了摇头:"几乎不可能。你也知道,库拉雷是从一些南美洲树木的表皮中提取的。其冗长、费力的过程,一直都被当地的家庭和部族缜密监管。有科学家曾想过要复制这一技术,但直到今日,他们依旧只能靠从林中带回的正品来进行研发。我们要追拿的凶手必定是通过实验室获得毒药的,而整个地区唯一有库拉雷的就是剑桥那个研究所。"

"明白了,"我说,"我同意这个叫托特的男人是凶手。我也同意他可能会在波士顿躲几个月。我现在只想请各位告诉我,你们为何对他的行为束手无策?"

达奈尔摁灭了他的雪茄烟蒂:"飞镖可能是从气枪或吹管里发射的。若凶手使用的是某种气枪的话,哪怕他距离目标五十英尺远,依然能够命中。"

"要是比那更远呢?"我疑惑道。

"那就不行了。这些木制飞镖是手工制作的。我们做过测验,超过五十英尺后,飞镖会摇晃、下坠。若使用吹管,有效射程只有二十五英尺。这就是我们面临的问题:凶杀案都是光天化日下发生的,而且是在一个大城市正中央的公园里。那里没有偏僻的小路,没有林木茂密的地方。整个公园大致呈不规则的五边形,最宽的两点间距只有一千七百英尺。从一侧到另一侧,一切尽收眼底。园内没有可供藏身之处,除了树木或雕像,但这些地方一直有人经过——尤其是这样的春季傍晚。"

"会不会是将吹管伪装成拐杖?"我说道,"凶手趁人不备,倏然把吹管举到嘴边,这只需一眨眼的工夫就够了。"

"也许头两桩案子他能这么做,但第三个受害人登场时,公园里布满了便衣警察,却没人发现有异常情况。"他从桌上拿起一个文件夹,接着说道,"丽塔·克拉斯基,昨晚的死者。事实上,她被害时正被监视着呢。"

"啊?"索默塞特博士显然是首次听闻此事,故而表现得格外惊讶。

"我也是今早才知道的。她涉嫌参与一起违反禁酒法案①的犯罪活动。两名财政部的探员正跟踪着她,以期她把他们带到她的男友处,后者一直从事着从加拿大的新斯科舍省将一船船烈酒偷运到境内的勾当。丽塔从你们旅馆那边的街角穿过特雷蒙大街,八点十分走进公园。当时光线充足,两位探员视线良好,始终监视着她,尤其关注任何靠近她的可疑人物。他们正等着她和男友接头。

"但是,没有发生任何不同寻常的事情,甚至没有人朝她看上一眼。在她行进的方向上,没有任何可疑目标。她在公园里走了

---

① 该法案(1919—1933)规定:凡制造、售卖或运输酒精含量逾0.5%的饮料皆属违法;可以独自居家饮酒,但和朋友共饮或举行酒宴则违法。

只有两分钟左右,随后就开始晃悠。她停下来靠在一棵树上休息,接着便倒在地上。我们的便衣警察立即采取行动,但为时已晚。财政部的两位探员向他们的上级提交了一份报告,报告的复印件今早被传到我这里。"

"我认为她应该能感觉到飞镖的刺痛。"我对此持有异议。

达奈尔拿起其中一根带羽毛的木制小箭,它只有火柴棒一半长:"看,木头里嵌着个普普通通的别针,针头露在外面——别碰,上面有毒——当人被木箭击中时,感觉大概和针扎相似。她说不定会拂一下头发,但财政部的探员对此没有起疑。"

"我认为这样一个针头携带的库拉雷,不足以如此快捷地解决一个人,"我说道,"还有,若她毒发前就将木箭从颈脖处拔走了,情况又会如何?"

"事实上,她没有,所以她死了。我们不知道这个托特——或科尔伯洛斯——对多少人下过手。没准有很多人曾拔掉毒箭并幸存下来。我们目前只知道有四个死者。"

"被害人的尸体具体是在公园什么位置发现的?"我问道。

达奈尔指着一幅大比例尺的地图,表示波士顿公园的绿色区域上插了四枚红色大头针。

"第一受害人佩特·贾达斯,尸体位于公园的另一边,靠近州府大楼。他曾是一名摔跤选手,后来行业凋敝,就改行当了乞丐。西蒙·福克是一名年轻律师,在位于特雷蒙大街上的办公室加班,他倒在这里,公园中心的位置。第三受害人是一个名叫米尼·威瑟的女招待,她死在这里,比丽塔·克拉斯基更靠近花园中心的一条相邻步道上。"

"角斗士、律师、女招待和护士。"我若有所思道,"这其中似乎没有联系。"

"完全没有规律,他只是随意挑个路人下手罢了。"

我盯着地图,看来看去也没有新的发现。

"那个科尔伯洛斯的签名,有何线索?"

"一只三个脑袋的看门狗,"达奈尔不屑道,"希腊神话里的。"

"是地狱犬。"索默塞特补充道。

"他选择这个署名,肯定有某种原因。"

"和疯子谈逻辑?"

"那好吧。"我说罢,起身打算离去。

"你要去哪里?"达奈尔问道。

"再去公园转转。"

现在是午餐时间,公园里比早上更拥挤了。长凳上,人们坐着交谈。有个男子正读着报上对最新凶杀案的报道。没有人忧心忡忡,他们并不知道淬毒飞镖和科尔伯洛斯的警告信。

我穿过查里斯大街来到大众花园,向西再次抵达天鹅船摇曳的湖边。这时,我发现了一个拿着有盖野餐篮的男子。他肤色黝黑、身材魁梧,目光颇不友善。但最让我注意的则是他右手摆放的姿势——他的右手始终放在野餐篮的盖子下面,仿佛握着某些东西。

譬如一把气枪的扳机。

无论如何，他一看就不像那种会来花园野餐的人。他返身朝公园走去，我追着他。倘若达奈尔探长给我看过乔治·托特的照片就好了。

男人的右手从篮子里伸了出来，却依旧放在盖子附近。我就在他身后几步远的地方，紧盯着那只手。手开始动了，盖子再次被掀起。我向前冲去，只瞄了一眼篮子里的枪，就一拳头打到盖子上，把他的手夹在里面。他因疼痛而吸了口气，然后松开篮子。

接着，我尚未有闲暇明白发生的事情，便被身后出现的另一名男子扭了过来。我的头部被人从侧面一打，眼前顿时黑了。

有几分钟，我估计我是失去了意识。

醒来之时，我只觉得脑袋阵阵发痛，身边围了一大群人，都弯腰俯视着我。达奈尔探长亦是其中之一。

"你这家伙搞什么名堂呢？"他质问道。

"我……"

"你袭击的是我们的一个便衣警察！"

"……该死。"

"你当然该死！要是托特在附近的话，你肯定把他给吓跑了！"他搀扶我站了起来，帮我拍去外套上的灰尘，"以后你最好离公园远远的，山姆医生。需要协助的话，我们会跟你说的。"

我嗫嚅着说了一大堆表示歉意的话，然后决定离开。我觉得我简直像个白痴，一时无法适应大城市里警察的工作方式。在北山镇,蓝思警长绝不会调动三军将广场占据,因为他统共只有十几个尽人皆知的临时工。但波士顿的警方则大大不然,这种不同让我很难接受。莫非,北山镇的六年时光使我变成了井底之蛙?

我在旅馆门前找到了爱玻,她正向看门人询问着前往保罗·列维尔之家①的路线。

"我想来想去,总觉得该利用这段时间参观一些古迹,"她说道,"你的脑袋怎么了?"

"没事,小事故罢了。"

"我先送你上楼清洗一下吧。你摔跤了?"

"稍后再说。"

她听了我的故事,咯咯笑个不住。轻笑之余,她亦用冷水帮我清洗了淤伤。

"像这样的大城市,警察甚至是一种危险呢!"她总结道。

"别这样刻薄,爱玻,这其实是我个人的问题。"

"哼,野餐篮子里放把手枪!换了谁都会有同感的!"

"他们把我打倒之后,立即报告了达奈尔探长。他们准以为抓到凶手了。"我把我所知道的事情告诉了她。

"他们难道没有那个托特的照片?"

我摇摇头:"非但没有照片,包括人物描述都非常简单。"

我打开了我的行医袋,找出一点治疗头疼的药粉,而后躺下

---

① Paul Revere House,波士顿著名旅游景点,1680年建成,原属爱国志士保罗·列维尔所有,是波士顿市内唯一保留下来的17世纪民宅。

来放松身体。刚靠上床垫,就有人敲门。爱玻开门一看,原来是匆匆赶来的索默塞特博士。

"我刚听说有事发生,你还好吧?"

"好歹这条命是保住了。"

"老天,他们根本用不着拿棒子打你!"

"我猜他们把我当凶手了。"

"达奈尔对此深感抱歉。"

"我也有同感。"

"下午到达的信里,又有一封是乔治·托特的。"

我精神倏然一振:"但愿寄信者真的是他。信上说?"

"达奈尔让我带了一份复印件给你。信是昨夜从中央邮政局寄出的。"他从笔记本里递过来一页纸,我读道:

四个人倒下,还没完呢!下次我不会等太久!

科尔伯洛斯

"达奈尔警长接下来有何计划?"我问道。

"保持对公园的监视。希望他们下次能目击行凶。还能怎办呢,总不能隔离市中心,让整个城市都恐慌吧?"

"第四名死者遇害时,曾有两位探员密切监视,却没有任何发现。达奈尔岂能断定他的人下次就能抓到凶手?"

"迟早——"

"迟早！难道达奈尔不知道他要对付的是个隐形人？一个像切斯特顿设想的那种时隐时现而又无影无踪的人？"①

克雷格·索默塞特撅着嘴巴，显然心中不服："会不会是某个在公园执勤的便衣警察干的？"

"事情越来越奇怪了，但若科尔伯洛斯……"

"嗯？"

"只是个猜测。达奈尔办公室墙壁上那幅标着案发地点的地图——你觉得我们能否借来用用？或者自制一份？"

"说说你的用处，山姆。"

"你安排我在大会上谈谈乡村行医遇到的问题，但还是让我来介绍库拉雷这种毒药吧。"

"啊？但你并不是这方面的专家呀……"

"我认为这两天来，我学得够多了。让我看看，我的发言是在明天下午稍晚的时候。对吧？"

"四点整。"

"好极了。我想那天早上我会在剑桥的研究所里度过，好好温习库拉雷的知识。"我想了想，又补充道，"务必把我发言的主题发布在大堂的议程海报上。观众越多越好。"

随着发言时间的临近，爱玻开始有些坐立不安："山姆医生，

---

① G.K.Chesterton（1874—1936），英国著名文学家，"布朗神父"系列故事的缔造者。《隐形人》(Invisible Man) 是其短篇小说。

要是那杀人犯知道了你的发言,那该如何是好?他的下一个目标说不定就是你呢!"

"别自寻烦恼了,爱玻。我不会有事的。"

结果,下楼时她一直守在我身旁。我们来到二楼的一间大会议室,不久后我将至此发言。我注意到台下的一排排椅子已然开始迎接第一批到达的客人,心中不免略有不安。说句实话,和可能潜伏台下的凶手相比,我更害怕当众发言。透过正后方挂着帘子的窗户,可以看到特雷蒙大街对面的波士顿公园。

"他可能正潜伏在公园里,用望远镜看着我们呢,就是现在!"爱玻一脸焦虑地说道。

"我认为凶手的位置还要更近一些呢。"我边说边看着医生们鱼贯进场。出我意料的是,近门处居然被达奈尔探长占据了一个位置。显然,索默塞特把我发言的主题通知了他,以取得我需要的地图。

四点整,整个房间大概四分之三的位置都坐上了人。

克雷格·索默塞特走到讲台旁边:"山姆,准备好了?"

"随时可以开始。"

而后他便面向观众,以确保他的话能被每个出席者听到。他宣布道:"先生们——我注意到今天还有一些女士光临——我们今天下午的发言者是山姆·霍桑医生,一个比较年轻的小伙子。过去的六年间,他在北山镇行医,治疗当地人民的疾病。那是一个距离波士顿两小时车程的地方。没错,山姆·霍桑是一位乡村医生——那是我们医疗事业的根本支柱。今天,他原定的发言题目是《乡下行医遇到的若干问题》,但正如各位所知,他决定更改发言的主题。最近几周,四个无辜者在和本旅馆一街之隔的波士顿公园丧命。直到今天,警方才向媒体透露他们都是因库拉雷这种毒药致命。而这种毒药——一般场合下,我们很少接触它——将是山姆·霍桑发言的主题。"

待他的介绍结束,我走上讲台,开始念稿。我从库拉雷的历史一直讲到早年查里斯·沃特顿在荷属圭亚那①的实验。进入核心之前,我先谈了谈波士顿地区的一个试验。

"请各位注意我左后方,这是一幅大比例尺的波士顿市区地图。四名死者的身亡处被清楚标出。但各位知道,据我刚才的介绍,库拉雷不会立即生效。你也许要说,警方调查表明,这是一种几分钟内就会取人性命的毒药,药效够快了。但事实是,在这短短的几分钟内,一个人可以从公园一头走到另一头。我亲自试过。

"因此我想到,这个警方一直追踪着的隐形杀手,说不定根本没有在公园里四处溜达、伺机下手。他的淬毒飞镖可能都是从同一个地方射出去的,走动的是即将死去的被害人而非凶手。请看这幅地图,看看这种可能性是否存在?"

这番话在观众席中引起一阵骚动。后排的达奈尔探长站了起来。我瞄了一眼爱玻,继续发言道:"我们认识到,库拉雷的致

---

① 南美洲东北部的共和国,17世纪时曾被法、英、荷三国殖民,固有法属、英属、荷属之谓。

死时间和被害者的体形、重量密切相关。一个普通人大约只能存活几分钟,而一头上千磅的公牛则可以挺过四十五分钟。今天早上,我查看了四位死者的体重,但就算没有这方面的数据,我也能进行准确性极高的推测。"

"第一受害人是个乞丐,他曾经是一名摔跤运动员,他的尸体是在靠近州府大楼的公园远端被发现的。我推测,这位前摔跤运动员是四名受害者之中最重的——毕竟其他三人是年轻律师和女性。数据表明我的猜测无误。他确实是四人中最重的,因此——假设库拉雷剂量相同——他的死亡时间是最长的。"

我知道台下的观众完全被我吸引了。医生们纷纷伸长脖子,不放过每个字眼,这使我之前的紧张感一扫而空。

"那个年轻的律师是在公园中央被发现的,而两位女士则倒在公园靠近旅馆的这一侧。最后一名受害人是四人中最娇小的,她死得最快。事实上,她被人目击是经特雷蒙大街走进公园,就在旅馆那头的街角。那位年轻律师是从他位于特雷蒙大街的办公室里出来前往公园的。女侍应生和前摔跤选手也有很大可能是穿过特雷蒙大街来到公园。

"达奈尔探长,尊贵的听众们,我带给各位的结论是,这位隐形杀手自始至终就未曾进过公园,而是待在特雷蒙大街旁边,趁被害人进入公园之际,动手杀人。"

自这句话之后,我的结语便显得有些虎头蛇尾。只因凶手的名字无法公开,所以我扼要谈了些毒杀案件中警方所做的工作,以此结束了今天的发言。然后,我走下讲台,而索默塞特博士则照例说了些感谢之辞。

议程结束,观众席上的医生们将我团团围住,纷纷提出问题,我插科打诨了一阵子,赶紧溜之大吉。

"你真棒,山姆医生,"爱玻鼓励我道,"看,达奈尔探长朝我们这边来了。"

"赶紧,我们要离开这里。"

"霍桑医生!"达奈尔冲我喊道,"让我和你谈谈!我对昨天发生的事很是抱歉。"

"没关系。"

"你的理论非常有趣。你似乎有意告诉我们凶手就是这旅馆附近的某人,但是要怎样……"

"我必须走了。"说着,我朝电梯的方向夺路而逃。倘若所猜不错的话,目前我正是命悬一线。

克雷格·索默塞特亦紧紧跟了上来,但我在电梯门关上前跳了进去,留下他和爱玻还有探长站在外面。我知道没多久他们就能赶上下一趟电梯,并追上我。

到了一楼,我急速穿过大堂,来到旅馆外面的特雷蒙大街上。"帮我叫辆出租车,行吗?"我问看门人。

"没问题,先生。"他走到我身后,吹响了口哨,我感到颈口传来一阵针扎的刺痛。

说时迟,那时快。我断然采取了行动,先把那枚细小的飞镖从皮肤上拔掉，然后整个人撞向那个身着制服的看门人。当达奈尔、爱玻和索默塞特从旋转门里出来时，我正和看门人在人行道上扭作一团。

"这就是你要找的人！"我大喊道，"乔治·托特先生，如假包换！爱玻，我右手口袋里有个皮下注射器，灌了库拉雷的解毒剂。给我注射——快！"

凶手被捕后，我被警方的例行询问和报纸采访折腾得甚是疲惫。直到次日下午开车返回北山镇的路上，我和爱玻才总算有了属于自己的时间。

"瞧你干的蠢事！"她劈头盖脸把我骂了一通，"居然送上门去，给那疯子当靶子玩！"

"总要有人牺牲的嘛，爱玻。警察认为守株待兔就够了，但我不认为。我料到有关库拉雷的发言和大厅里的广告会引起他的注意。但话说回来，要是剑桥实验室没有给我提供那支皮下注射器，并且在里面灌满他们正在测试的解毒剂，我大概就没胆量去冒这个险了。"

"谁能想到会是看门人呢！"

"当我意识到被害人很可能是从特雷蒙大街进入公园的时候，我就开始观察那附近有没有常驻人员。那个看门人，吹着口哨叫车的——有时甚至要跑到街角去拦车——就处在一个能向前去公园的过街者发射飞镖的完美位置。人们会看到他拿着什么东西凑在嘴边吹气,但对看门人来说,这动作再正常不过了,所以大家根本不会疑心。他的哨子——像伦敦警察用的那种细长形状——黏有一个射豆枪①那样的枪管。这种细小的飞镖在超过五或十英尺的距离时,就失了准心,但他可以在发射前到达相当靠近被害人的位置。他选择那些走向公园的人当目标,这样他们会死在公园里而非旅馆旁边。据他的招供看来,他一共发射了十几次,但有些射偏了,还有些在毒发前就被攻击目标给抹掉了。"

"山姆医生,昨天在旅馆的时候,你故意跑在我们所有人的前面。你知道他打算对你下手,而你又不希望我们受牵连。"

"我确信他会铤而走险。所有凶杀都是傍晚发生,故而我推测凶手是那个下午四五点上班的看门人。他知道我是介绍库拉雷毒药的发言人,我觉得这是个令他难以抗拒的猎物。"

"你如此肯定凶手是看门人?"

"爱玻,像他这样的人,心里其实是希望被抓的。托特寄给警方的信里早就透露了身份,只是没人理解罢了。没错,科尔伯洛斯是一只来自地狱的三头犬——更重要的是,它是一只看门犬!这个词语有时被用来形容尽职的警卫和看门人。"

"你在大城市也一样身手不凡呢,山姆医生。"

"可还是回家的感觉更好。"

★ ★ ★

"就这样,我抓住了波士顿公园的杀手,"山姆·霍桑医生结

---

① Pea shooter,一种笔直的窄管子,可将子弹(如干豆子)射向目标。

束了这次的故事,"说他隐形,是因为没人注意到他。但雪利酒怎么也看不见……啊,原来是酒瓶空了!到里面来吧,我给你们再倒一小杯。如若各位有空的话,我再给你们讲一个那年夏天我回北山镇后的案子——一个不可能谋杀,就发生在镇上的杂货商店里。"

吴非　译

16 杂货店问题

"啊哈,很高兴又和各位见面了。"山姆·霍桑医生用拐杖支着身子,伸手去取雪利酒,"要不要来点呀,还是想试试更烈的?好好想想,我是不是答应过你们,这次要讲一个镇上杂货店发生的谋杀案?那是一九二八年的夏天,一个比以往都要温暖的夏天,只是六月,温度就攀升到了八十几度①。当月的头条新闻是阿梅莉亚·埃尔哈特②驾机飞越大西洋。她是完成此举的首位女性,我的护士爱玻对此感到由衷高兴……"

★　★　★

"瞧,山姆医生!"爱玻高举着晨报,上面刊载了埃尔哈特的壮举,"我早就告诉过你,男人能做的事,女人绝对没问题!"

---

① 此处说的是华氏温度,接近27摄氏度。
② Amelia Earhart(1897—1937),美国著名女飞行员和女权运动者,1928年6月17日从纽芬兰飞抵英国威尔士拉内利附近,历时近21小时。实际上,真正的驾驶者是飞行员维尔莫·斯杜尔茨和副飞行员兼机械师路易斯·戈登。

"她和林德伯格①不一样,林德伯格是一个人。"我反驳道。

爱玻一个劲儿摇头:"你们这些男人!我觉得玛姬·墨菲对你们的评价真是恰如其分!"

"又是玛姬·墨菲!我最近听得最多的就是这个名字。"

玛姬·墨菲是个四十岁左右的女人,去年年底来到北山镇并安顿下来。年轻时,她曾是个战士,因妇女选举权法案的修正而东奔西走。眼下,她对镇上男人们的大放厥词感到愤愤不平,他们无法接受让女人像男人那样工作挣钱——在一九二八年,这是一种相当前卫的观念。

北山镇有两家杂货店,玛姬常在其中较大的那家跟众人论战——商店位于镇广场对面,老板是马克思·哈克纳。这里总是车水马龙、有老有少。巨大的芝士轮盘、满载面粉的桶子、一罐罐的太妃糖,都是店中的独特风景。自从马克思吞并约翰·克雷恩的五金铺子、打通墙壁之后,商店往日的慵懒虽荡然无存,却依然是镇上集会的佳处。在炉膛宽大的火炉旁,甚至还摆过一个饼干桶。不过,自玛姬·墨菲开始流连于此,马克思就把凳子全挪走了,但这并未使玛姬丢掉热情。

玛姬是一个洒脱的女人,在她这个年纪的许多农妇,都将人生交给了好几个孩子、永不停歇的厨房与蔬果园,凡此种种,年华

---

① Charles Augustus Lindbergh(1902—1974),美国飞行员,1927年5月20日至21日,他驾驶单引擎飞机从纽约飞至巴黎,跨过大西洋,其间并无着陆,共用了33.5小时。

老去。也许正是由于对男性的吸引力,使她每次演讲都免除了被逐出镇外的命运。在此起彼伏的叫嚣与讽刺里,没准人们私底下是佩服她的。

玛姬经营着一间小小的房地产事务所,办公室紧邻马克思的杂货店,位于扩张出去的店面的相反一侧。有人认为马克思应该把玛姬这边的地盘也吃下来,但马克思声称他没那么多钱。我倒是觉得,马克思似乎有些喜欢玛姬,喜欢她的行为处事。有些男人一辈子就耗在找一个值得征服的女人,马克思·哈克纳就是这种人。他的老婆阿梅利亚在经营上是一把好手,但比起玛姬·墨菲则缺乏女性魅力。

无巧不成书,在和爱玻的谈话发生几小时之后,我就来到马克思的杂货店,给公寓里的水龙头买一些垫圈。玛姬也在,她正在饼干桶旁边口若悬河。那些被搬走的椅子一点儿都没有影响她的心情。

"你们怎么看待女性在政治中扮演的角色?"她问老迈的约翰·克雷恩——自从把五金店卖给马克思,以用于扩张店面以来,他就开始常常在杂货店周围徘徊。他还没能适应退休的生活,看上去很疲惫。

"政治?"他重复了一遍玛姬的问题,一边摩挲着自己坚硬的灰色胡须,"你是不是说女市长和女州长?"

"没错,"她说,"还有参议院和总统!既然我们有了选举权,这些就是顺理成章的了。"

"我没什么想法。"他咕哝着转身走开。对玛姬·墨菲而言,他不是一个好的观众。

"马克思,你怎么看?"

马克思·哈克纳正忙着在柜台后面的陈列架上摆设新到货的猎枪展品。他花了点时间走到外面来回答这个问题,"她们干什么和我没关系。只要把饭烧好,把孩子带好,女人想干什么就干什么。"

玛姬身体向后靠在大大的饼干桶上。"我们这些人在有生之年可能无法见证,但是一定有那么一天,男人们来做饭和带孩子,而女人出去工作。"

这番话引发了在场男性友好的哄笑。她转而向我求助。

"你觉得呢,山姆?"

"我不关心这些事,"我告诉她,"马克思,方便的话,能不能帮我找一些这个尺寸的垫圈?"

他从陈列台走来,透过厚厚的眼镜仔细打量我手中物件。

"好,我看看放哪里了。"他说完又返身钻进店里去帮我找,走到一半,他停下来打开排气扇,好让房间里的香烟烟雾稍微散去。

"你应该能找到,"克雷恩说,"把墙推倒的时候,你买下了我的库存。"

几分钟后,马克思找到了垫圈,我把钱给他。离开杂货铺的时候,玛姬走到我旁边。

"你还没有发表支持我的言论呢,山姆。"

"我说,玛姬,你已经有爱玻的支持了。难道这还不够吗?"

"我要把马克思也争取过来。"

"他已经站在你这一边了。不过因为有一个阿梅利亚这样的老婆,我猜他没胆表现出来。"

她哈哈大笑:"你能想象有人会娶阿梅利亚·哈克纳吗?"

我明白她的意思。阿梅利亚和泼妇没什么两样。

"也有人大概无法想象谁会娶玛姬·墨菲吧。"我揶揄她。

"有一个人可以,"她突然严肃起来,"我结过一次婚,山姆。还是在纽约,战争尚未结束。停战前三周,他在法国阵亡了。"

"抱歉。"

"没事。一定有很多比他更优秀的男人也牺牲了吧。"

"你后来没有再婚过?"

她耸了耸肩:"总有一大堆的事情要做,先是妇女选举权,现在又是为女性争取一份体面的工作。"

"在北山镇,你不可能有所作为的。"

"这只不过是临时性的。如果我能让房产业务实现赢利,我就搬到波士顿去。"

说话间就到了我的办公室,于是我向她告别。这是我和玛姬之间最长的一次对话,令人感觉很愉快。

我觉得在杂货铺看到老约翰·克雷恩时,他的身体并不是那么好。事实证明我是对的,那天晚上十点钟,他死于心脏病。他的妻子米莉打电话给我,我迅速出发,却已无力回天。

"他走了,米莉。"我说道。

她是一个和蔼可亲的妇人,六十岁出头,比约翰年轻,他的离世令她方寸大乱。"他晚饭过后还好好的,山姆医生。饭后他出门散步,在菲尔·塞吉家待了一会儿。就在不久前,他回来了,我发现他的脸红彤彤的。他坐在那边的椅子里,抱怨说胸口痛,然后就这么去了。"她的话还没说完已难以自持,我试着安慰她。

"需要我帮你打电话给孩子们吗,米莉?"

她站起来,擦干泪水。"不用了,这件事我应该自己来。"她走到电话旁边,然后停了下来,好像陷入回忆,"我们在一起生活得很快乐,可是自从退休以后,他就没有一天开心过。工作就是他的一切,山姆医生。"

我看着椅子里那具冰冷的躯体。我从来就不是非常了解约翰·克雷恩。对我来说,他只是一个在我光顾五金铺的时候给我提供服务的人。我在想,要是能有时间和他聊会儿就好了,就像今天早些时候和玛姬·墨菲那样。

"你打电话给孩子们吧,米莉,让他们来。我在这儿陪你。"

我回到公寓时,都快半夜了,居然还有不速之客在等待我。我正将钥匙插入锁眼,一个高个子男人从阴影里缓步出现,他开口说道:"别害怕,山姆医生。是我——弗兰克·本奇。"

"哦——弗兰克!你真的吓了我一跳。"

"我在这里等了快两小时了。"弗兰克身材瘦削,有些稚气未脱。他现年四十出头,在镇上打各种零工,最近一次,是在马克思的杂货店里,不过据我所知,由于某些原因他几周前被解雇了。我根本没想到他还在镇上。

"我记得有人告诉我你已经搬走了,弗兰克。"

"确实如此,但只是搬到西恩角呀。我得和你谈谈,医生。"

我叹了口气,今天晚上暂时是没法睡觉了。

"快进来吧。我刚刚去克雷恩家里了。老约翰今晚上心脏病发作,见上帝去了。"

"他死了?真是无比糟糕的消息。我一直喜欢他。"他跟着我进屋,然后坐下。我这时才发现他的手在发抖。

"弗兰克,要不要我给你拿点喝的?"

"不用……不用,谢谢了,医生。我只是有话要说。你应该听说了,我丢掉了杂货店的工作。"

"我发现你不见了。不过没有听说别的什么。"

"马克思把我解雇了。他嫉妒我对他老婆有意思。"

"阿梅利亚?"我对自己冒出的这一念头感到惊奇不已,"但是你们之间肯定没什么的吧?"

"错了,医生,所以我才不得不来见你。阿梅利亚已经四十四岁了,在这种年纪怀孕是一件危险的事……"

"怀孕?"

他抬起头:"我担心她怀孕了。我不可能就这么拍拍屁股走人。你是她的医生,我认为你会比别人更早发现……"

这消息让我震惊,我沉默了。当我回过神来时,我说:"据我所知,阿梅利亚没有怀孕,弗兰克。不过你还是把你在西恩角的地址告诉我吧。万一被你言中,我可以知道去哪儿找你。"

他犹豫了:"你不会告诉马克思的,对吧?天啊,他扛了一把猎枪追杀我!"

"我不会告诉马克思,也不会告诉其他人。"

"谢谢你,医生。也许现在我可以喝一杯了。"

我给我们俩倒了一点烈性苏格兰威士忌。弗兰克·本奇和阿梅利亚·哈克纳之间的风流韵事,这超出了我的理解范围。话说回来,我向来就不善于理解涉及感情的问题。

弗兰克告诉我地址后就走了,我目送他出门走向停在街对面的那辆老旧的汽车。都过了十二点了。总算可以睡觉了。

不料电话竟然又响了。我拿起话筒,脑袋里闪过各种状况:某个小孩患了夏季热、乔纳森太太早产了、车祸……

"我是霍桑医生。"

"山姆,我是蓝思警官。你能不能马上来哈克纳杂货店?"

"发生什么事了,警长?"

"马克思被杀了。有迹象表明,是那个叫玛姬·墨菲的女人干的。"

我赶到现场时,那里一片灯火通明。蓝思警长在杂货店里,一名新来的助手守在门口,一小撮好奇的镇民被这桩发生在午夜过后的案件吸引,聚集在门外。我走进店铺,突然停了脚步。马克思·哈克纳仰面朝天瘫在地上,胸口被鲜血染红,衣服破了洞。

"凶器是什么？"我问蓝思警长。

"猎枪。依据伤口形状判断，发射时枪口距离死者六英尺。"

作为凶器的猎枪就躺在不远处的地面。那是一把大型双筒猎枪，之前放在柜台后的陈列架上，我看到标价牌仍挂在扳机护环①上。接下来，我的视线停留在一把椅子上，玛姬·墨菲坐在那儿，胳膊撑着一侧脑袋。

"你受伤了。"我说着向她走去。

"我摔了一跤，磕到了头。"

我把她的手拿开，她的发线上有凝结的血液。清洗完成后，我发现伤口并不深，不过伤口周围环绕一圈淤青。

"肯定痛得要命吧。"

她努力挤出笑脸："感觉不太好。我晕了好几个钟头了。"

"你得去医院做 X 光检查，看是否有脑震荡。你有没有恶心或者嗜睡感？"

"我……我觉得没有。"

我瞥了一眼马克思的尸体。蓝思警长遵照程序的最后一步，将许多麻布袋盖在尸体上。"你应该能告诉我这里发生了什么事吧？"我问玛姬。

"问题就在这里——我不知道！我工作到很晚——大概九点半——正当我关上办公室的门，我看到马克思刚好也在关门。你也知道，在夏日的夜晚，他都营业到很晚。我走到他店里，打算买

---

① 环绕在扳机外围，防止意外性的射击——误触。

一点香烟,不小心被什么东西绊了一跤——我猜是一袋土豆。我的头撞在饼干桶上,后面的事情我就不知道了。"

"当时还有谁和你在一起?"

"没别人——就马克思和我。所以他才关门的——因为已经没有别的客人啦。"

我转向蓝思警长:"好吧,那你赶到这里时,情况如何?"

"那已经是很久之后了,时钟几乎快指向午夜。马克思就这么躺在地上,猎枪就在他身边。我当时以为他是自杀的。"

"有自杀的可能性吗?"

"不可能。退一步说,就算他用脚指头扣动扳机,枪管到胸口的距离也不可能达到六英尺。这是谋杀,毫无疑问。"

"那就是有人在你失去意识的这段时间里,进到店里,从货架上取下猎枪,上膛,然后开枪行凶。"

"我就是这么和蓝思警长说的,但他不相信我。"

"我不相信她的原因单纯而直接,医生。如果事实真如她所说,那么凶手到哪里去了?我们赶到现场的时候,所有的门窗都拴上了——从房间里面!"

又是这码事,我对此早该习以为常了。好像每次北山镇有犯罪事件,都和这样那样的不可能情形扯上关系。"难怪你打电话给我,"我说,"又是一桩密室杀人。"

蓝思警长厌恶地摇头:"压根不是那么回事,医生,不要擅自下结论!我打电话给你,只不过是因为这里有一位女士,因为头部的伤口而流血不止。密室是不存在的,因为我们到达的时候,凶手就在这里。"

玛姬一脸哀伤,点头承认道:"马克思让我来买烟,然后他拴上了前门。我醒来后发现他死了,于是打电话给警长。脑袋一直晕乎乎的,所以就这么坐着等待。我根本没想过门那时还是从里面拴住的。如果我是凶手,你们认为我会蠢到这种地步吗?"

我走到门边仔细察看。门上有个钥匙锁,锁上方还有单独的一根插销,蓝思警长在这扇门背后已经忙碌了好几小时。我检查了储藏室和储藏室那边的后门。这扇门有个横跨整个门板的木制门闩,门本身也上了锁。没人能从这扇门开溜。我又将注意力集中到储藏室的两扇窗户上,它们也都从内侧上锁而且拴住了。前屋唯一朝外的窗户有两扇,是位于前门左右两侧用于展示的巨大橱窗玻璃。位于房间一半高度的边墙上,有一台小型抽风机,不过据我观察,叶片之间的距离太近,双筒猎枪无法从中伸进来,更别说一个有血有肉的凶手了。我望向高处上了黑漆的木头天花板,那里既没有天窗也没有出气口。

"地下室检查过了吗?"我问。

"我们一开始就检查了那里,下面没人。送煤槽的门也从内侧上了锁。我们检查了每一处地方,甚至还把头伸到暖炉里面察看。除了墨菲小姐和那个死人,这儿没别人。"

"这么大个地方,肯定可以找到一大堆藏身之处。"

"哦?你试试看好了。"警长挑衅地说。

我决定换一个话题："我能不能看一下那把猎枪？"

"当然。我们取了一组指纹，根据放大镜观察结果，我基本上可以判断，这些指纹是马克思的。"

我点点头。

"他今天刚把这些枪放到货架上，我看到他在摆弄它们。"我打开枪体，发现两根枪管都填入了子弹，不过只射出了一发。"阿梅利亚在哪里？你们通知她了吗？"

"找不到她人。"他回答。

"啊？"

"找不到阿梅利亚，她不在家。"

"这难道不奇怪吗？"

"难说。说不定她离开镇上，去别处了。"

我确实有几天没见到她了。

"但是我觉得如果她离开这里，我们应该会听说的。"

"哈，她早晚会出现的。现在我要继续工作了。这边请，墨菲小姐。"

"你要带她去哪里？"

蓝思警长一脸鄙视地看着我："你不是说要做 X 光检查吗？这就去医院了，然后我会以谋杀的罪名对她提出控告。"

第二天一早我就来到诊所，没想到还是比爱玻晚了一步。

"山姆医生，你听说了玛姬·墨菲的事吗？"

"当然，我当时就在那里，爱玻。"

"马克思·哈克纳被人杀了,我知道这很糟,但人们不应当真相信这是她干的。这是一个圈套,有人设计她。"

"爱玻,我很怀疑会有人只是为了陷害玛姬·墨菲而夺走马克思的性命。谋杀需要更为强烈的动机。"

"那么,人们又是如何考虑玛姬的动机呢?"

"问得好。"这也正是我打算调查的问题之一。

我步行前往监狱,在警长的办公室前停下。我有一大堆问题想问,比如首先是有关玛姬头部的伤口,但是马克思的孀妇阿梅利亚捷足先登了。她在警长办公桌的对面正襟危坐,干瘦的脸上没有泪水,也没有笑容。我贫瘠的想象力还是没办法将她和弗兰克·本奇联系起来。

"你好,阿梅利亚,"我说,"马克思的事实在太可怕了,希望你节哀顺变。"

她僵硬地点头回礼:"我早就知道那个叫墨菲的女人不是好东西。"

"还没对她宣判呢,"我提醒她,"甚至还没有被正式起诉。"

"但是除了她,还能有谁会干这种事!"

蓝思警长清了清嗓子:"哈克纳女士,看上去确实如您所言。不过我们还在进行全面的调查。"

我看了他一眼。

"警长,你不介意我向阿梅利亚提一个问题吧?"

"请便。"

"阿梅利亚，昨天晚上你丈夫被害的时候，你在哪里？"

"我不知道他遇害的准确时间。"

我再次望向蓝思警长，不过得到的回应只有一个耸肩。

"医生，还没人来报告说听到了枪声。验尸官推测他的死亡时间为九点半至十一点半之间，这是一段相当长的时间。"

"不妨这么考虑，"我提出自己的见解，"玛姬九点半左右进入店中，被绊倒后，撞伤了头部。这之后，马克思一定是马上就被射杀了，不然他会采取某些措施帮助玛姬苏醒。"

"前提是你相信她的故事，医生。我可不信。被一袋土豆绊倒，这故事站不住脚。"

"阿梅利亚，你到底在哪里？十二点没过多久，警长就试着联络你。"

"我就在家里。马克思没回来，我便上床休息了。一旦睡着，什么事情都吵不醒我，所以我也没听到电话响。他大概三点钟又打了过来，总算把我给惊醒了。"

"玛姬·墨菲为什么要杀你丈夫，你有什么想法？"

"大概是因为他从未苟同她那些疯狂的想法吧。对一个像她这样的疯女人来说，这动机足够了。"

我转而将问题抛给蓝思："警长，玛姬头上的伤怎么样了？X光有没有拍到脑震荡的迹象？"

"还不能断定。她需要几天时间放松。这不是什么大问题，我们楼上有个小房间。"

"我能不能见她？"

"我不知道，医生。"他望着阿梅利亚·哈克纳，"我不能给她提供任何特殊待遇，这是规定。"

"她需要接受医生的检查，这和特殊待遇没关系。"

"唔，好吧，这边，我拿了钥匙就带你上去。"

狭窄的楼道通往二层的监禁区，我跟在警长后面，问："你对阿梅利亚·哈克纳有何看法？"

"难以置信，这女人冷酷得像块石头。可怜的马克思，她未曾对他流露出丝毫的情感。"

"没准她后院有人。"我暗示道。

"阿梅利亚？你是不是在跟我开玩笑啊，医生？"

"没有做不到，只有想不到。"

玛姬·墨菲端坐在囚室中，她正在写信。我问她信是写给谁的，她答道："写给我妈妈，我要亲口告诉她，我一切都好。"

"你妈妈在哪里？"

"在家乡，匹兹堡。或者说得准确一些，在匹兹堡近郊的一个小农场。我就是从那儿出来的。我好多年没回去过了。"

我坐在她的床铺上，蓝思警长在我身后锁上了牢门。

"你有十分钟时间，医生。"说完他转身下楼去了。

"你情况很不妙，玛姬。"我告诉她。

"我知道。"

"那儿每一扇门窗都是从里面锁上的。也许马克思为凶手打开了其中一扇门,可凶手杀人后要怎么逃走呢?"

"我也希望我能给你一个答案,山姆,可是我不知道。和其他人一样,我对此一无所知。"

"要不就从发生在你身上的事开始说起吧,告诉我真相。"

"你这话是什么意思?"

"按照你自己的描述,你被绊倒后,头撞在了那个饼干桶上,可我无法想象那个过程。如果你没有骗人的话,伤口应该在你头部左侧,而不是现在的右侧。"

她把脸转向一旁,盯着墙壁看了一会儿。然后她重新面对我,开口道:"我只对一点撒了谎,我不是向前摔倒的,而是向后。所以是左边而不是右边受到了撞击。"

"你摔倒的时候正在后退?"

"没错。"

我忽然明白了当时发生的一切:"你在逃避马克思。他对你有所企图。"

她看着地面,点了点头:"他一步一步朝我逼近。我不知道他在打什么主意,也不知道他想干什么。他伸手抓住我,我向后一跃,想要挣脱,结果踩在装土豆的袋子上。就像我说的那样,我撞到了头,后面的事情我就不知道了。"

我坐着没动,大脑飞速地运转。然后,我异常平静地说:"玛姬,如果你在对方意图袭击你的场合下开枪射击,这属于正当防卫,陪审团会表示理解。"

"我没有开枪!"

"好吧,别激动,我相信你说的话,玛姬。"

"可你的口气根本就不是这么回事儿!"

"很抱歉。努力一下,你能不能想起一些在你失去意识期间发生的事?比如枪声或者人说话的声音?"

"没有,什么都没听见。"

"昨晚以前,马克思的行为有没有征兆?"

"都是些无关痛痒的事儿。他说过一些挑逗的话,但也只不过是开玩笑。我猜昨晚我的光临使他错以为我需要的并不只是玩笑。"

"你有没有听说马克思的老婆和别的男人有一腿,或者其他这一类的传言?"

"阿梅利亚?你这是开玩笑吧?"

"谁知道呢。"我起身准备离去,"我想我听见警长上来了,我的探访时间完了。"

"你能帮帮我吗,山姆?"

"我会尽力的,玛姬。"

但当我走出牢门的时候,思绪仍是一片茫茫的迷雾。

北山镇唯一的殡仪馆那天下午忙得不可开交,因为不仅马克思·哈克纳,约翰·克雷恩也在同一天举行送别仪式。威尔·华生是殡仪馆的业主,他对死亡早已司空见惯。"真有意思,"他对我说,"这两人生前在相邻的店铺相处那么多年,连死都要选在同一个晚上。"

"巧合罢了,"我说,"除非你觉得克雷恩的死有什么蹊跷。"

"没有,没有啦——只是心脏病嘛,就像您在死亡报告上说的那样,医生。如果一定要走,我觉得这是一种不错的死法。"

"我想也是。"我边说边回想昨晚在克雷恩家度过的时光,那正是马克思被谋杀的时间段,弗兰克·本奇声称自己在此期间一直在寓所外等我。除了他自己,没有人可以证明这一点。

"……好好修补,看上去要自然,"威尔·华生滔滔不绝地说道,"胸口这个伤口太吓人了!"

"猎枪就是这样。"我心不在焉地回答,思绪还停留在本奇身上。会不会是他杀死了马克思,这样阿梅利亚就自由了?

"至于约翰,除了摔倒时肩膀上的肿块,就没有什么需要修饰的地方了。"

"两位孀妇都在吗?"我突然问华生。

"阿梅利亚在楼上。"

我上楼后,发现她一个人坐在家属休息室内。马克思没有很多亲戚。

"你好啊,阿梅利亚,又见面了。"

"你好,霍桑医生。"

"正常情况下,大伙儿叫我山姆。"

"今天我没办法正常。"

"我了解你的心情,你现在一定很悲伤,但我还是有些问题想问你,希望你能谅解。我知道你急于找到杀害马克思的凶手。"

"凶手已经在监牢里待着了。"

"也许吧。阿梅利亚,告诉我你最近有没有什么关于弗兰克·本奇的消息?"

"弗兰克?"我的问题使她面色略微发白,"没有——你问这个干吗?"

"昨天晚上他来找我,给我讲了一个天方夜谭般的故事。他问我你是否怀孕了。"

她闭上眼睛,身体轻轻地晃动,我连忙扶稳她。

"实在抱歉,阿梅利亚,可是我需要知道真相。"

"我没有怀孕。"她有气无力地回答。

"弗兰克有没有杀害马克思的动机?"

"他连一只苍蝇都不会伤害。"

"知道了,"我说,她已被我逼置角落,"阿梅利亚,晚些见。"

外面的房间里已经塞满了前来致哀的人群。我认出了菲尔·塞吉,本地的枪匠,他的老婆在大门口。马克思杂货铺的其他一些老主顾也纷至沓来。既然马克思有他们的陪伴,我决定回店里去看看。

我信步朝镇广场走去,然后绕着杂货铺漫无目的地走,看那些堆置在边巷里的箱箱罐罐。一边是玛姬的房产事务所,挂了一块明显的"停止营业"招牌。马克思的杂货店在另一边,店外头有一名警察在站岗。

我向他解释了来意,再次来到店内调查。这里一如前夜。我在一张椅子上坐下,盯着天花板,期待被灵感的闪电击中。

这时,我发现了之前没有注意到的某样东西。

我找来一架折梯,爬上去想看得清楚一些。涂黑漆的木质天花板上,有一小块区域好像裂开了,在那区域上有很多小洞,像是蛀虫的作品。天花板的其他部分都没有异常。我掏出折刀,插入其中一个小洞。

"你在那上面干什么,医生?"下面传来一个声音。我往下看过去,原来是蓝思警长站在那里。

"检查天花板上的虫洞。"我说。

"警卫打电话给我,说放你进去了。"

"真是个高效率的家伙。"

我从梯子上爬下来,和他相对而立。他开口说话时,脸上有掩饰不住的得意:"我解决这个案子了,你肯定很想知道。"

"昨晚你逮捕玛姬·墨菲的时候,你也是这么说的。"

他不屑地摆摆手。

"错了,马克思不是墨菲杀死的。不过我现在知道真正的凶手是谁了。医生,我也有这么一天,能够赶在你之前解开密室问题哦!"

"说说看吧,警长。"

"我们有哈克纳家的一名邻居作证,他看到阿梅利亚没到十二点就出去了,就她一个人。我打电话的时候她根本没在睡觉,因为她不在家。"

"那她在哪儿？"

"藏着。杀死自己丈夫后，她就藏在这儿。"

"你不是说你们搜查过这里了吗？"我抗议道。

"有一个地方漏看了，因为那太明显，就在我们眼皮底下，所以我一直没想到。"

"到底是哪里啊？"

他夸张地伸出手指："就在这里，医生，在这个饼干桶里！阿梅利亚·哈克纳杀害了马克思，然后藏在饼干桶里。"

"聪明的解答，警长。你的意思是阿梅利亚杀害马克思之后，爬到桶子里，想法儿把自己埋在饼干里，并在接下来的几小时里一动不动——你和你的人在这里，我也在这里，桶里那些饼干最轻微的声响都会引起我们注意。还有，她后来怎么离开杂货店的？有个警卫一直守在门口。她根本犯不着冒这个险躲在桶里。只需让现场维持原样，等玛姬醒来，自然发现尸体即可。毕竟，就算店门没锁，玛姬还是有可能成为嫌疑人的。"

蓝思警长一脸沮丧。

"那整件事就没法解释了，医生。"

"别急着下结论，"我说，"跟我来，我们出去走走。"

我带领警长沿一条小街朝远离镇中心的方向走去。大约十分钟后，我在一栋房子前面停下脚步，左右打量周围情形。

"我要在这里搜查，可能还要在没有许可的情况下进入车库。

你最好帮我守着另外一个方向,警长。"

"可是为什么……"

"现在别问那么多。"

每个人都有幸运日,今天轮到我了。我几乎立刻就找到了我要找的东西,就藏在车库后面耙子和园艺工具堆里。我把那东西拿出来给蓝思看。

"这东西有什么意义吗?"他问。

"我稍后会解释的,现在我们去殡仪馆。"

殡仪馆已经水泄不通了,蓝思警长一马当先在前开路,朝着马克思·哈克纳的凭吊室走去。

"不是那边,"我说,"去另外一间。"

米莉·克雷恩起身迎接我们,蓝思低声致哀。

"你们两位都能拨冗,真是太感谢了。"她说。

"米莉,有些事情我要告诉你,"我说,"能单独和你谈谈吗?"

她看看蓝思,又看看我。

"当然可以,这里有一个专供家属休息的房间。"

我们来到远离致哀者的地方,我单刀直入地说:"米莉,我们刚从你家过来。在你们的车库里,发现了这把枪。"

"这把枪怎么了?"

"这就是杀死马克思·哈克纳的凶器。"

"你是在指控我杀害了马克思吗?"

"不是你,而是你的丈夫。杀死马克思的人是约翰,杀人后的兴奋让他心脏病发。"

蓝思警长大惊："医生,你说是一个死人杀了马克思？"

"扣下扳机的时候,他还没死,警长。当时他活得好好的。米莉,你告诉我他在晚餐后出门散步,他打算去菲尔·塞吉家——菲尔·塞吉是个造枪的。他在菲尔那里取了一支枪,对吗？说不定是他拿给菲尔修理的,同时他还买了一些子弹。我认为他没打算要用它们来对付马克思——至少当时还没有。但当他经过杂货店时,他看到了马克思,那个买下了他的店铺,让他提前退休的男人,这个男人拥有一个更大的新店,可却连找一个垫圈那么简单的事都干不好。还有,他看到马克思正在袭击一个女人,玛姬·墨菲。他肯定是这时出手相助的,不过更多的是出于对马克思的愤恨,而不是对玛姬的关爱。"

"可我们要如何解释店里那把枪？"蓝思警长不解地问。

"约翰·克雷恩很可能是透过锁着的前门向马克思射击的。马克思看到握枪的克雷恩后,给自己的枪上了子弹,准备进行自我防卫。他当然不可能给克雷恩开门,但这无碍于克雷恩的行动。他想起了排气扇的存在,于是绕到了旁边的巷子里。他站在其中的一个箱子上,将枪管从排气扇的叶片之间插入,朝马克思开了火,正好命中胸口。马克思的手指由于条件反射,也扣动了扳机,猎枪里的大号铅弹击中了木质天花板。今天下午,我在天花板上找到了嵌在里面的子弹碎片。猎枪的麻烦之处在于,没办法检查子弹的膛线。我们看到尸体身旁的枪,发现它开过火,就想当然地认为这就是凶器。这也意味着,凶手必须在店内,但事实上他一直在室外。"

"等一下,医生,"警长抗议,"我看到你亲自检查过风扇的扇叶,猎枪的枪管没办法从叶片之间伸进去啊。"

"双筒猎枪之所以被称为双筒,就是因为它比单筒猎枪多一根枪管。马克思的双筒猎枪无法伸进去,但是约翰·克雷恩的单筒猎枪没问题。"

整个过程中,米莉始终一言不发。现在她终于说话了:"您从理论上建立了针对约翰的指控,但是您的证据在哪里?"

"证据就是这把从你们车库里找到的枪,米莉。当我从杂货店的天花板中取出子弹的一瞬间,我就明白一定还有第二把枪。从你们家到马克思的商店只要步行十分钟,所以令约翰致命的心脏病发后,他仍有余力赶在十点钟前回家,但要处理那把凶枪的话,时间就不够用了。我认为我们一定可以在你们家找到它。"

"我需要更加实质性的证据,否则我无法接受他作为凶手的说法。"

"很抱歉,米莉。我实在是不想伤害到你。但如果你坚持的话,我可以进一步说明。今天早些时候,我在殡仪馆遇到了威尔·华生,他提到约翰身上唯一需要修补的痕迹就是肩膀上的一处肿块。大家都知道,猎枪的后坐力会让肩部产生轻微的挫伤。威尔认为这是约翰摔倒的时候弄的,但是你告诉我,他是坐在椅子里去世的。"

她简单地点了点头,然后把视线移开了。

"我被你说服了,"蓝思警长说,"这案子结了。还有个问题——如果阿梅利亚没在店里谋杀亲夫,那她到哪儿去了?"

"我猜是去偷会情郎,"我说,"弗兰克·本奇十二点过后不久离开了我的公寓。她一定在什么地方等他,因为她并不知道他来我这儿了。"

★　　★　　★

"故事就这么结束了,"山姆·霍桑医生如此作结,"不过各位肯定有时间在离去之前再来——啊哈——一小杯酒。没时间?好吧,下次再光临,我会给你们讲另一个故事——那次我被请到旧的镇办公大楼,成了陪审团的一名成员。"

吴非　译

17

法院石像鬼

"有一次我被召往旧的法院大楼,加入了陪审团,我答应过你们要讲讲那时的故事。"山姆·霍桑医生边说边往两个玻璃杯里倒上了白葡萄酒,"一九二八年九月,胡佛①和艾尔·史密斯②之间的总统竞选正趋于白热化,那是我这辈子第一次被召入北山镇的法院陪审团,也是最后一次。通常情况下,发生犯罪案件后我总是自然而然地介入调查,因为镇上每个人都知道我和蓝思警长的深厚情谊,而我本人也对解决镇上的案件颇感兴趣。但这次的案件事实上发生在临镇。考虑到可能对公众造成的恶劣影响,辩护方要求更改审判场所,因此审判被转移到北山镇……"

★ ★ ★

那一年,夏天离去的脚步异常缓慢,树叶迟迟未改变颜色。

---

① Herbert Clark Hoover(1874—1964),美国第三十一任总统。
② Al Smith(1873—1944),美国政治家,民主党成员,曾两次出任纽约州州长。

我沿着镇大道漫步向前，最后走进法院大楼。这是一栋俗气的建筑，墙上的石头已经发黑。这栋大楼建造于世纪之交。当时，城镇的一些先驱者仿佛看到了北山镇的蓬勃发展，可至今北山镇仍裹足不前。尽管只有两层楼高，这栋房子仍占据了靠近镇广场的一个小型街区。大楼的尖顶由四座象征诚实正直的石像鬼守护，这令亲者痛、仇者快。

二十五名男女被召集到二楼的法庭，审判由贝利法官主持。陪审团以男性为主，因为当时只有很少的女性位列北山镇的陪审团成员花名册上。

我们在法院工作人员蒂姆·乔叟的引导下进入法庭，他走路时有点瘸，是在阿尔贡①落下的伤。除了瘸，他也非常丑，以至于有人称他为法院大楼的第五尊石像鬼，可是老蒂姆似乎不以为意。

即将开庭审判的案件发生在相邻的库德伯里镇，一个农场主被谋杀了。他生前为人喜爱，也是库德伯里最大的地主。他被人杀死在自己的谷仓里，猎枪一击致命。被控犯下杀人罪行的凶手是一名年轻的雇佣工人，他流浪到当地后，受雇于农场，干一些杂活儿。他的姓名是亚伦·弗拉维，二十三岁。

除了名字，我对死去的华尔特·加斯特罗一无所知，不过被召入陪审团这件事对我来讲真是再平常不过了。当天，我还弄清楚了陪审团的组成：九男二女，外加一名男性候补。贝利法官告

---

① Argonne，法国东北部山林地区，第一次世界大战时的战场。

诉我们,陪审团成员只有审议①阶段才会被隔离,所以,在呈堂证供的时候,我们将一同留在法庭。贝利法官认为审判将持续一周左右,他希望不会因此影响到我们的日常生活。和我们说话的时候,他抿了一口放在他手肘旁玻璃杯里的水。在法官坐席与证人席当中有一个小托盘,上面准备了一个水罐和另两个玻璃杯。

通常情况下,停止出诊一周肯定会带来诸多麻烦,尤其是对我的病人们而言。不过那年夏天,有另一位医生来到北山镇开办了诊所,这分担了我的部分压力。这个叫罗伯特·耶鲁的伙计刚刚结束了在波士顿的实习期,怀揣建造一所小医院的计划来到了北山镇。他的到来使我想起了六年前的自己,当时我也是初出茅庐,来到这儿创办自己的诊所,我们年龄也正相仿,很容易就成了朋友。他主动要求在我忙于陪审团工作期间,帮我照顾病人。

尽管诊所被托管了,但我有个习惯,每天中午庭歇的时候,我总是要到诊所看望一下护士爱玻和早晨送来的信件。到了星期四,也即审判的第四天,我进门的时候,她连头都没抬。

"今天早上有啥进展?"

"胶着着呢,"我回答,"诉讼方中止了案情论述。下午就看原告方了。"

"你认为他杀了人吗?"

"难说,枪是他开的,这一点毋庸置疑,问题在于无法确定是

---

① 陪审团私下对审判内容进行讨论后,通过投票方式决定支持原告或被告一方的行为。

谋杀还是意外。诉讼方试图证明亚伦·弗拉维和加斯特罗的老婆有一腿，这么一来，杀人的动机就有了。"

爱玻露出一副"我早就料到如此"的得意表情："我可是一直听到关于这次审判的有趣传闻哦！"

"有时候，我觉得这种小镇简直就是生产谣言的工厂！库德伯里的情况肯定比这儿还糟，不然也没必要把审判移到北山镇。"我翻看着早上收到的邮件，但没什么值得注意，"看来我可以赶紧吃个三明治，然后回法庭去了。"

"你就不能透露点儿证人的证词吗？"爱玻恳求道。

"审判结束了我会全部告诉你的，"我答应她，"在那之前，我不能和其他人讨论。"

我常常在某间咖啡馆吃午饭，今天我在那儿遇见了一位陪审团成员：兰德·史密斯女士。她五十多岁了，身板结实，自打我来到北山镇以来，她就一直在干货店上班。"坐我这边吧，山姆医生，"她邀请道，"离开那个沉闷的屋子，感觉好多了。"

"荣幸之至，"我说着，把身子挪到了她对面的木质雅座上，位子有些局促，"应该再有一两天就结束了吧？"

"希望如此！"

这时，蓝思警长走了进来，他在贩售香烟的柜台停下步子，买了一小块口嚼香烟[①]。他看到了坐在雅座里的我们，便走了过来，

---

① 类似口香糖，含有烟草成分，有烟瘾的人只要嚼一嚼就不需要通过吸烟来获取尼古丁了。

加入这场谈话。

"作为陪审员的感觉如何?"

"有点不习惯。"

"你的病人们要习惯没有你的日子啦。"他爽朗地笑着。

"我可不希望被人们忘记。"

我们三个人一起朝法院大楼的方向往回走。穿过尘土飞扬的停车场,蓝思警长和我们挥手告别,他还要去一趟位于下一个街区的监狱。

"那辆是贝利法官的车,"兰德史密斯女士指着一辆黑色的帕卡德轿车,"有人说,他的收入不像一个小镇法官。"

"庭审的时候,他令人印象深刻,"我说,"他从不和犯人有太多瓜葛。"

下午的程序是从辩方陈词开始的,由亚伦·弗拉维的律师发言,他名叫西蒙斯,来自库德伯里。看上去他很好地胜任了这个职务,尽管他的发言有点机械,好像判决结果早已经决定了之后走的过场。我没法判断他的想法到底是想赢还是想放弃,因为我是一个陪审员。

开场白结束后,西蒙斯将他唯一的证人——被告人自己——叫上庭来。亚伦·弗拉维是一个英俊的年轻人,他有棕黄色的头发,脸和手臂因为在夏季农场工作的原因变得黝黑。这一周的时间以来,他都和律师坐在一起,表情毫无变化。即使死者的妻子作证说亚伦常常放下手边的农活来和她搭讪,这个年轻人也只不过露出难以察觉的微笑,似乎忆起了那些七月骄阳下的日子。

"那么接下来,"西蒙斯紧张地搓着双手,这个动作他之前重复了好几次,"请你自己告诉大家七月二十三日,星期一的下午发生了什么。"

"好,"弗拉维开口了,挠着额头,"从早上开始,我就一直在田里干活儿——把干草搬到农场里面去。当时只有我和华尔特——加斯特罗先生,因为另一个工人那天生病了。"

"你那时住在加斯特罗的房子里吗?"

"没错。从春种季节开始我就住在那儿,帮忙干一些农活。"

"这期间,你和加斯特罗太太有没有什么特殊关系?"

"绝对没有,先生!她是我老板的妻子,就这么多。她负责准备一日三餐,有时候我会帮她做一些家务事。"

"我们知道,死者的遗孀加斯特罗太太正是二八芳龄——与她死去的丈夫相比,你们之间的年龄差距更加接近。我们收到一些情报——镇上的传言之类的——大致是说你们之间有些不光彩的事。他们说的是真的吗?"

"不,先生!"

亚伦·弗拉维的回答响亮而坚定,但我注意到他说话的时候,手在证人席的椅子上紧张地摩挲,加斯特罗太太之前也有相同的动作。

夫妻紧张时会有些相同的习惯,不知道情人是否一样。

"请继续陈述有关那天下午的证词,弗拉维先生。"

"好的,我当时正在谷仓里,这时加斯特罗先生从田里回来,他说在远处有一群讨厌的乌鸦,让我去房间里拿一下猎枪,他要把它们赶走。"

"你照办了?"

"是的。"

"加斯特罗太太当时在房间里吗?"

"是的。"

"你有没有和她谈话?"

"我印象里是没有。"他在裤子上擦干了手上渗出的汗水,偷瞄了一眼陪审席上的陪审员们。

"你从家里把猎枪拿走的时候,猎枪有没有上膛?"

"在往谷仓走的路上,我装了两发鸟弹。"

"为什么这么做?"

"只是为了帮加斯特罗先生一把。他要去对付那些乌鸦,我想帮他把准备工作都搞定。"

"你到达谷仓的时候发生了什么?"

"他就站在门里面,因为我是从阳光刺眼的室外走进去的,所以没注意到地上的挤奶椅①。我被这个椅子绊了一下,就在我试图稳住身体的时候,枪就走火了。子弹正好击中了他的胸口,我向上帝发誓,我绝对不是故意的。"

"然后你做了什么?"

---

① 一种挤奶时使用的工具,可防止牛脚碰倒装奶的桶。

"我朝屋子跑去，找来了加斯特罗太太。他的状况非常糟糕，流了很多血。我们回到现场的时候，他已经死了。"

贝利法官一直饶有兴致地听着证人发言。这时他身体前倾，向法庭工作人员指了一下桌上的空水壶。老蒂姆一瘸一拐地走上前来，在众目睽睽之下把水壶拿走了。很明显，他没有趁中午休庭的时间将水壶灌满，所以现在他要去陪审席对面墙上的饮水器取水。他先放走了水管里的泡沫，接着将水管接入水壶，注满了四分之三的高度。接着，他又一瘸一拐地回到法官面前，将水壶放在三个玻璃杯旁边的托盘上。

"很抱歉打断了证词陈述，"贝利法官说道，"好几小时没喝水了，喉咙有点儿渴。"

我扫了一眼法庭后方，发现了那个新来的医生罗伯特·耶鲁，他悄悄地溜进了最后一排的某个位子坐下。我起初认为他有什么急事找我，后来我发现他和在座的其他人一样，关心的是这个案子的审判。

我的注意力又重新回到了法官席，贝利法官似乎对西蒙斯提出的新问题视若无睹，他拿起最靠近自己的一个水杯，透过眼镜死死盯着杯子的边缘。

"……然后，加斯特罗夫人就叫来了蓝思警长。"亚伦·弗拉维继续说道。

贝利法官的手指在杯子的边缘绕了一圈，很显然他发现那上面有一小块裂缝或是缺口，于是他把这个杯子放回托盘，从剩下的杯子里拿了一个。他举起水壶,往杯子里倒了半杯水。

"枪击纯属意外?"西蒙斯向被告提问。

"百分之百的意外!我发誓!"亚伦·弗拉维的面孔因为情绪激动而变得扭曲,仿佛重历了一番那可怕的回忆。这时我认为他是个无辜的人,否则就是一个杰出的演员。

贝利法官将水杯举到唇边,喝了一口水。

随即他脸色大变,将杯子放回桌上。紧接着,他抓着自己的喉咙,发出了痛苦的喘息。我坐在陪审席上看着这一幕,不敢相信自己的眼睛。

当年我还足够年轻,年轻到能够从陪审席的护栏一跃而过——我正是这么做的。我是个医生,贝利法官需要的就是我。我跑到法官身边的时候,整个法庭乱成一锅粥,律师们和蒂姆·乔叟就在我身后不远。法官从椅子上滑落的瞬间,我扶住了他的身体,他呼出的气体带有致命的苦杏仁味。

"他被人下毒了!"我冲身后的人大喊,"过来帮我一把!"

贝利法官试图说话,我身体前倾,听到他气若游丝的声音:"石像鬼……"

下一秒钟,我发现怀里已经是一个死人。

法庭的混乱仍在持续,几分钟后才恢复秩序。这时罗伯特·耶鲁也来到我的身边:"山姆,死因是什么?心脏病?"

我摇了摇头:"是毒药。苦杏仁味的。八成是某种氰化物。"

"上帝!水里有毒?"

"还能是哪里呢?"

"但是所有人都看着蒂姆·乔叟从那边的饮水器往水壶里灌水!怎么可能有机会下毒?"

"我只是告诉你有人下毒,他是怎么干的我也不知道。"

蓝思警长分开拥挤的人流,来到我们身旁:"医生,你走到哪儿,尸体就跟到哪儿,简直像一群苍蝇,我发誓!"

"最好把你的犯人带走,警长,让这儿恢复清静。我们又要面对凶手了——一个远比现在的案子更令人头疼的凶手。"

"谁有杀害贝利法官的动机呢?"

"这正是我们要查明的。"

过了好一会儿,一位代理法官进来宣布休庭,陪审员们被遣散。原告亚伦·弗拉维被押回监狱候审,他住在一个假释犯人的牢房里。死者遗孀莎拉·加斯特罗仿佛被这突如其来的凶杀搞得身心俱疲,她在工作人员的搀扶下,含泪离开现场。

"现在是什么情况?"稍后,当法庭里只剩下我们几个人的时候,蓝思警长问,"医生,你以前也帮助过我从这些疯狂的案子里脱身,现在又轮到你大展身手的时候了!要是选民们知道我眼睁睁地看着一个法官在自己的法庭上被人毒死,他们准得把我的警徽扒了。"

我站了起来,望着法庭里空空荡荡的椅子:"我们一直还没排除自杀的可能性。他有可能在手里藏了一些氰化盐颗粒,喝水的时候一起吞了下去。"

"你相信你自己说的这些东西吗,医生?"

"当然不,"我承认道,"据我所知,他并没有自杀的理由。而且真要自杀的话,他更有可能选择非公开场合。百分之九十九是谋杀。"

"怎么下手的?"

我早就想过这个问题了。

"氰化物有三种形式——首先是气体,有些州开始采用氰化物气体作为行刑工具;其次是无色液体,人称氢氰酸;最后是固体氰化盐。我认为我们可以排除气体,液体在本案中是最有可能的。我现在还能在法官用过的杯子里闻到苦杏仁的味道。"

"水壶里呢?"

我闻了一下,摇了摇头:"我不认为是水壶的问题,不过你最好也拿回去分析分析。"

"哪能有人在杯子里或水壶里下毒啊?从你告诉我的事实来判断,在场所有人都看着乔叟注水,法官饮水的时候也是一样。"

"法官认为是乔叟干的。他临死前说了'石像鬼'三个字。"

"这是蒂姆·乔叟的绰号?"

"还能是谁?"

"我们去找他谈谈。"

我们在一间专为法庭工作人员保留的小办公室里找到了乔叟。他勾着身子俯在书桌的抽屉上,正在清理一些铅笔和记事本。他把这些办公用品堆在桌上,紧挨着的是一张他自己在战时的照片。照片上,乔叟身着一级上士的军装。他抬头看了看我们,然后说:"用不着你们告诉我,我知道自己被解雇了。"

"你怎么会这么想的?"

"贝利法官是我在这里唯一的伙伴。梅特兰对我恨之入骨。不过贝利是个真正的绅士。当所有人都在背后说我坏话的时候,只有他坚持让我留在这个岗位上。"

"什么坏话?比如说你像石像鬼?"我问。

"没错,就是这样。这份工作对长相的要求完全超出了我的理解范围!"

"水里怎么会有毒的,蒂姆?"蓝思警长问。

"我哪知道!"

"是不是你干的?"

"我说过了,法官是我的朋友。"

"但你没准觉得他不再是你的朋友了,没准就是你干的。"

"胡说,扯淡!"他几乎要哭出来了,"走远点,让我一个人静一静!"他蹒跚着走向衣架,"瞧,我现在要滚蛋了。用不着你们动手,我自己会走。"

我友好地将一只手搭在他肩上:"这里也许还需要你,蒂姆,为了找出杀害法官的凶手。我有些事想问你——你给水壶注水的时候,有没有闻到类似于苦杏仁的味道?"

"我不知道苦杏仁是什么味道,"他回答,"连正常的杏仁是什么味道我也不知道。这辈子没闻过杏仁。"

"法官临死前说的话是'石像鬼'。你觉得这是什么意思?"

"不可能,没道理的!他从来不会这样叫我!法官一直都管我叫蒂姆。"

"最后一个问题。今天中午重新开庭之前,你是不是忘记给水壶加水了?"

"没有,不可能忘记。我一直按照法官的指示将水壶注满。"

蓝思警长让他暂时留在法庭待命,便和我回到法院大厅。

我留意到陪审员之一的兰德·史密斯女士正在和辩护律师西蒙斯交谈。

"真可怕,不是吗?"她悲伤地摇着头,"而且就发生在我们大家眼皮子底下!"

"对我的客户来说也很糟啊,"西蒙斯自顾自地说,"现在他得在牢里把屁股坐穿,直到他们决定重审。我打算让法庭驳回起诉,或者让他自己支付保证金获得保释。"

"机会不大,"蓝思警长说,"弗拉维小弟还没结婚,在这一地带无依无靠。他是个流浪汉,一旦让他出狱,那我们就再也看不到他的影儿了。"

西蒙斯把公文包一夹:"我希望法院能有不同看法,警长。"

我们看着他迈开大步离开大厅,兰德·史密斯女士问我:"山姆医生,既然陪审团已经被遣散了,你能不能告诉我,这个案子,你打算怎么投票?"

"实话实说,我还没想好。"

"我把我的想法告诉你好了,"她说,"我认为是加斯特罗太太把自己的丈夫给杀了,然后让亚伦·弗拉维背黑锅。她陈述证词的时候一直在嚼口香糖。我从来不相信在公共场所嚼口香糖的女人。"

"也许你说得有一定道理——我是指弗拉维背黑锅的部分。"我承认。

"你觉得法官是怎么被害的?是不是整个供水系统被污染了?这事儿发生之后,我都不敢喝饮水器的水了。"

"饮水器没问题。"贝利法官在我怀里咽气之后,我做的第一件事就是确认法庭里的饮水器有无问题。水很干净,塞子也没有被动过手脚。

"感谢上帝!"兰德·史密斯女士说完,跑过去喝水了。

我们镇的另一位法官——将陪审团遣散的那位——名叫布鲁斯·梅特兰。他是个壮实男人,为人友善,一个典型的地方政客。蓝思警长回监狱察看亚伦·弗拉维的状况,趁此机会,我决定去梅特兰的办公室拜访。

"欢迎,霍桑医生,"他挥手请我进屋,"您是被我遣散的陪审团的一员,对吗?"

我点了点头:"好容易有个机会担任本镇的陪审员。可能再也没有机会了。"

"这可说不准。北山镇一直在发展。我们将会需要更多的医生,也需要更多的陪审员。您在想什么?"

"我敢肯定,我脑子里想的事儿和您一样——贝利法官。"

他悲伤地摇了摇头:"可怜的家伙,谁会干出那种事呢?"

"这正是我来此想要请教您的问题。"

"他没有什么敌人——除了那些曾经被他判刑的罪犯们。但这对法官来说是家常便饭,这是我们的工作啊。"

"我和老蒂姆谈过了,他认为既然贝利已死,您将会剥夺他作为法院工作人员的职务。"

"唔,我没法儿假装自己喜欢乔叟。那个丑陋的男人!"

"他是为了自己的国家才受伤的。"

"要不是这个原因,我们早就让他卷铺盖回家了。"他从桌上的一盒哈瓦那烟盒里抽了一根点上,"我希望警长好好查查他和贝利遇害之间的联系。"

"蒂姆自称与此无关。"

"但水壶是他灌的,对吧?他是唯一有可能下毒的人。"

"我们不知道水壶是否被下了毒。真相可能恰好相反。"

梅特兰看上去有点迷惑:"可是——"

"也许贝利是被别的方法谋杀的,当事发后大家都围在法官席边的时候,有人偷偷把毒药放入玻璃杯里。"这个假设听上去说得通,但我知道事实并非如此。

我赶在所有人之前,第一个接触到玻璃杯,并且闻了杯内的气味,但梅特兰似乎因这说法而有些忧心忡忡,所以我索性继续发挥。

"当您宣布休庭时,坐在法官席上的人正是您自己啊!"

"您怀疑是我杀了自己的挚友?案发时我在自己的房间里。"

"贝利临死前提到'石像鬼',您知道其中的含义吗?"

"不清楚,要不就是暗示蒂姆·乔叟。"

"他生前从来没这么称呼过蒂姆,死的时候就更没理由了。"

"说不定是你听错了,他说的可能是漱口水或是车模之类的单词。"①

"我不会听错,他说的就是'石像鬼'。这栋大楼的楼顶就有一些石像鬼雕像,你应该知道。"

"当然,四角各有一个。去年夏天,工人把其中的一个拿下来清洗,我和贝利还跟它合影了呢。"

"我有印象。"

梅特兰法官站了起来,这表示谈话差不多到此为止。

"欢迎您随时来访,霍桑医生。来支雪茄吧。"

"我不抽雪茄,"我在门口停下,"您会解雇蒂姆·乔叟吗?"

他叹了口气:"我想是的。"

我走到外面,花了一些时间仰望那些石像鬼的雕像。那是四只丑陋的野兽,引着长长的脖子,张开的血盆大口则作为出水口之用。去年夏天进行例行修缮的时候,这些出水口被堵上了,因为人们抱怨刮大风的时候,出水口喷出的水流被吹得纷纷扬扬。

---

① 英文"石像鬼"(Gargoyle)的发音跟"漱口水"(Gargle)和"车模"(Car Girl)相近。

现在,屋顶排水沟解决了所有问题,水管将水流引导至地面。神兽沦为平凡的装饰用具,昭示着已逝去的时光。

正当我站在屋外,蓝思警长从监狱那边的人行道穿过马路,朝我走来。

"真他妈的,医生,我刚接到州警方的电话。他们想插手此案。如果我没办法搞定这案子,他们就要接管后面的调查!"

"别激动,警长。他们一直是这副德行,你又不是不知道。不管怎么说,法官在自己的法庭审理谋杀案却被毒死的消息到哪里都是桩大新闻。想把这事儿压在北山镇是不可能的。明天一早,波士顿甚至纽约的报纸都将报道这个消息。"

"但是北山镇是我的地盘,这是我的工作!"

"我们不妨朝着这个目标努力,只要我们能在接下来的几小时内一举解决这个案子,所有人都没话好说。"

警长丢给我一个有些迷惘的表情。

"那怎么办,医生?你知道法官是怎么被人毒死的吗?"

"还不清楚。但我知道他临死前试图告诉我一些有关石像鬼的事情。我们有没有办法检查一下那些雕像?"

"除非你胆敢把身子探到屋顶外,否则别想。还记得去年吗?当时费了九牛二虎之力才把它们卸下来进行修缮。"

"有印象。尽管如此,屋顶的坡度并不是很陡,这根本难不倒一个年轻矫健的男人。"

"医生,你在说你自己吗?"

"我认为罗伯特·耶鲁是个更好的人选,到时候我会牢牢抓住他的。"

于是我打电话到罗伯特的办公室,他很快就赶了过来。原来我和他的病人刚好都活蹦乱跳的,这真令人高兴。不过当他看到有些年头的法院屋顶时,不免有些畏缩:"山姆,我们要爬到那上面去?"

"嗯。换了几年前的你,根本眼睛都不会眨一下。想象自己是一个毛头小子,我会系一根绳子在你的腰带上,这样你不用担心会掉下去。"

他哈哈大笑:"像登山队那样干,咱们是一根绳子上的蚂蚱,要是我掉下去了,你也跑不了。"

"再公平不过了。"

"你认为在那些石像鬼里能找到什么?"

"我不知道。尽管去年它们就被堵上了,但里头没准还是藏着东西。"他抬头望着屋顶。

"我们是不是四个角都得查一遍?"

"那得看运气了。"

他脱衣捋袖,摩拳擦掌。

"准备就绪,山姆。我们从哪个开始?"

我想了一会儿,最后说:"贝利是在其中的某一个石像鬼旁合影留念的。我们得看看那张照片的背景,然后找出这是屋顶的哪个角,然后从那里开始调查。"

从照片上,我们能够看到法院大楼的正门,门是朝向右边的。这说明地上那尊位于贝利和梅特兰当中的石像鬼是从面朝法院大楼时的左前方角落卸下来的。到了屋顶以后,就从这一个开始调查。罗伯特·耶鲁在腰间拴了一根绳子,绳子的另一头系在屋顶的一根大烟囱上,说实话,这项工作并不是特别危险。

"我以前爬过比这个难度高得多的苹果树。"他一边小心翼翼地沿铺着石板的屋顶边缘挪步,一边回头冲我大喊。

"你身体探到屋顶外面的时候千万小心,我可不想失去北山镇除我之外唯一的医生。"

他跨坐在那个石像鬼身上,开始摸索雕像的出水口。

"我要找什么东西啊?"

"不知道他们用什么东西把出水口给堵住了。"

"还用问吗——肯定是水泥!"

"噢。"

"我搞不定,山姆。"他调整了倾斜身体的角度,以便更好地使力,但是堵住的排水口让他无计可施,"你还是得把这玩意儿弄下去,用鹤嘴锄敲烂这些水泥。"

我站在烟囱旁边,牢牢抓住绳子的另一端,我心想,这是不是在浪费时间呢?楼下的马路上,有一些行人看着这边,对我们指指点点,我感到有一点荒唐。

"试试看它的嘴巴。"我冲他喊道。

"啥?"

"嘴,试试看它的嘴。他们用水泥堵住了出水口,但你还是能把手伸进它张开的嘴里。"

他沿着石像鬼的脖子,尽可能地向前伸展身体,我暗自祈祷那尊雕像能够承担他的体重。

"找到了!"他大叫。我看见他从怪物的嘴里伸出手来,拿着一个小小的包裹,我舒了一口气。也许我的想法并不算天马行空。

我开始往回拉绳子,他翻过石板瓦回到烟囱旁与我会合。他手上攥着一个厚实的小包裹,被油纸包裹得严严实实,并且用粗线捆扎妥当。

"他的私人时光胶囊,"我在手里掂量着纸包,发出感叹,"他八成认为下次清扫石像鬼前不会有人发现这玩意儿。"

"里面是什么东西?"耶鲁问。

"我们到下面去看。"

蓝思警长也凑了过来,好奇地盯着我们的发现。我们小心翼翼地展开层层包覆。里面是一些法律文件,文件表明贝利与梅特兰法官是波士顿一家地下酒吧的背后投资人。

"太扯了!"警长冷哼道,"谁能想到会是他俩?"

罗伯特·耶鲁抬头看着我:"这可以作为谋杀的动机吗?"

我耸耸肩:"这个可以是。贝利显然对自己的所作所为感到愧疚,因此他将这些自白性质的文件托付给后人。现在让我们去会会梅特兰法官。"

"那这里还有我的事吗?"耶鲁问。

"不用了,你在房顶上的表现非常杰出。"

"山姆,我前面在想,要是我们俩都掉下去的话,村民们该怎么办呢?"

我把我们在石像鬼嘴里的发现告诉了梅特兰法官,他自始至终显得兴趣缺缺。当我说完时,他道:"贝利显然认为投资那间酒吧是见不得人的勾当。我的观点和他恰恰相反。法官也是普通人,可以用自己的钱做一些投资。在波士顿的某家餐馆拥有一部分股份与我身为北山镇法官的责任毫不冲突。"

"那并非餐馆,梅特兰法官。地下酒吧是被法律禁止的。"

"艾尔·史密斯当选以后就不一定了。"

"我可不是来找您谈论政治的。我正在协助蓝思警长调查一起谋杀案。"

"所以你觉得我为了保护商业投资的机密不被泄露而杀了贝利?"他不屑地说道,"首先,我根本不认为这桩投资有什么问题。其次,请你告诉我,我是如何在贝利的饮水里下毒的?老子甚至没有迈进那个法庭半步!"

不得不承认,他的问题让我无法还击。尽管贝利临死之前吐出"石像鬼"几个字,但这可能和谋杀毫无关系。也许他脑海里最后的一些思绪恰巧就是他藏在石像鬼里的秘密。

"我现在没法回答您的问题,"我朝门口走去,"但我还会来找您的。"

"霍桑——"

"还有什么事?"

"你打算怎么处理你们找到的那些文件?"

我转过身,望着对方。梅特兰的假面具终于摘了下来,纸老虎心里发慌了。

"走着瞧,"我告诉他,"我还没想好呢。"

在法院大楼的门口,聚集了一小拨人。难道是他们看到我和耶鲁在屋顶上的行为,感到好奇?我的护士爱玻也在人群中,她发现我后,赶忙冲上前来。

"山姆医生,快来!蓝思警长有新发现了!"

我二话没说,跟着她一路小跑。蓝思在我的办公室等我,他的新发现令我大感意外。

"闻一下这个,医生。"说着,他递给我一小瓶无色液体。

"氢氰酸,"我说,"你在哪里找到的,警长?"

"街上的一个垃圾桶里。我走在那个叫西蒙斯的律师后面,看见他把这个瓶子扔了进去。"

"很有意思。"

"你觉得会是西蒙斯干的吗?"爱玻问,"但他离法官隔了八条马路远,不是吗?"

"我们得找他聊聊,"我说,"但我另外还有个建议——一个能将本案速战速决的建议。我希望今晚能重建犯罪现场。"

"那是什么意思?"

"听我说,警长。我想要律师和原告在场,还要召集尽可能多的陪审员和观众,而且不能事先通知他们。我希望所有的一切和今天下午一模一样,包括蒂姆·乔叟和那个大水罐。"

"你是说今天晚上就能结案吗,医生?你打算向众人展示法官被谋杀的方法?"

"看运气了。"

"好极了。凡是有不可思议的谋杀,你总能大展身手。不过就算我把所有人都召集过来,还是有一个最重要的人缺席。"

"贝利法官。"

"没错,我可不能把他的尸体拿过来重建案发现场。"

"我也许可以说服梅特兰法官扮演这个角色。"

"梅特兰?"

我点了点头:"所有人,今晚八点钟,警长,靠你了……"

一到八点钟,我便立即走进法庭,在兰德·史密斯女士旁边的位置坐下。几乎所有人都到齐了——陪审员们,员工桌前的蒂姆·乔叟,原告方律师,坐在西蒙斯身旁的被告亚伦·弗拉维,前排的死者遗孀,以及零零散散的观众们,连罗伯特·耶鲁都到了,他在后排找了个位置坐下,和下午的时候一样。只有法官席空空如也,但是很快蒂姆·乔叟便跛着脚起立,宣布梅特兰法官驾到。

所有人起身恭迎,梅特兰入座后,俯视着下方的众人:"我被说服来参加这场荒诞剧的演出,只因为有人告诉我这将会是一把钥匙,用来破解今天下午发生在这里的可怕谋杀。总之,这里仍是法庭,我决不允许任何哗众取宠的行为影响到对亚伦·弗拉维的二次审理。"然后,他转向陪审席,"你可以开始了,霍桑医生。"

我站了起来,离开陪审席,接管整个审判流程。我费了好一番工夫才说服梅特兰,这多亏我手上那些从石像鬼嘴里挖出来的证据。他正用冰冷漆黑的眸子望着我,我觉得自己没准已经完成了整个行动中最聪明的一环。

我拿着蓝思警长发现的被西蒙斯丢弃的小瓶毒药,作为开场白:"女士们,先生们,我手上的这个瓶子,正是几小时前,凶手在法庭上用来对贝利法官行凶的工具。氢化氰溶液——或者用个更加通俗的名字来说,氢氰酸。"

蒂姆·乔叟局促地在桌子后面扭动身体,盯着那个空水罐。

"西蒙斯先生,您不介意告诉大家,这个东西为什么会在您那儿吧?"

矮个子律师闻言站了起来。

"不,先生!我没什么好说的!"

"谢谢您,西蒙斯先生。"我转向梅特兰法官,"由于您的宽容大量,接下来我将一五一十地演示贝利法官是如何在众目睽睽之下被下毒的。"

"我相信这个演示不会让我成为下一个牺牲者。"梅特兰闷闷不乐地说。

"没什么可担心的,"我告诉他,其实我心里也没底,"现在,如果证人能站在与今天下午相同的位置,我们就可以开始了。"

亚伦·弗拉维站上了证人席,西蒙斯在证人席前方严阵以待。

这时，我继续说道："蒂姆，拿上水罐，像今天下午一样把它灌满。"

蒂姆·乔叟不情愿地从椅子上站起来，朝法官席走去。他唯唯诺诺地伸手去够那个罐子，仿佛担心遭到罐子的袭击似的，与罐子一起放在托盘上的还有三个水杯。他终于拿到了水罐，一瘸一拐地穿过法庭前方，走向取水处。所有的视线都会聚在他的身上，这也和下午一样。他小心翼翼地灌满了水，然后回到法官席，把水罐搁在托盘上。

"辛苦了，蒂姆，"我说，"女士们，先生们，如各位亲眼所见，你们认为他有可能神不知鬼不觉地在水中下毒吗？"

"绝对不可能，"蓝思警长在前排发言，"而且根据我得到的调查结果显示，水罐中并没有毒药，有问题的是杯子。"

"这和我的猜测一致。那么，杯中的毒是怎样以及被什么人投下的？难道是贝利法官自己吗？当然不是，这显然不是自杀。可是水倒进杯子以后，就只有他自己才有机会在里面下毒。我们面临一种完全不可能的情况，除非——"我拖长了尾音，一边打开装着氢氰酸的小瓶，作势朝放着玻璃杯的托盘伸过手去，"除非毒药本来就在杯子里面。"

梅特兰法官睁大了眼睛，看着我把小瓶里的东西倒进他手边的杯子里。杯子底部只有薄薄一层无色液体。"即使只相隔几英寸都看不见，而且就算贝利法官发现了，也很可能认为是残留的水——例如一块融化了的冰块之类的。"

"但是……"警长打算提出抗议。

"贝利只倒了半杯水,所以毒药的效力仍然足够致命。后来等到贝利意识到水里的怪味时,已经太晚了。"

"这么说来,任何人都有可能趁中午的休庭时间在杯子里下毒。"梅特兰说。这家伙可能又在担心我把怀疑的矛头指向他了。

"确实,任何人都有可能,"我表示同意,"因此西蒙斯律师取得毒药的场所对侦破本案来说至关重要。"

律师狐疑地扫视在座的观众。我举起水罐,将杯子装到半满——正如下午的贝利法官。然后我经过律师身边,来到观众席的栅栏旁,用杯子指着第一排的某个女人。

"毒药是您的,加斯特罗太太,我说得没错吧?"

"我……"她想要开口,却说不出话,只好站起来,摆出一副要夺路而逃的样子,不过蓝思警长抢先一步堵住了她的去路。

"西蒙斯发现了这个小瓶子,然后从你手里夺走了,对吗?"

律师吵吵嚷嚷地抗议起来,却被莎拉·加斯特罗打断了。

"医生说得没错。华尔特死了,我也不想活了。西蒙斯先生发现后从我手里抢走了毒药。但我发誓他跟法官的死没有关系!"

"这个用不着你说我也知道,"我说,"我已经向各位演示了如何在贝利倒水之前将毒药投入水杯。但是你们当中有多少人清楚地记得今天下午事件发生的先后顺序?看上去毒药事先被人投入了法官的杯子——但事实并非如此。法官端详了其中一个杯子后,发现了杯沿有裂缝或者缺口,于是把那个杯子放在一边。他最终用来喝水的杯子——底部必然事先已有一层毒药——是托盘上剩下的那两个杯子当中的一个。"

亚伦·弗拉维听我这么一说,便问:"你的意思是,那毒药是为我而准备的?"

"对极了,弗拉维先生。不仅是为你而准备,而且是你自己准备的。当所有人的注意力都集中在取水的蒂姆·乔叟身上时,你悄悄地把手伸向水杯,把小瓶里的毒药一股脑儿倒了进去。你本来是打算服毒自尽的,不过当贝利把你的杯子拿走,并在里面倒水的时候,你却保持了沉默。这究竟是为什么,弗拉维先生?我猜在那一瞬间,你脑子里出现了审判无效,甚至无罪释放的画面。你心想,可能不会再有第二次审判了。于是,当贝利饮下你为自己准备好的毒药时,你选择了沉默。"

"胡说八道!"被告大声抗议,"我到哪儿去弄这种毒药?"

"你和莎拉每人都有一小瓶毒药。答案再明显不过了——你们约好若是事态败露就一起自杀。"

"她离他那么远!"蓝思警长无法理解,"她怎么才能把毒药交给他?"

"我的一位陪审团成员注意到她在提供证词时,一直在嚼口香糖。而我发现亚伦·弗拉维两手在证人席下面摸个不停,加斯特罗太太之前作证时也有相同的动作。结论是,她用口香糖将毒药瓶粘在证人席的椅子上,弗拉维稍后再取下来。当我们都注视着乔叟向水罐里注水时,弗拉维把毒药倒进了离自己最近的那个杯子——然后看着法官代替自己去死。加斯特罗太太看到法官死亡后一定大为震惊——而她也很快猜到事情的真相！"

"自杀同盟的证据，"端坐法官席的梅特兰法官庄重宣布，"正可强有力地支持稍早时华尔特·加斯特罗死亡一案的有罪推定。在第二次审判中，这个证据将被使用。"

"不会有第二次审判了！"亚伦·弗拉维大叫道，一把抢过半满的水杯。众人还来不及反应，杯中的水已被他一饮而尽。我估计法庭上的大家伙儿都僵在位子上，等待毒药生效后出现的第二名死者。

不过大家都没想到的是，我摇了摇头，从他手中拿回了杯子。

"不会这么容易让你逃脱制裁的，亚伦。第二个小瓶子里的毒药已经被我换成了水。"

★　　★　　★

"大功告成。"山姆·霍桑医生为这故事画下句号，"他们后来还是举行了第二次审判，而我并不在陪审团里。亚伦·弗拉维因为谋杀华尔特·加斯特罗而被判二十年监禁。事情看上去就这么尘埃落定了，检方并没有就他纵容贝利法官喝下他为自己准备的毒药而提出控诉。加斯特罗太太也打消了自杀的念头……你们这么快就要走了？走之前要不要再来一小杯？下次再来——我给你们讲北山镇第一家医院开业的故事，罗伯特·耶鲁成了医院的第一个病人。"

吴非　译

18 朝圣者风车

　　山姆医生斟满了酒,安然陷入椅中:"上次答应给各位讲的故事,发生在北山镇的朝圣者纪念医院开业那会儿,那是一九二九年三月,当时,我在镇上行医已逾七年,拥有一个完全属于我们镇自己的医院这样的念头时常在我脑海中浮现,令我憧憬着、兴奋着。一年后来到北山镇的罗伯特·耶鲁成功地在医院建成后觅得一职,医院也给我提供了一个工作机会,但我告诉他们自己老了,还不如继续做个简简单单的小医生。可没想到在医院开业前一周我还是被召唤过去,不过不是看病,而是查案,那是我遇到过的最奇怪的案件之一。案情犹如切斯特顿先生的作品,要是他真的有机会执笔,这个故事的名字应该会是风车里的恶魔……"

★　★　★

　　三月四日,赫伯特·胡佛被选为美利坚合众国第三十一任总统。次日,北山镇朝圣者纪念医院首次开张。医院坐落在位于镇外的一片土地，那里几世代以来都属于柯林斯家族所有。当他们将这块土地捐赠给医院时，只提了一个要求——那架古老的荷兰风车要保持原样地屹立不倒。

在新英格兰，人们看到风车的时候总会感到惊奇，不过尽管数量很少，但各处还是散布着一些风车。就像穿过科德角地区前往普罗文斯顿途中看到的那个风车一样，我也很自然地认为北山镇也应有自己的风车见证历史。经过镇上的人们问起北山镇的风车，总是会被提及风车之乡的荷兰，因为当年分离派清教徒①正是经由荷兰来到美国。事实上，"五月花号"②的随行船"优速号"③在被迫返航之前，也是从荷兰出发的。

柯林斯家族的风车之所以被称为朝圣者④，我觉得跟这段历史是有某种关系的。但事实上，这架风车直到十九世纪中期才建

---

① 原文是 Pilgrim，而不是传统意义上的清教徒 Puritan。伊丽莎白一世在位时期，清教徒在 1563 年新教大会中要求改革洗礼仪式，大会投票失败后，少数清教徒开始要求剥夺皇室对宗教的控制，并且不再服从英国国教而另立教会。这些人就是所谓的分离派。

② Mayflower 是 1620 年一艘从英格兰的普利茅斯前往美洲新大陆马萨诸塞的普利茅斯殖民地的搭载清教徒的客船。清教徒开辟新世界的愿望在英国得不到实现，并遭到迫害，故坐船逃跑。这次远航，启发了一个至今依然开明青春的伟大国家——美国的诞生。因此，"五月花"自然成为一个象征，成为不畏艰险、勇往开拓精神的体现。

③ Speedwell，起初，清教徒们打算搭乘五月花号和另一艘较小的船——Speedwell 号。Speedwell 号的初次航行是 1620 年 8 月 5 日从英国南安普顿出发的，却因漏水而不得不赶去达特茅斯修理。第二次航行时，刚抵达大西洋，就再次因漏水而退回普利茅斯。

④ 除了分离派清教徒，Pilgrim 亦有朝圣者的含义。

成,因此与清教徒之间应无太大关联。

总之,树立在朝圣者纪念医院前的这架风车看上去颇具风采。当风起时,四枚木质扇叶仍缓缓转动,尽管风车本身的功能早已不复。在风车内部有一个宽敞的房间,作为北山镇的历史展览馆。搭建风车的主要材料是天然的卵石,这令风车看上去十分沧桑,足以令人遥想清教徒的年月。我和护士爱玻,以及其他半百名特邀嘉宾参观此地,我抬头望去,只见风车的部分齿轮和转盘仍然和当年一样各归其所。

"这个地方曾经被当做磨坊使用过吗?"我问她。

"我猜是的,比我出生的时候还要早得多。"她对我莞尔一笑,"人们说兰迪·柯林斯的老爹在风车里的某个地方藏了金子,可是从来没人找到过。"

"相信这种说法还不如相信外星人真的存在。兰迪·柯林斯绝不会把自己的东西交给别人。他敢把土地和风车捐出来,说明他确信这儿根本没什么金子或别的宝贝。"

"我想你是对的。"她表示同意。我们穿过历史展览馆,接着离开风车,沿着弯弯曲曲的车道前往医院。那是栋两层楼高的低矮砖石建筑,正面很开阔,两条侧翼自后方延伸而出。尽管有人对"在北山镇建造一座八十张病床规模的医院"这个想法嗤之以鼻,但城镇规划者则认为建筑需要考虑未来的需求,他们相信本地区会毫无疑问地不断发展。很自然地,所有的床位目前仍未投入使用,因此院方只安排了有限数量的员工到岗——尽管如此,问题还是存在,我和爱玻接近医院正门的时候,这个问题正站在门口迎接我们的到来。

问题的名字是林肯·琼斯,北山镇有史以来第一位黑人医生。

不管是南方还是北方,当时对黑人来说不是什么好年代。三K党①再次开始活跃,我听说州里的另外一个地区上个月刚刚发生了又一起焚烧十字架的行动。可林肯·琼斯是个好医生,他年纪轻轻就已经是儿童疾病领域的专家。当时医院并没有多少专家,我认为北山镇能有他的加盟可算是幸事一桩。

林肯·琼斯身旁站着罗伯特·耶鲁医生,他也在欢迎我们的到来。

"山姆医生,朝圣者纪念医院欢迎你们。感觉医院如何?"

"风车展览馆棒极了。我接下来打算参观一下医院。"

"你认识琼斯医生吗?"

我和这个黑人小伙子握手致意。他个子高高,人长得也帅,年纪大概和我相仿,三十岁出头的样子。

"我们前几天匆忙见过一次,但没来得及说上一句话。希望北山镇让你有回家的感觉,琼斯医生。"

他笑了:"我觉得你叫我林肯比较好。咱们以后有的是时间共事呢。"

---

① Ku Klux Klan,简称三K党。三K党于1866年由南北战争中被击败的南方邦联军队的退伍老兵组成,是美国历史上和现在的一个奉行白人至上主义的民间组织。该组织经常通过暴力手段来达成目的,其暴力对象不仅包括黑人,也包括罗马天主教徒、犹太人、亚裔及其他移民。

"我期待如此。"

然后,林肯·琼斯和爱玻聊了起来,我把罗伯特·耶鲁拉到一旁。

"鲍勃,他没有碰上什么别的麻烦吧?"

"这儿没有我们搞不定的事。西格院长接到了一些抗议电话,表示不能接受一名黑人医生。你知道的,总有这种人。不过我想很快就会过去的。"

我点了点头,和他一道穿过医院大厅。一些风景画装饰了大厅的空间,显得品位十足。接待病人的前台桌则令这里看上去更像是一间旅馆。在桌子后面站着的,是秃头的西格医生,我认出了他。西格大约六十岁,首先是一个商人,然后是一个医生。虽然我不是很喜欢此人,但也不得不承认他对于说服兰迪·柯林斯使其捐赠名下地产给医院一事居功至伟。

"你觉得这儿怎么样,山姆医生?"他问。

"真是完美的开局。这么大的一个医院,就算接待三个镇的病人都绰绰有余呀。"

西格闻言笑了,但笑声中并未有喜悦之情。

"要想收支平衡,我们可能真得这么干。经营这么个地方代价高昂得很,如果八十张病床都空置着,就更加不划算了。"

说话间,兰迪·柯林斯和他的妻子莎拉·简从二楼相偕下来。兰迪并不招人待见——宽肩油脸的形象,翻版了他在镇议会的会议中吵架大王的样子——每次会议,他可以为了些鸡毛蒜皮的提案争论半个晚上。反而是莎拉·简予人愉快的印象。她苗条,冷静,可爱,是个甜美的金发美人,她所有的发丝无一凌乱。对她,我可以用整日来凝视,再用整夜来思念。北山镇无论多小规模的社交活动都能看到他们熟悉的身影。

兰迪今年四十岁出头,行事有自己的一套保守和固执。

"没办法赞同你们引进的这些新器械,"他对西格说,"不过这也轮不着我的批准。我不就捐了块地嘛。"

"请让我带您参观一下手术室。"西格医生说着,带头沿一楼走廊向深处走去。

"手术室和我无关。"莎拉·简决定留下,故而待在了我的身旁。她比她丈夫年轻十岁有余,又兼性格开朗、外向,小城镇常有的风言风语自然陆续出现。某些老女人甚至称呼她"骚女人"[①]——一个她们在流行杂志上看到的词儿。

"我也不去了,"我附和道,"我只不过是个乡村医生。"

她忽然拽了一下我的胳膊:"真倒霉!艾萨克·凡多兰来了,我不想看到他!"

我带她走到一条走廊,凡多兰没有看到我们。他是个四肢发达而头脑略简单的年轻人,经营着北山镇唯一的加油站。他有一次被人看到驾驶莎拉·简的敞篷轿车,随后关于他俩的谣言四起,

---

[①] Flapper,19世纪20年代女性的潮流,更是一个文化符号。这些年轻的中产女性往往穿着无袖衣服和长仅及膝的裙子,将肢体裸露人前。她们抽烟、喝酒、开车、化浓妆、跳舞到凌晨,宣扬性开放,总之是从各方面来挑战社会的传统制度。

不过莎拉坚持说他只不过是在检查方向盘而已。

"你跟他有什么过节吗？"我笑着问她。

"他和兰迪关系很糟。兰迪去加油时，他们几乎不说话。"

"所以你不想惹你丈夫不快。"

"嗯，兰迪对我很好。"她说话的同时，眼睛扑闪扑闪地放电，我觉得她准是看了太多电影。她做的下一件事情，是从袜腰里掏出一个酒壶。

我们已经走到了走廊的尽头，于是折返回去。我看到大厅发生了某种骚动，不过不知道发生了什么麻烦。

"很有可能是我丈夫。"莎拉·简无奈地叹了口气，似乎已经习惯了，但是我们很快发现与兰迪无关。

一个衣衫褴褛的女人与琼斯医生起了冲突，我认出她是住在希尔路上的玛贝尔·福斯特，她伸出一根皮包骨头的手指，指着黑人医生。

"把这个男的赶走！"她尖声尖气道，"他和魔鬼是一伙儿的！如果他留在这里，撒旦大人也会亲临！"

她的话让我脊背一阵发凉，倒不是为了林肯·琼斯或撒旦降临的预言，而是为这精神错乱的可怜女人本身。这些年，我不时为她治疗，安静地听她有关精神能力的喋喋不休，但现在面对我们新来的黑人医生时，她世代相传的憎恨又浮上表面。

爱玻迅速来到她的身旁，一边低声地安慰一边将她弄到门外，这令大家都舒了口气。西格医生试图开个玩笑，活跃一下气氛。他问柯林斯:"是不是你安排她来的,兰迪?"

"怎么可能!"莎拉·简的丈夫一口否认,显然是生气了,"发生这种事,真是糟糕至极,把开幕典礼都搅坏了。希望玛贝尔的精神力量都是她脑子里的幻想。"

"我敢肯定,那些都是想象力的产物,"林肯·琼斯笑着说,"这种事不会让我困扰,我相信也不会给其他任何人造成麻烦。很早以前,我就知道这是我需要不断面对的生活。"

过了一会儿,爱玻回来了。"我把她弄回她自己的马车上,现在她回家了,"她说,"山姆医生,这个女人应该被隔离开。"

"有时候,她和你我一样正常。我希望我的诊所能够有更好的医疗设施帮助她康复。"

不久之后,我们就离开了医院。那天我没有去医院的二楼,但这并没有什么,因为接下来的一周之内,我将在那里度过大把的时间。

星期天夜里接近十二点的时候,电话响了。朝圣者纪念医院已经营业五天,不过镇上普遍的说法是,医院仍然在等待首位病人上门。一个农场的孕妇在家里分娩了,因为她前三次也是在家里生的孩子,一个男人摔断了腿,结果他坚持要求被送往临镇的老医院就诊,他说那儿的医生认识他。

因此当我听到电话里是罗伯特·耶鲁时,不禁略略有些惊讶。他让我赶紧过去,声音几近惊恐:"你最好赶快到医院来,山姆。

我们需要你。"

"发生什么事了？火车事故？"这是我的第一反应。

"着火了。你先过来，我会告诉你的。"

这么晚了，冬夜的冷风仍持续不停地吹着，地面上积了大约一英寸厚的雪。就三月十号这个日子而言，这并不算反常，但是今年冬天较往年温和，这让我以为今冬的最后一场雪早已过去了。当我到达医院的时候，看到路上有灯笼，镇上的消防车停在朝圣者风车旁边。风车本身似未受损，包裹着帆布的叶片在夜风中缓缓转动。

罗伯特·耶鲁跑着来到我车旁，我发现他的手掌和手臂都缠着绷带。

"你怎么了？"我问。

"烧伤了。不算严重。"

"你是医院的第一个病人！"

他却一脸严肃地答道："不，不是我。兰迪·柯林斯严重烧伤，不知道能否活命。"

"兰迪！这里发生什么事了？"

他脸上映着消防队员的灯笼散发出的一闪一闪的红光："一小时前，我正要下班，当来到医院外面准备上车时，我看到风车窗户里有亮光，看上去像是着火了，所以我走过去想看个究竟。我想也许是一些小孩子在里面捣蛋，但我看到新积的雪地上只有一行脚印通向风车的大门……"

他说话的同时,我们穿过拥挤的消防队员和医院工作人员,来到那扇门前。我看到西格医生从风车里走出来,他机敏地跨过地上的一根消防水管。

"你好,山姆。罗伯特已经把事情的经过告诉你了吗?"

我给了他一个肯定的回答,然后首次发现自己并非以一个医生的身份站在这里。西格和耶鲁是因为某种其他的原因把我唤来的——某些他们无法解释的谜。

"柯林斯是怎么和火灾扯上关系的?"我问罗伯特。

"还没到门边,我就听到里面传来他的尖叫声。我推开门,看到他站在房间的中央,身上全是火。"

"房间着火了?"

"不是房间——只有兰迪·柯林斯着火了。他跟跟跄跄的,撞碎了一些历史陈列柜的玻璃。我自己都快吓傻了。当时也没有东西可以裹住他的身体,把火苗熄灭。最后我抓住他用力拽到门外,让他在雪地里翻滚。除此以外我无能为力。"

"英勇的表现。"我由衷地说。

"也不知是勇敢还是鲁莽,反正就这么把手臂烧伤了。"

"他现在在医院里吗?"

罗伯特·耶鲁点点头:"我们得给他注射镇静剂。他身体的烧伤实在惨不忍睹。"

"他有没有说什么?"

"只说了一个词——路西法①。反反复复说的就是这个词。"

"路西法。他肯定是记起了老玛贝尔·福斯特说过的有关魔鬼的话。"

我四下打量风车的内部。房间中央的地板被烧焦得一塌糊涂，同时还有一些痕迹表明兰迪在挣扎过程中曾经将火引到了陈列柜。不过消防员已经迅速地完成了灭火作业。当然，风车的石头墙壁未受到损伤。我小心翼翼地绕过一些陈列柜的碎玻璃，仔细地观察高高的天花板。灯笼发出的光线足够明亮，我能够清楚地分辨出风车的转轴和齿轮——同时也能够清楚地知道，上面并没有藏着什么人。我觉得自己看到一小块红色，但是并不能确定。"我向负责展览馆的西格医生确认过，他保证此处没有易燃物。"

"消防队的人怎么看？"

罗伯特·耶鲁耸了耸肩："他们也不知道事故原因。他简直是自燃的。"

这个房间布了线，用来给展馆的电灯供电，但是没人想到开灯。我按下开关，灯亮了。

"看来也不是漏电引起的。"我说。

"有一名消防队员认为他闻到了汽油味。"

我眉头一皱："会不会是有人要对柯林斯不利，才纵火的？"

---

① Lucifer，拉丁文，由 lux（光，所有格 lucis）和 fer（带来）r 所组成，意思是光之使者，据说是天使中最美丽的一位。路西法曾是天堂中地位最高的炽天使，后因过度骄傲，意图与神同等，堕落成撒旦。

"我想过这种可能,唯独有一件事令我在意。"

"什么事?"

"雪地上没有其他人的脚印。兰迪·柯林斯出事时,风车里只有他一个人。"

我们在医院一直待到琼斯医生悉心完成对柯林斯烧伤的包扎。然后,他来到走廊里和我们交谈。

"我以为你擅长的领域是儿科疾病。"我说。

"我处理过一些儿童被烧伤的案例。西格认为我是员工中的烧伤专家。"

"他能撑过来吗?"

林肯·琼斯挠了挠他浓密的黑发:"只有看上帝的心情了,但我希望他挺过难关。"

"他恢复意识了吗?"我问,"能不能和他说个话?"

"他被注射了大量的镇静剂,但应该可以说几句话。如果实在必要的话,我可以给你一分钟。"他伸出一根手指在我面前摇晃,强调时间的重要,"多一秒都不行——他是我的病人。"

我走进病房,在床边站住,低头看着床上的伤员。兰迪·柯林斯准是感到有人来了,所以睁开了眼睛。

"山姆医生……"他的声音就像耳语一样。

"发生什么事了?兰迪,风车里发生什么了?"

"我……"

"你一直不停地说路西法。"

"被追赶……看到风车里有光亮……跳动的光亮就像火焰……进去然后……见到鬼了……山姆医生……和那个女人说的一样……一团火球包裹了我……"

林肯·琼斯拍了拍我的肩膀:"抱歉,山姆。你的时间到了。让病人休息吧。"

兰迪·柯林斯闭上眼睛,于是我跟着琼斯走出病房。莎拉·简也在走廊里,眼中泪光莹然:"发生什么事了?他会好好的吧?"

耶鲁把自己所知不多的事件经过和她说了,哪知她又转而问我:"我丈夫碰到什么事了,山姆?"

我只能无奈地摊开双手:"我们也是一头雾水呢。"

到了星期三,兰迪·柯林斯终于恢复到能接待访客的程度,林肯·琼斯仔细检查完床尾的生理数据表后,露出大大的笑容:"你已经脱离危险了,柯林斯先生,你会活下去的。"

柯林斯将视线从黑人医生转到我身上,他问:"我的脸还好吗,山姆?还有我的皮肤?"

"如今科学能创造很多奇迹。一旦你体力恢复,琼斯医生计划安排救护车把你送到波士顿的一家医院,那儿应对烧伤案例的经验非常丰富。他们的整形外科会运用皮肤移植技术让你看上去焕然一新。"

"那我这副样子要过好几年才能恢复!"

"换个角度想想吧,"琼斯说,"如果罗伯特·耶鲁没有冲进风车救你一命,今天我们应该是在安葬你。"

"他的手怎么样了?"

"他的烧伤没你这么严重。你俩都算幸运,因为当时地上有积雪。"

"关于那团火,你记不记得一些其他的事?"我问。

"我觉得这问题我都回答有一百次了。就是一个火球,悬浮在那儿,然后把我吞没了。我脑子里能想到的只有玛贝尔·福斯特有关撒旦的预言。"他若有所指地望着林肯·琼斯。

"这个……魔鬼是不会让我离开这个工作岗位的,"琼斯回应道,"我见过身披白袍发表演说的魔鬼①,那都吓不倒我,一团火球也不在话下。"

在能够接待访客的头几天里,大概半个北山镇的人都拥到医院看望兰迪·柯林斯。莎拉·简偎在他床边的日子里,镇议会的大多数人都露过面,连蓝思警长也不例外。我们暂时还用不着他的介入,因为没人知道这能不能算是一起犯罪事件。要是真有某个犯人——某个试图谋害兰迪·柯林斯的人——那他肯定是个隐身人。

"会不会是有人在他口袋里悄悄放了一个引火装置?"我们离开医院朝风车走去的时候,蓝思警长问我。

---

① 指三K党人。3K党员的制服是白外套和套在头部的白色垂胸布罩,给人一种神秘恐怖之感。

"要不被兰迪发现几乎不可能,警长。而且他坚持说火球在他走进房间的时候已经在那里了。"

"那地方晚上不锁门吗?"

"展览期间不锁。又没有什么小偷感兴趣的值钱东西。"

我们走到风车里面,我发现周日夜里的火灾造成的破坏还没有被修缮。地上仍然焦黑一片,碎玻璃处处可见。某样东西吸引了我的注意力,我弯腰捡起来。那是一块较厚的曲面玻璃。

"发现什么了,医生?"蓝思警长问我。

"不过是块玻璃。这地方应该清扫一下,不然迟早有人被划伤。"

"谁在里面?"外面忽然传来一个声音。我走到门口,原来是艾萨克·凡多兰。

"是我们,警长和我。"

"还以为是兰迪看到的魔鬼来了。"他哈哈大笑。

"什么风把你吹来了?"

"来看看他。这是最起码的礼节。"

我非常吃惊:"我不知道你们已经尽弃前嫌了。"

"靠,我们从来就不是敌人。他是我好多年的老顾客了——他和莎拉·简都是。来看看自己的客人是件好事。"

我知道莎拉·简回家吃午饭去了,所以我猜艾萨克是不是故意挑了一个她不在的时间来医院。我们看着他朝医院走去,蓝思警长问我:"你怎么看他,医生?没准他打算杀了兰迪之后,再把莎拉·简占为己有。"

"你听了太多的风言风语了，警长。如果凡多兰打算杀人，我敢肯定兰迪·柯林斯不可能活下来。"

"那你相信这是鬼神作祟？"

"不知道。但我想是时候去会会玛贝尔·福斯特了。"

我开车沿着高速公路朝她位于山上的家驶去，路上不经意看到了她的马和马车。不知道她打算去什么地方，于是我决定跟踪一小段。要让汽车跑得和马车一样慢不是个容易的活儿，不过我努力办到了——我的耐心获得了回报，因为我看到马车转入通往柯林斯家的车道。零零星星的雪片又开始飘落了。

我将车停在路边，步行走完接下来的一段路，结果正好赶上玛贝尔·福斯特与莎拉·简在前门对峙的场面。

"我早就警告过你们了——可他们不拿我当回事儿！现在你丈夫遭了报应——而且这还不算完！"

"滚远点！"萨拉·简尖叫，"我要叫警察了！"

玛贝尔挥了一下拳头，我连忙冲上去抓住她。

"该回家了。"我平静地说。

"放开我，山姆医生！放开我！"

不管她怎么挣扎，我还是把她弄回了马车上："你得控制自己的行为，玛贝尔，不然人们都会希望和你保持距离。"

"恶魔指引我！撒旦是我的主人！"

"放火烧兰迪·柯林斯的也是撒旦?"

"当然!我警告过你们的!"

"为什么是柯林斯?"

"这都不明白?因为他捐地给医院!"

"那下一个被烧的是谁?"

"西格!"她几乎是用吐口水的气势吐出了这个名字,"他雇了那个黑人——西格就是下一个!"她举起马鞭,我一度以为自己要挨抽了。没想到她的目标是马背,吃了一鞭的马儿跑了起来。马车一阵风般的远去,卷起漫天雪花缠绕在她周围。

我往回走,莎拉·简还站在门口。她身体剧烈地颤抖,只能扶着门框站稳:"上帝呀,她把我吓得半死!真高兴你刚好经过,山姆医生。进屋来喝点咖啡吧。"

"你得找点能让你镇静下来的事。"

"你不认为她打算杀死兰迪?这样一来,她的疯狂预言就成真了。"

"我怀疑她没这能耐。"

莎拉·简倒了两杯咖啡,又紧张地拿起一盒火柴点烟。北山镇抽烟的女人不多,而这正是莎拉·简的时尚作派之一。

"若有人要杀兰迪,他们有可能再次在医院下手吧。"

她的话让我想起了一件事:"艾萨克·凡多兰今天中午去医院看望兰迪了,你知道这件事吗?"

她摇摇头:"我只在他的加油站见过他。那些有关我们的谣言非常可笑。"

"我有同感"我喝完杯中的咖啡,起身告辞,"我得走了。本来还打算去找玛贝尔·福斯特的,不过现在已经见过了。"

"如果你回医院的话,告诉兰迪我一会儿就过去。"

不过我并没有立即返回医院。我有自己的病人需要照顾,爱玻和一大堆的电话留言在诊所办公室等着我。等我回到朝圣者纪念医院时,已经接近傍晚了。罗伯特·耶鲁告诉我他们今天早上又接待了两个病人——一个断腿的,一个阑尾炎——两个都不是我看过的病人。周围城镇的居民终于开始意识到新医院的存在,我不用为了它的未来担忧了。

"你的胳膊怎么样了?"我问,因为今天早上和蓝思警长谈话的时候,没看到他。

他拍了拍绷带:"康复顺利。一两天内就能拆掉绷带了,空气会帮助伤口更快愈合。没有比这更让我讨厌的事了。"

莎拉·简正在探视柯林斯,因此我没有打扰他们,而是去了西格位于底楼的办公室。听见我进门,他从堆积如山的文件中抬起头来:"你好啊,山姆。找我有什么事吗?"

我把自己遇到玛贝尔·福斯特以及她对他的性命发出的威胁一五一十地说了。"那个女人应该被关起来,"他嘀咕道,"不过还是谢谢你的提醒。我不会靠近那台风车的——也会注意和壁炉保持距离,以防万一。"

"医院情况好吗?"

西格耸耸肩:"三个病人,明天还有一个。毫无疑问,有人因为林肯·琼斯的缘故对我们这儿敬而远之,但是我相信他们迟早会改变主意的。我们有一个很棒的医院,有先进的设备,这将是我们取得成功的关键。"

离开西格的办公室后,我花时间和几个护士聊了一会儿,然后我觉得该回去了。随着春天的接近,白昼的时间渐渐变长,不过三月中旬的六点钟天色已经暗了下来,驶离停车场的时候,我打开了车头灯。借着头灯锐利的光柱,我突然瞥见靠近风车的路边有一个人影。直到渐渐拉近了距离,我才意识到那人正是艾萨克·凡多兰。

我放慢车速,在路上打了个U字弯。等我来到刚刚看到艾萨克·凡多兰的地方时,他已经不见了。除了风车里面,他没有别的地方可去。尽管早些时候下的雪大多已经融化,不过一些雪片仍附在草地上。这足够我追踪他的脚印了——脚印通往风车的大门。附近没有其他的痕迹。

接下来,几乎就在一瞬间,我听到了尖叫声。这是那种拉长了声音的尖叫,像是从极高处摔落的人发出的叫声——像堕入地狱的漫长前奏。我一把推开门,面前出现了烈火地狱。艾萨克·凡多兰位于房间中央,正试图从地上爬起来,他向我伸手求救。这次的火势并不只局限在受害人身体上,而是殃及了风车的内部空间,火舌高腾至天花板上的机械零件。

我试着用外衣扑火,但于事无补。他垂死的尖叫仍徘徊在耳边的时候，我不得不从火海中撤退。

镇上的消防车再次出动，西格和罗伯特·耶鲁还有一些护士也从医院跑了过来。整个现场如同周日夜晚事件的翻版，只不过这一次没有人幸存。火势最终被扑灭后，消防队员用帆布将艾萨克·凡多兰焦黑的遗体包好，然后抬走了。余下众人回到医院，聚集在西格的办公室内。"我们最好把这里的情况向蓝思警长报告。"西格一边说，一边去拿电话。

"怎么报告？另一起无法解释的事故？"我问。

罗伯特·耶鲁看着我："作为一个专门解释怪事的人，山姆，你怎么看？"

"我要是知道就好了。两次火灾，一个重伤，一个死了。事发时，两个人都是孤身一人的状态。兰迪·柯林斯之所以进到风车里，是因为他自认为看到了某种光亮。我们并不知道凡多兰这么做的原因。"

"你没有在附近看到其他人吗？"

我摇摇头："只有凡多兰一个人的脚印通向门里。要是有人早些时候就躲在里面的话，肯定也会被那场大火吞噬的。我们要面对一个事实——当不明原因的烈火袭击被害人的时候，他们都是孤身一人。"

"凡多兰临死前，有没有说什么？"耶鲁问我。

"他只是不停尖叫。就算他认为是恶魔干的，他也没这么说。"

蓝思警长驱车赶到了,听完我们的叙述,他回到风车里,尽可能地在黑暗中寻找线索。在第一次火灾中幸免于难的电线这一次被烧化了,大家都认为第二天早上可以再进行一次更加细致的勘察。我回到家就睡了,梦里我见到了艾萨克·凡多兰生命的最后时刻,他向我伸出手,索取一个无法企及的救赎。

我一早就开车回到医院。将车停在砾石铺就的停车区域后,我朝山下的风车走去,却被林肯·琼斯拦住。

"有些事也许你会想知道。"他说。

"关于昨晚的事件?"

他点点头:"在凡多兰的尸体被移走之前,我进行了一个粗略的检查。死者有一条腿断了。"

"什么?"

"左胫骨粉碎性骨折。"

"你不可能搞错吧?"

"骨头已经穿过表皮了。"

"知道了,你为什么要告诉我这个?"

"因为你说你看见他走进风车。但是腿断成这样是不可能走路的。你看到的一定另有别人。"

我琢磨着他说的话:"还有一种可能是凡多兰在进入风车之后摔断了腿。"

"在火灾发生的时候?如果仅仅是摔落的话,这算是非常严重的伤了。"

"不管怎么说,感谢你的信息。这可能会大有帮助的。"我离开他,继续朝山下走去。

蓝思警长已经在现场了,他正站在门口。经过第二次的火灾,木头地板的有些区域几乎被烧穿了,陈列柜几乎也被烧个精光。连头顶上的机械装置也被烧得焦黑,停止了运转。连接风车外部叶片的转轴在大火之后,被烧成了黑炭,因此叶片已经无法转动。"像个驱魔的十字架。"蓝思警长感叹道。他的话让我惊奇,我从不知道他是个特别虔诚的信教者。

"我想爬上去看看。"我站在门口指着高处被熏黑的齿轮。

"看什么?"

"凡多兰死的时候拖着一条断腿。如果我看到的那个人是他的话,他一定是进屋后才摔断腿的,就在着火的一瞬间。听到他的叫声的时候,我就有一种他正在从高处跌落的印象。也许我连他摔在地上的声音都听到了,只不过没有意识到。如果是这样的话,他肯定是从那里摔下来的。"

蓝思警长嘟囔了几句:"我的看法和你不一样。那具尸体被烧得面目全非,是吧?"

"是的。"

"也许凡多兰袭击了某人,打断了那人的腿。当他看到你的时候,便回到风车里放了一把火,接着从窗户逃走了。死者可能根本不是凡多兰。"

"警长,你又看多推理小说了。通往门口的脚印只有一列。而且我在他死前清清楚楚地透过火苗看到了他的脸。昨天晚上我甚至在梦里又经历了一遍。此外,如果任何人试图翻窗逃走,我都能看见,即使是车轴上面的那扇高窗也不例外。"

"那事情就解释不通了,除非你认为这是自杀。"

"我可没这么说。不过我确实想爬上去看看。"

我们从医院管理员处借来一架梯子,两人一头一尾地把它抬到风车里。

当我把梯子架好后,蓝思警长嘲笑我道:"医生,如果你需要一架梯子才能上去,那凡多兰是怎么上去的?用翅膀?"

"他有可能是站在其中一个陈列柜上。"爬到梯子一半高的时候,伸手已经能够到焦黑的风车主轴。

显然这里不可能藏着什么,同时我也没有发现任何可能引起火灾的线索。但当我探头到另一边,察看被烧焦区域的边缘时,终于让我发现了某些有趣的东西。

一小块——什么东西?橡胶?——熔融状态的东西粘在木头上。未熔化的部分呈红色,之前我曾经注意到。但是我压根也想不出来熔化前这是什么玩意儿。是不是凶手在起火的同时,利用一条悬挂在天花板上的巨大橡胶带将自己拉起来,逃离火场?不可能,如果相信这种说法,我也许很快也会接受魔鬼作祟的说法吧。

我沿着梯子爬到地上。

"有什么发现吗,医生?"

"没有。"我老老实实地承认。

"现在怎么办?"

"我们去医院。"

罗伯特·耶鲁在西格的办公室里,我们进去的时候,他正好挂上电话。"玛贝尔·福斯特又在闹事了。她在镇广场上制造骚乱,警告人们说魔鬼已经来到了北山镇。您的一位下属已经将她逮住,警长,现在正在押解过来的途中。"

"真不知道该拿她怎么办才好。"西格喃喃自语。

我走到窗边,望着山下的风车:"柯林斯情况如何?"

"好些了,"西格说,"我认为下周一我们就可以将他转移到波士顿了。"

"他的精神头也很好。"耶鲁补充道,这是对西格医生判断的肯定。

"大火把风车烧坏了,"我说,"它不能转动了。"

"我们能把它修好的。"院长充满信心地说。

我想起了蓝思警长说过的一些话。我花了一点时间思考,把那部分内容从纷乱的思绪中抽出来,终于发现了真相。"我知道是谁了。"我告诉大家。

"什么?"

"我知道使兰迪·柯林斯受伤并且谋杀艾萨克·凡多兰的凶手了。"

"不是魔鬼？"西格医生微笑着问。

"不，和魔鬼无关。凶手是人类。"我朝门口走去，"林肯·琼斯在哪里？"

耶鲁瞥了一眼墙上的钟："大概在楼上帮柯林斯更换伤处的绷带。"

"我要到楼上去。"我说。尽管没有叫大家一起，但其他人也自然而然地跟着我。

我们进屋的时候，莎拉·简正坐在丈夫的床边。琼斯正将药膏涂抹在被烧伤的肌肤上，听到有人进门，他抬起头说："我实在不认为一下子进来这么多人对病人有什么好处。"

"这事儿很重要，"我说，"我打算解释一下是谁、采用什么手法，导致了凡多兰的死亡。"

莎拉·简把凳子往前挪了挪："这和弄伤我丈夫的是同一个人吗？"

"是的。"

"他是谁？"

我俯身在病床上："要不要告诉他们，兰迪？要不要告诉大家是谁对你和艾萨克做了这么可怕的事？"

"是撒旦，"他粗声粗气地说，"是魔鬼。"

我摇了摇头："凶手固然是魔鬼，但那是住在我们每个人心里的魔鬼，是你自己烧伤了自己，兰迪。当然，那是一起事故，但昨晚被你害死的艾萨克·凡多兰可不是事故。"

众人不约而同地开口了，但莎拉·简的声音盖过了别人："你说是他自己放火烧伤了自己？这怎么可能？"

"他从一个玻璃壶灌了少量的汽油在橡胶气球里。气球被一根绕在风车主轴上的长导火索系着。汽油点燃后，他不小心碰翻了玻璃壶，于是引火烧身了。当时风车正在转动，因此有些装了汽油的气球转到了高处，没有被点燃。"

"为什么柯林斯要烧毁自己的风车？"西格医生问，他显然并不相信我的解释。

"他没打算烧毁整个风车，"我解释道，"看看窗户外面的风车，它的四枚叶片固定不动了。蓝思警长说它看上去就像十字架，一点没错。兰迪·柯林斯打算在医院前焚烧一个巨大的十字架，因为你采用了一个黑人医生。"

对我说的话，林肯·琼斯丝毫不为所动。他继续治疗他的病人，就当周围发生的事与自己无关。柯林斯躺在病床上，闭着眼睛，任凭我滔滔不绝地说："医院开张的那天，我们都看到了玛贝尔·福斯特闹事的那一幕，当时西格问你，兰迪，那是不是你安排的。莎拉·简也有相同的疑虑。尽管他们是半开玩笑，但从那时起我就应该明白——再结合你那出了名的保守性格——你对于朝圣者纪念医院雇用黑人医生所持的立场。

"三K党人在附近一直活跃，干着焚烧十字架之类的事。不管你是一个党内的活跃分子还是纯粹的三K党支持者，当发现包裹着帆布的风车叶片正可作为十字架焚烧的舞台时，你一定被这个念头征服了。于是你从艾萨克的加油站搞了一加仑的汽油。

我猜你的计划是在风车转动的时候,把装了汽油的气球绑在风车叶片上,然后点燃导火线,在气球爆炸之前赶紧离开,届时燃烧的汽油会散落在帆布之上。你正在往气球里灌汽油,并且让转动中的主轴带着它们到达你的头顶,事故就是在那时发生的。"

"这和魔鬼有什么关系?"蓝思警长问。

"第一次事故时,兰迪并没有说过魔鬼或者撒旦这样的词。他说的是路西法,然而包括玛贝尔·福斯特在内的其他人都没有使用过这个词汇。当他意识到自己说了什么之后,马上改口说是恶魔和火球,后来他也没有再次提到路西法。但是如果他第一次说路西法的时候,想表达的意思不是魔鬼,还能有别的什么意思呢?路西法作为一个名字还有别的含义吗?答案是:普通摩擦火柴。有些人把这种火柴称为路西法,兰迪也使用这种火柴,因为我在他家里看到过一盒。他只不过是想告诉我们一根燃烧的火柴引起了火灾。但是当他恢复意识后,决定隐瞒事实的真相——于是用魔鬼取代了路西法。"

"但是柯林斯没有离开过医院的病床,"罗伯特·耶鲁抗议道,"他如何能杀死艾萨克·凡多兰呢?"

"只要我知道兰迪是怎么烧伤自己的,剩下的事情就简单了。第一次失火后,我找到了一块弧形的厚玻璃——这不可能是陈列柜的平面玻璃碎片,而更像是一个玻璃壶。这给了我启发,加上今天发现的橡胶残骸,于是我进行了关于气球的合理猜测。如果兰迪用一个玻璃壶装了汽油,他是从哪里得到的?只可能是艾萨克·凡多兰,镇上唯一一个汽油站的主人。

"第一次火灾后过了几天,当柯林斯能接待访客时,发生了什么?凡多兰来看望他,当时是中午,莎拉·简不在。这令人无法理解,他们俩向来冷眼相向。不管用什么方法,总之,凡多兰清清楚楚地知道了兰迪烧伤自己的真相,那个装满汽油的加仑桶是在他的加油站买的呀,"我把矛头对准了躺在病床上的那个男人,"凡多兰是来敲诈你的,对吗,兰迪?"

病人仍然闭着眼睛,但沉默片刻后,他说话了:"没错,他想要钱。他说要告诉其他人是我用汽油放了火。于是我告诉他在哪里可以拿到钱。"

他焦黑的嘴唇扭曲着,仿佛在微笑。

"当然了!"谜团的最后一环终于要解开了,"那个古老的传说,金子就藏在风车里!你告诉他,钱藏在那里——你是怎么说的?在一些装满金粉的小气球里?我猜差不多就是这类的说法。你心里明镜儿似的知道那场火并没有波及已经绑在主轴上的气球。你也知道自己必须想个什么法子处理掉这些气球,若是汽油泄漏或者被人发现就不好了,那样人人都知道你打算干什么。

"正在这时,凡多兰自动送上门来。你本来就不喜欢这个男人,因为镇上有很多关于他和你妻子之间的绯闻,而且他还企图敲诈你。还能找到比这更好的方法来弥补你犯下的致命错误吗?我猜你不仅告诉他藏钱的地方,还嘱咐他用火柴或者蜡烛照明,这样就可避免使用风车内的电灯。

"凡多兰天天和汽油打交道,当他爬到上面后,甚至可能连汽油的味道都没发现便点燃了火柴。充满汽油味的空气十分易燃,也可能是某个气球突然炸了。总之,凡多兰立即陷入火海,并尖叫着摔到地上,然后如同尸体被发现时的那样,摔断了一条腿。艾萨克·凡多兰和引起第一次火灾的证据就这样被一同消灭了。"

莎拉·简朝病床上的男人伸出手去:"我无法相信这一切。告诉他们这不是真的,兰迪!说啊!"

但是他什么也没说。他静静地躺在床上,闭着眼睛,好像无法面对正在为自己打理伤处的那个黑人医生。

★　　★　　★

"这着实是桩怪案,"山姆·霍桑医生续道,"很难找到相应的法律依据,因为受害者死亡的同时,兰迪·柯林斯在一间医院里,丧失了行动力。人们没有将他送上法庭,但是我猜他也够不好过的——毕竟做了那么多修复身体的手术。他们安排他去波士顿治疗,他再也没有回来,我还听说莎拉·简最终离开了他,嫁给了其他人。好在这是林肯·琼斯碰上的最后一件麻烦事,接下来的年岁里,他被证明是朝圣者纪念医院最受欢迎的医生之一。"

山姆医生起身倚着拐杖:"抱歉,看来各位没时间再来另——呃——一小杯酒了。欢迎下次再来,我会跟你们讲一个湖上小船的故事,那可是玛丽·赛勒斯特失踪之谜[①]的北山镇版本哦。"

吴非　译

[①] 1872年12月,一艘名为Mary Celeste的方帆双桅船被发现遗弃在北大西洋靠近葡萄牙的洋面上,船只被发现时呈完好状态,但船员全都不见踪影。船只被遗弃的原因以及船员的下落成了未解之谜。

19 姜饼船屋

"那是一九二九年的夏天。"山姆·霍桑医生开始了他的叙述，和往常一样越说越起劲，"我这条老腿今天有点儿不痛快，您就自己动手斟一杯吧。喔，顺手也帮我倒满，行吗？太谢谢了。呃，刚才说到哪儿了？噢，没错，一九二九年夏天。我觉得那大抵算是一个时代的结束，因为那年夏天前后，咱们国家简直就是天上地下的分别。十月份，股市崩溃，大萧条开始。但是，一九二九年的夏天，生活还是一切照旧……"

★　★　★

离北山镇不远有个小湖，有些人在那儿修了夏天避暑的乡间木屋。小湖名叫彻斯特，随了本地区早先一位地主的尊号，宽大概一英里，长约五英里。事情发生的这年夏天，正是我坠入情网的时候——对方是个黑发姑娘，米兰达·格雷，大学才毕业，同叔叔和婶姐来这儿纳凉。

这是我在北山镇过的第八个夏天,也是从医学院毕业后的第九个夏天,正如护士爱玻一找到机会就要从旁提醒的,我是到安顿下来、结婚成家的时候了。可问题在于,北山镇地方很小,大部分家庭都找我看过病,早两年还给人家治腮腺炎和水痘,现如今却要发展浪漫情缘,这事情实在有些困难。米兰达的到来之所以能够成为我人生中的大事件,想必这就是原因吧。她比我年轻整整十岁,但在我看来根本不是障碍。

她的婶婶和叔叔,凯蒂·格雷和杰森·格雷,来湖畔木屋是为了休暑假。杰森在辛恩隅教书,所以整个夏天都有空。我和格雷夫妇算是点头之交——尽管他们还没找我看过病。不过,六月末的一天,爱玻通知我,凯蒂终于还是走进了我的候诊室,与其相伴的是她的侄女米兰达。凯蒂领着米兰达参观镇子的时候,风把沙粒吹进了女孩的眼睛。我的诊所就在附近,他们于是前来找我帮忙。

我自然乐意从命。米兰达棕色的大眼睛噙满泪水,我翻开她的眼睑,拿掉那块恼人的脏东西。这或许就是一见钟情,至少在我这方面是这样。"医生,谢谢你。"她的声音仿佛天籁。

接下来的几星期,我和米兰达·格雷时常碰面。我用棕褐色帕卡德敞篷车载着她四处闲逛,还在七月四日的那个周末陪她参加了谷仓舞会①。每逢星期天,我们去湖边野餐,很快我就成了格雷家木屋的常客。

---

① Barn Dance,美国乡镇常见的社交聚会,有音乐和方阵舞。

格雷家旁边还有一幢模样相同的木屋,属于雷·豪瑟和葛丽泰·豪瑟夫妻,他们多少有些不合群,但为人很友好。除了他们来自波士顿和挺有钱之外,我对这两人知之甚少。雷相貌英俊,四十岁刚出头,从事房地产和股票生意。他的妻子身材娇小,容易激动,稍嫌超重。雷和葛丽泰是格雷家的朋友,这两对夫妻时常一起用餐。豪瑟家因他们的平底船屋"葛丽泰号"闻名乡里,两人每天早晨都要驾船出发,前去搅乱平静的湖水。船屋顶棚铺着木瓦,窗户形状别致,外饰能有多艳丽就有多艳丽。米兰达看见它的第一眼就叫道:"看起来多像姜饼屋呀!"

　　豪瑟夫人很喜欢这个评语:"雷和我不就是汉塞尔与葛丽泰①!等我的钱用完了,咱们就开始吃船屋。"

　　她的先生很杀风景地嘲笑道:"按照股市的上升态势,咱们哪里需要担心这个!"

　　初次约会,我陪着米兰达漫步走上码头,到近处仔细欣赏船屋。凯蒂和杰森自然已经多次踏上甲板,但米兰达还尚未有此机会,因此凯蒂催着雷带米兰达登船一饱眼福:"来吧,雷,我想让米兰达看看船舱里面。"

　　杰森穿着红色夹克,这衣服大抵是他的夏季制服,他试着拦住凯蒂,但凯蒂却不依不饶。凯蒂年近四旬,是个棕发美女,笑起来阳光灿烂,不知道腼腆是怎么一回事。虽说年纪不小,但凯蒂

---

① 格林童话《汉塞尔与葛丽泰》(又译"糖果屋")的主角。

比侄女米兰达更像是二十来岁的"轻浮女孩"①。雷·豪瑟露出亲切的笑容,大概是早就习惯了凯蒂的颐指气使:"没问题,咱们出去逛一圈。"

我跟着大家上了船,觉得自己有点儿像个局外人。一个月之前,我还不认识这些人,只在遇见格雷夫妻的时候会点点头,打个招呼。但忽然间,我仿佛同他们成了一家人。"当心脚下。"杰森·格雷领着我攀上摇摆不定的跳板。尽管放了暑假,他还是没有完全脱掉老师的呆气。

必须承认,船屋的内部令我叹为观止。正堂摆着舒适的椅子和台子,还有用来驱散夜晚凉气的大肚火炉。船舱内还有供准备简单餐食之用的厨房、带双层床的小卧室和一间储藏室。"船上可以睡四个人。"豪瑟说,"但我们很少在彻斯特湖上通宵航行。"

"您用的是什么引擎?"我问。

他领着我走到船尾:"请看——双体舷外发动机。这些事情差不多都是几年前我亲手做的。在波士顿买了艘二手平底驳船,在上头搭建船屋。发动机也是自己挑的。虽说引擎推力不够强劲,船上还总得多备些汽油,但总好过四处被拖来拖去。再者说,船屋这东西又不是拿来打破速度纪录用的。"

葛丽泰拿出一瓶上等加拿大威士忌,为大家调制饮料。米兰达婉言谢绝,这多少出乎我的意料。米兰达说:"咱们似乎应该遵

---

① Flapper,20世纪20年代用语,尤指对传统衣着和行为表示不屑的年轻女性。

守法律。"她的循规蹈矩让我觉得很新鲜。

"嘿,别逗了。"我打趣道,"这年头谁把《禁酒令》当回事呀?"

"那为什么还没被废除呢?"

在她的叔叔和婶婶面前表现出与其意见相左,这让我感到一阵不自然的尴尬。我年龄较大,按理说不该和刚出校门的姑娘拌嘴。但是,我却控制不住自己,还是说了下去:"你这辈子就没有违反过法律?"我这样问米兰达。

"哎,每个人都违反过法律。"凯蒂婶婶赶紧出来打圆场,想在斗嘴酿成真正的争吵前平息事态,"不过,我明白米兰达的意思。她有她的原则,应该秉持下去。"

豪瑟先生趁机转换话题:"来,咱们出去转转。"

我帮助他发动引擎,解开缆绳,姜饼船屋漂离码头。他说得很对,船起步比较慢。足足十五分钟之后,我们才横穿湖面,来到另外一侧岸边。我颇为乐在其中,米兰达也是一样。

"我道歉,不该拿你不喝酒开玩笑。"这时候,我们两人单独坐在甲板上,其他人在船舱里喝第二轮威士忌。

"山姆,我在大学里和这种事情抗争了四年。还以为和你这么成熟的人在一起不用担心这个呢。"

"保证没有第二次。"我握住她的手。船已经掉头,正在折返的路上,微风吹拂我们的面庞,"不冷吧?"

"不冷,我很喜欢。"

"你叔叔婶婶都是好人,真希望你父亲在世时我能认识他。"

"他去打仗那年我才十岁。"她扭过头去,望着湖边,"找个日子,到芝加哥会会我母亲吧。"

"非常乐意。"

"你有没有过这样的念头——某天登上一艘船,扬帆远去,就此消失。"

"这是什么意思?就像玛丽·赛勒斯特号上的人?"

"那是什么?"

"非常著名的未解之谜——我最近才读到的。一八七二年,这艘小帆船在大西洋上被人发现时正在随波逐流。海面平静,船上也没有损害或受过暴力侵犯的证据,但船长、他的妻子和孩子以及船员,共计七人,全部消失得无影无踪。他们究竟有何遭遇,这个谜团到现在也还没有解开。"

"我记得我也在哪儿读到过。"

"我帮本地警长解决过几个同样离奇的案件,有机会再讲给你听吧。"

凯蒂走出船舱,来到我们身旁:"你们俩和好了?"

"当然。"我告诉她,"在贵侄女的感召下,我决心戒酒了。"

"妙极了!也许我们都该戒酒才是。"

豪瑟先生把船屋靠上码头,我们为这趟旅程向他们夫妻道谢,然后一一登岸。我望着葛丽泰·豪瑟走向他们的木屋,推开房门。接着,米兰达和我跟着她的叔叔和婶婶,回到格雷家的木屋吃晚饭。

那段日子里，爱玻总喜欢拿米兰达的事情拷问我。特别是我在彻斯特湖度完周末后的那些个星期一早晨，她总要抛出那句话："山姆医生，啥时候能听见婚礼钟声？"

"哪儿有那么快呀，我的好爱玻。一个周末，我给叫出去跑了两趟急诊。我的爱情生活全给毁了！"

"医生，您就别装了。比起女人，我觉得你更热爱治病！"

"也有可能。看来我还是找个女医生为妙。"

其实，北山镇新落成的医院已经替我减轻了周末的压力。人们要是联系不到我，总能在医院里找到能够帮助他们的人。因此，在一个星期六的下午，处理完当天最后一位病人，我关上诊所的门，准备去欢度周末。我的计划还是驱车前往彻斯特湖，拜访格雷家的木屋。

给我开门的是米兰达，见到我，她的快乐似是发自肺腑："山姆，我怎么觉得咱们分开好长时间了！"

"这星期诊所里忙得很。我本想周三开车过来给你一个惊喜，可罗杰斯夫人却决心在那天分娩。"

"快进来。凯蒂婶婶和杰森叔叔去隔壁找豪瑟夫妇了。"

"那可太好了，就想和你单独待着。"

我们坐下来，调调情，聊聊天，接下来的半个钟头过得飞快。将近六点的时候，纱门打开，凯蒂婶婶走进屋子。她身穿五颜六色的夏装，拎着一件毛线衫。"米兰达，"她气喘吁吁地说，"你叔叔和我打算和豪瑟夫妻乘船屋出去遛遛。你和山姆自己弄点儿吃的,行吗?"

"没问题,凯蒂婶婶。"

我朝门外瞥了一眼,恰好望见杰森那件亮红色的外套进了船舱。我没有看见豪瑟夫妻:"要不要我们陪你过去,和豪瑟夫妻打个招呼?"

凯蒂对我笑了笑:"其实也想拉上你们来着,可我觉得小情侣大概更愿意单独待着。"

凯蒂心急火燎地走下码头,沿着跳板上了船,米兰达和我则不紧不慢地跟在背后。雷·豪瑟站在精雕细琢的格子门门口对我挥手,提起声音叫道:"山姆,帮个忙行吗?解一下系缆索。"

"那还用说?"我解开缆绳,扔过船舷,豪瑟先生忙着发动引擎。葛丽泰的笑声似乎从船上某处传来,我怀疑他们想躲开米兰达的视线,到湖上开怀畅饮一番。

凯蒂转过身,再次和我们挥手告别,然后钻进船舱,与其他人做伴去了。雷·豪瑟留在甲板上,我们最后对他挥挥手,沿原路缓步踱回格雷家的木屋。"他们四个人貌似相处得不错。"我说着替米兰达拉开纱门。

"凯蒂婶婶和谁相处得都不错,她这人最是友善。杰森叔叔也喜欢他们,这倒是让我有些吃惊。"

我站在前窗口,遥望船屋慢慢驶向湖中心。他们附近没有其他船只,远处另一侧湖岸边有三两片白帆:"整个湖差不多都归他们了,其他人大概都在家吃饭呢。"

"山姆·霍桑先生,您这是在暗示什么吗?"

我哈哈大笑,抓起一个靠垫丢了过去:"亲我一下,就告诉你答案。"

"噢——你真坏!"

她忙着去厨房准备晚餐,我则继续眺望豪瑟的船屋。

窗口的吊钩上挂着一副望远镜,我忍不住拿了起来。这是一副高倍望远镜,战争中军队配发的家伙,透过它,船屋看得一清二楚。甲板上没人,但从船舱的窗口能看见杰森的红外套。

"真奇怪。"

米兰达走到我身旁,一只手搁在我的背上:"怎么了?"

"引擎关了,船在随浪漂游。"

"他们经常这样,出去不就是为了喝酒嘛。"

湖对岸的一艘单人帆船朝这个方向驶来,从我的角度看过去,随波逐流的船屋似乎直冲帆船而去。透过望远镜,我看见帆船上的人在最后一刻避了过去,然后对着擦身而过的"葛丽泰号"又是大喊大叫,又是挥舞拳头。

"他们难道全都喝醉了?"我不禁有些纳闷。

"怎么可能!他们离岸不过十五分钟。"

"可是……"我拿着望远镜出了木屋,走到豪瑟家的码头最顶端。就在我的注视下,船屋在湖面上缓缓掉转,既没有人在驾驶,也没有人在掌舵。不但如此,船上根本没有那四个人的踪影。

米兰达也出来了,站在我的身旁:"山姆,出什么事情了?"

"我不喜欢这感觉,什么地方出岔子了。咱们一起登船的那天,豪瑟对掌舵非常留意。可今天他却任由船屋漂流。"

"他们忙着喝酒呢。"米兰达轻蔑地说,觉得我在杞人忧天。

"会不会一起下水游泳了?"

米兰达摇摇头:"我叔叔见水就沉。"

"水里也看不见他们的踪影。"我放下望远镜,瞥了一眼格雷家的码头,那里拴着艘小摩托艇,"咱们过去瞅瞅吧。你也许猜得不错,四人坐在船舱里正喝得起劲,但我觉得还是看一眼为妙。"

"行,都依你。先让我把炉子关掉。"

我费了些力气发动引擎,然后载着米兰达驶向船屋。离日落还有两个钟头,湖上又出现了几艘船,趁着天黑前的时间游玩一番。不过,除了刚才那艘帆船之外,谁也没有靠近船屋。距离越来越短,我一言不发,米兰达却用低低的声音说:"好像没有人。他们会不会……在床上?"

"你留在摩托艇上,我上船去看一眼。"

我抓住船舷,一使劲,跃上甲板。透过窗户,我看见杰森的红外套挂在椅背上。门没有插门闩,我径直走了进去。视线所及范围内,不见玻璃杯和酒瓶的踪影,这让我有些吃惊。所有东西都放在原处,我不禁生出可怕的感觉:米兰达或许说对了,我将在双层床上找到他们。

然而,床上依然空空荡荡,小厨房和洗手间也是一样。整艘船屋空无一人。

格雷夫妇和豪瑟夫妇失踪了:"葛丽泰号"在彻斯特湖的湖心漫无目的地漂流。

接下来的一个钟头,我和米兰达前前后后找遍了这个小湖。一开始,我很确定,我们会发现他们在游泳,再不济也将找到尸体,或者任何能够充当线索的东西;然而,事与愿违,我们一无所获。就仿佛湖水或天空将他们一口吞了下去。

"四个人!米兰达,他们出什么事了?"我在甲板上神经兮兮地走来走去,"简直是第二艘玛丽·赛勒斯特号!"

"山姆,你别胡思乱想。他们肯定会露面的。咱们把船屋拖回岸边等着。"

我们用拖缆将船屋和摩托艇连在一起,把船屋拖回豪瑟的码头,这可不容易,小摩托艇不是设计来做这种事情的,但最后我们还是成功了。豪瑟家的木屋锁着,看不出他们已经回家的迹象。"趁天还没黑,我再搜一遍船屋。"我下了决定,"也许漏掉了某个能藏人的地方。"

我很快就有了结果,正堂的天花板很高,与屋顶之间没有留下空隙。甲板底下有几块储物空间,借着昏暗的光线,我看见的只有六罐燃油和旧索具。狭窄的储藏室也是空的。酒柜里有两瓶半满的威士忌——显然还是那次我在船上时见过的两瓶酒。厨房里的小冰箱依然是空的。除了杰森的红外套之外,找不到他们曾经登上过"葛丽泰号"的证据。

我走下跳板时,太阳正缓缓落山。

"该给蓝思警长打电话了。"我说道。

"真有这个必要吗?"

"他们不见了,米兰达。你的叔叔和婶婶,还有豪瑟夫妇。我想象不出他们遇到了什么。他们如果在湖里,那我们必须找警察组织搜寻队。"

"你大概是对的。"米兰达不情不愿地点了头,"我实在没法让自己相信这种事情,他们肯定是在和咱们开玩笑。"

"我也希望如此。但若是开玩笑的话,到这会儿早该露面了。"

很少有木屋里安装电话,但格雷家是个例外。我拨通了警长的号码,跟他讲述了前因后果。

彻斯特湖离北山镇差不多二十英里,但依旧属于本县辖区,因此也就还是蓝思警长的管辖范围。接了我的电话,他带领两辆车子来到湖畔,车上除去警员之外,坐满了愿意加入搜寻队的镇民。尽管天色已黑,但一艘船马上就出发了,他们用提灯照亮,沿湖岸寻找被冲上岸的尸首。

"肯定是游泳遇上了抽筋。"警长推测道,他望着提灯在黑暗中沿湖岸移动,"会找到尸体的。"

纵然米兰达对局势的应对好得出奇,听见这句话却也忍不住打了个寒战。她摇摇头,顽强地争辩道:"我叔叔不游泳,我婶婶游得非常好,在这么平静的小湖里不可能溺水。另外,山姆在用望远镜看船屋,他们若是下水的话,一定会被他看到。"

"你不是每时每刻都盯着船屋的,医生,对吧?再说,另外一面你也看不到,你说呢?"

"是的。"我赞同道,"他们或许会偷偷溜下水。又或许趁我不注意的时候,有潜艇浮出水面,把他们接上对岸,但我觉得可能性不大。我向你保证,肯定有办法让四个人神不知鬼不觉地离开船屋,但动机何在呢?四位正常而明智的中年男女,为何要人间蒸发,避开我们呢?今天又不是愚人节。"

"他们会出现的。"蓝思警长向我保证。他压低声音,免得再次惹得米兰达不开心,"不见活人,也会找到尸体。"

我和其他人一起折腾了大半夜,搜寻队把整个湖岸都翻了个遍。没有尸体。临近午夜,我们撬开豪瑟家的木屋,想找到字条或者诸如此类的线索,但还是空手而归。屋里的东西摆放得整整齐齐,差的就是未归的主人。

最后,天快亮的时候,我叫醒米兰达,跟她吻别道:"我回家去睡一会儿,中午前回来。"

几小时后,警长弄醒了我。我让开门口,让他走进我的公寓,这时候才忽然意识到他为何而来。

"你找到他们了?"我说。

"运气没那么好,医生。我天一亮就派人再次展开搜寻,但连个影子也没发现。我们又把船屋搜了一遍。"

我深深地坐进椅子里,脑子还没完全清醒过来:"越来越像玛丽·赛勒斯特号了。"

"那是什么？"

"一艘船，被人发现时在海上漂浮，船员无影无踪。始终没弄清他们发生了什么。"

蓝思警长咕哝道："最近的事情？"

"不，很久以前了。"

"一桩未解谜案喽？"

"有某些事情逼着人们弃船而去，但那是什么呢？海上风平浪静，和昨天的湖面一样。"

"会不会是被其他船只袭击了？"

"也许有船只袭击了玛丽·赛勒斯特号，但人们却找不到任何证据。另外，我不认为昨天有任何船只能在不被我注意到的前提下靠近'葛丽泰号'。"

"来吧，医生。我开车送你回湖边。在阳光下，咱们兴许能看出什么端倪。"

"警长，这和我帮过你的其他案子大不相同。先前总是离不了尸体或某种犯罪行为。这次我们压根儿不晓得发生了什么！而且还没有半个嫌犯——当事人全都消失了！"

"也不尽然，米兰达·格雷仍旧在。"

我瞪了他一眼，以为他在揶揄我，但警长的面容却一本正经："米兰达从头到尾都和我在一起！她怎么可能与那四个人的失踪有关系？"

"具体'怎么'我不清楚,但我知道'为什么'。据说若是她的叔叔和婶婶都死去的话,她将获得一笔可观的遗产。格雷夫妇拥有的股票近年来收益不错,而且他们没有子女。我听说米兰达将是唯一继承人。"

我努力控制住脾气:"警长,即便如此,若是找不到格雷夫妇的尸体,米兰达仍旧一个子儿也得不到。没有尸体的话,她要等好些年才可以申请宣布死亡。就算她当时不在我身旁,也没有任何理由怀疑米兰达。现在我们知道的只是他们失踪了,你不能就此贸然得出结论,认为其中存在犯罪行为。"

"或许如此。"蓝思警长暂时让步,"无论如何,咱们该动身了。我手下的警员总该找到点儿什么线索吧。"

可是,等我们抵达湖边,事实证明局势和昨天夜里的没有区别。米兰达跑上来迎接我,有一瞬间我以为她会紧紧拥抱我。"有消息吗?"她急切地询问警长。

"完全没有,小姐,今天组织了更多的人过来沿湖岸搜寻,同时在湖上拖网捕捞。"

"我不相信他们死了!"

我们再次仔细翻查豪瑟家的木屋,寻找任何可能的破案线索。我一张一张查看账单,有几张来自波士顿的百货商店,有一张开自科德角某个汽车旅馆,甚至有一张水管维修公司的,我没能找到有价值的线索。

蓝思警长凑在我的背后,问:"修了什么?"

"热水器,豪瑟家自己装的。"

他咕哝了两句什么,便继续他手头的搜查工作。木屋的几个小房间让我们徒劳无功,这儿也没有地下室可供翻找。

回到隔壁木屋时,我们沮丧得无以复加。

"没有任何线索。"我向米兰达抱怨道,"没有一丁点儿有用的!他们仿佛凭空消失了!"

整个下午,警员和其他参与搜寻的人不停进来报告,但结果无一例外都在证明同一个结论。湖水没有把尸体冲上岸,拖网船的爪钩只捞到一只渔民的涉水靴和一个破啤酒桶。

最后,蓝思警长说:"米兰达,应该把你婶婶和叔叔的照片拿给各家报纸。你有足够清楚的照片吗?"

米兰达想了几秒钟,眼睛一亮:"凯蒂婶婶给我看过一张照片,是他俩和豪瑟夫妻的合影。去年夏天在温斯洛附近的游乐场拍的。"

"能找到吗?"

"让我找找看。"

米兰达在格雷家里找了一圈,但却没能发现那张照片,她忽然想起木屋有个仅够爬行的阁楼,可以从卧室天花板爬上去。"他们拿来存放杂物。"米兰达解释道。我站在椅子上,按照米兰达的指点,搬下来一个纸板箱。我们在箱子里找到了四位失踪者的合影,他们面对镜头露出笑容,背后的标牌上写着"海蛇怪之旅——天方夜谭!"

我把照片拿给警长,他发出我再熟悉不过的咕哝声:"难不成给海蛇怪吞了?"

"不,照片是去年在游乐场拍的。当肖像照绰绰有余了。"

他接过照片,答应尽快送去报馆。我注意到米兰达略略高兴了些,仿佛找到照片让她又生出了信心,四个人迟早会活蹦乱跳地回到我们身边。她也许是对的,但我实在毫无头绪。

临近傍晚的时候,我给爱玻家中打了个电话,想知道有没有急诊病人。还好,今天颇为安静。

"失踪的人有下落了吗?"她问。

"全无踪影。"

"山姆医生,我倒凑巧记起些东西,某次在咱们诊所的一份杂志上读到的。是真是假我记不清了,说有人从摩托艇上跳进水中,溺水身亡。看似没有原因,但最后发现船上藏了一只大蜘蛛,忽然爬出来,吓得他们纷纷跳水。"

"蜘蛛?"

"正是。你说'葛丽泰号'上会不会藏了什么类似的东西?"

"很值得深思。谢谢你的提醒。"

我挂断电话,走到室外,站在门口,望着漂亮的船屋,想象着船舱里某处有可怖的野兽盘桓不去。我转过身,快步回到木屋里。

"医生,怎么了?"

"警长,帮我找副厚手套、帆布袋,还有手电筒。"

"提灯不行吗?"

"手电筒更好,我需要进到很逼仄的舱室中。"

"船屋上?"

"是的,去猎捕蜘蛛。"

警长和米兰达站在岸边,望着我再次登上船屋,我戴着手套,拿着手电筒和帆布袋。我径直走到船后侧,打开通往船身储藏室的小门。汽油罐和索具依旧躺在远处,我慢慢转动手电筒的方向,刚开始什么也没有发现。

但紧接着,我就看见了它,纤细、静止,足以致人死命。

我小心翼翼地伸出手,几乎不敢呼吸。

再一英寸——

我捉住了它,加倍小心翼翼地放进帆布袋。

我带着俘获的战利品返回岸边,蓝思警长立刻问道:"找到什么了?"

"找到了。"

米兰达目不转睛地望着我手中的帆布袋:"山姆,袋子里是?"

"解答谜案的关键。很抱歉,不会让人愉快。"我慢慢打开口袋,给他们看我发现的东西,"明白了吗?我们弄错了传说。不是玛丽·赛勒斯特号,而是《汉塞尔与葛丽泰》。"

接下来的几个钟头很悲伤,让人厌恶。木屋里有些事情要做,等结束之后,蓝思警长出门找到一位法官,宣誓保证,申请到逮捕令。接着,我们赶了半小时的夜路,到科德角的市政厅与其他几位执法官员会合。

我们在黎明前到了那家汽车旅馆。天色已开始发白,足以让我们看清环境,厨房和卫生设施建在中间,十几幢白色小屋围成半圆形。我们在路边停车,从草地上扇形包抄过去,一位警官问我:"先生,你有武器吗?"

"不,我只是顺路来看看的。"

话虽如此,但我也很想知道自己为何跑了这么远的路,来看一个悲伤故事的悲伤结局。我站在旁边,蓝思警长砰砰捶门:"警察!开门!"

几分钟后,小屋的门缓缓打开,一张疲惫的脸借着晨光打量我们。他认出的似乎是我,而非警长。"你好,山姆。"雷·豪瑟静静地说。

"我们有你的逮捕令。"蓝思警长大声宣布。

我没有等到逮捕结束,因为我听见小屋背后的窗户吱吱嘎嘎地打开了。

我冲了出去,奔向发出声音的地方,她的脚才踏上地面,就落进了我的怀中。"对不起。"我说,"你们没逃掉。"

"噢,山姆——"她伏在我的胸口,嘤嘤地哭了起来,蓝思警长走到我们的背后。

"我有你的逮捕令。"他说道,"指控是两起一级谋杀。你有什么话想说吗?"

米兰达的凯蒂婶婶摇着头说:"带我回去吧。"她对我们说,

"我准备好了。"

后来,到了当地警局,交办正式法律手续的当口,我和雷·豪瑟聊了一阵。他戴着手铐,面色铁青,坐在一张硬木长椅上,时不时吸一口别人替他点燃的香烟。"昨天夜里找到了他们的尸体。"我说,"你的夫人葛丽泰,凯蒂的丈夫杰森,都在你的木屋的矮阁楼里,那儿就是你的藏尸地点。"

"对。"他淡淡地说道,"山姆,你小子够精明。事情出了岔子的时候,我们知道被揭穿只是时间问题,但没想到这么快就被抓住了。"

"事情出了岔子的时候……"我重复道,"我昨天在船屋上找到了证据,因此想清楚了前后经过。我们以为这是玛丽·赛勒斯特号事件重演,船屋上的四个人凭空蒸发,但从头到尾都是《汉塞尔与葛丽泰》的故事——或者说,'杰森和葛丽泰'。还记得邪恶的巫婆企图用炉子炙烤两个孩子吗?这就是整个计划的精髓。按理说,船屋不该完好无损但空无一人地被发现,而是应该爆炸、燃烧,最后沉没。我昨天发现的是一根装有导火索的炸药棒,但引信在完成使命之前脱了出来。假如炸药按计划爆炸,就会在吃水线下炸开一个窟窿,并引燃你存放在船舱中的六罐汽油。'葛丽泰号'应该在火焰中沉入湖底。"

"就该是这么简单的事情。"豪瑟耷拉着脸说。

"岸上的人在搜寻幸存者的时候,将把你和凯蒂·格雷从水里拖上岸。不会有杰森和你的妻子葛丽泰的踪影,但两人的尸体会在数日后被潮水冲上岸。最关键的地方——当然了——是杰森和葛丽泰根本没有在周六下午登船。你和凯蒂杀了他们……"

"是我。"他一口咬定,"凯蒂与杀人没有关系。我把安眠药粉混在威士忌里,待他们失去知觉后捂死了他们。按理说这件事情也该在船上完成,爆炸后不久就能找到两人的尸体,但杰森在木屋里就喝下威士忌,睡死了过去。我们没法把他抬上船,于是只好藏在阁楼里。我们打算等被救之后,在夜间将尸体抛入湖中,留待几天后被发现。"

"不可能成功,你难道不明白吗?死亡时间或许对得上,但尸检将发现他们的肺部既没有烟,也没有水。"

"还以为在水里泡个几天就看不出来了呢。我们打算烧毁两人的衣物,让他们看起来死于火烧。"他又狠狠地抽了一口香烟,"山姆,跟我说说,你是怎么看出来的。"

凯蒂已经精神崩溃,医生给她用了一服镇静剂。尽管我和豪瑟不熟,但他似乎跟他说说也无妨:"有件事情从开始就让我烦心。周六你给木屋上了锁,但上次我们一起游湖的时候,你并没有费心锁门。我记得那天回来的时候,葛丽泰一推,门就开了。我忍不住要怀疑,失踪和锁门之间是否存在联系;要怀疑你们是不是早有失踪的预谋,或者木屋里是不是有不愿被发现的东西。

"我回忆起船屋上找到的汽油罐,数量比额外燃油要多得多。于是,我上船仔细搜寻,终于找到了炸药和燃尽的导火索,这时候,我忽然想通了。谁也没有看见葛丽泰和杰森登上船屋,我确实瞥见了一眼杰森的红外套,但那件衣服实际上穿在你身上。我以为我听见了葛丽泰的笑声,但发笑的人实际上是凯蒂。我们只通过凯蒂和你的话,知道开船时杰森和葛丽泰也在船上。

"告诉我你们都在船上的时候,凯蒂很紧张,有些喘不过气来——不足为奇,因为她刚才目睹了两起命案的过程。杰森和葛丽泰已经死了,尸体被藏在你的木屋的爬行空隙中。搜寻房子的时候,我们略过了翻板门,因为谁也没有想到要去找它。但我后来知道那里肯定有这么一个地方,因为格雷家的木屋有,而你们两家的木屋又一模一样。"

豪瑟摁熄烟头:"我点燃了导火索,然后和凯蒂从远离木屋的一侧下水,免得撞上你的视线。可是,船没有爆炸,我和凯蒂只好游到对岸。我不得不偷了一辆汽车。"他的语气仿佛这是他们最大的罪过。

"米兰达说过凯蒂水性很好。但你们为何不爬回船屋呢?"

"凯蒂害怕它随时都可能爆炸。另外,我们没法解释各自配偶为何失踪。"

我点点头:"你和凯蒂——英俊男子和轻浮女郎,比乏味的教师和超重的葛丽泰更加般配。我能理解你俩之间的吸引力,但为何非要诉诸谋杀?"

他抬起头,一双悲哀的眼睛注视着我:"你必须明白,我和凯蒂陷于热恋之中。我们这样做是为了爱。"

"除了爱,恐怕免不了金钱因素吧?初次聊天的时候,葛丽泰在言谈中说到'她的钱',而杰森则通过股票市场挣钱。你和凯蒂必须杀死这两人,否则无法继承财产,伪装事故是最稳妥不过的法子了。"

"我已经说过,凯蒂和杀人毫无关系。"

"你一个人是没法把尸体藏进阁楼的。她至少在这方面搭了一把手。"

他没有继续争辩下去:"你怎么找到这家汽车旅馆的?"

"船屋没有爆炸,我猜你们肯定开始逃跑。问题是逃往何方。不可能太近,因为你们知道等气味散发出来之后,尸体在几天内就将被发现。我回忆起自己见过这家汽车旅馆的账单。你们来过一次,说不定还会再次投宿。警长打了个电话,经理证实有一对男女符合描述。剩下的你都知道了。"

他伤心欲绝地摇摇头:"剩下的我完全不知道。我们会怎样?"

能回答这问题的是法官和陪审团。四个月后,豪瑟被判有罪,终身监禁。凯蒂没有出庭,她在牢房里用撕开的床单自缢身亡。

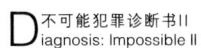

"你是不是在想米兰达和我后来怎么样了?"山姆·霍桑医生边给自己倒威士忌边作起最后陈词,"唉,那就是另一个故事了——事实上,是另一桩谜案。北山镇邮局在股市大崩溃那天发生了一起咄咄怪事。不过嘛,咱们还是留着下次再说吧。"

姚向辉　译

20

粉色邮局

"这才是我心目中的夏天嘛！"山姆·霍桑医生边斟酒边说道，"让我觉得又焕发青春了！咱们可以坐在室外树荫下，无忧无虑，畅想过往。什么来着？我答应过你，要讲讲一九二九年股市崩溃那天，在北山镇邮局发生的事情？哎呀，那可是一桩难忘的大事件，在这些年我协助破获的案件中，也称得上独树一帜了。独特在哪方面？呃，还是让我从头说起吧……"

★　★　★

那一天我记得清楚明白——一九二九年十月二十四日，星期四。尽管股市在日后还遇到过更加糟糕的日子，但这一天还是被大家记在心里，成了再著名不过的"黑色星期四"。然而，那天早晨的北山镇，只是一个普通的秋天日子而已。天空阴云密布，温度降到了十摄氏度以下，空气中飘着落雨的味道。

就在那一天，薇拉·布罗克粉刷完了新邮局。诊所里风平浪静,于是爱玻护士和我便前去一探究竟。在此之前,邮局始终挤在百货商店的一角里,看到镇广场对面的老糖果店被政府拿来改建成邮局,我们闻到了一丝进步的气息。

"咱们镇子不但有自己的医院,现在又有了独立的邮局!"爱玻快活地说,"山姆医生,镇子越来越兴盛了呢!"

"波士顿,当心着点儿吧。"我笑呵呵地说。

"嘿,别取笑我呦,我是说真的,北山镇迟早能上地图。"

"邮局地图肯定没问题。"我瞄见了镇上的邮局女局长,薇拉·布罗克,她正拎着一桶油漆急急忙忙地走在街上。薇拉是一位结实的女人,四十多岁,我来北山镇的时候,她就已经在百货商店里掌管邮局了。

"薇拉!"我叫住了她。

"早上好,山姆医生,和爱玻来取邮件?"

"我们想欣赏一下新邮局。"

薇拉掂了掂手里的油漆:"今天是开门营业的第一天,我却发现有一整面墙忘了刷!真是难以置信。"

她打开邮局的门锁,我和爱玻跟着她走进室内。"粉色!"爱玻惊叫道,假若墙上覆满热带藤蔓,她大概也不会更加讶异了,"粉色的邮局!"

"呃,这个颜色的油漆很便宜。"薇拉·布罗克承认道,"休姆·白克斯特下错了订单,因此给我打了个大折扣。也替公家省些钱吧。上个月,邮政总局预估今年的赤字足有一亿美元,说一等快信的邮费大概得涨到三分钱了。"

"怎么可以这样?"爱玻气哼哼地说,"两分钱是惯例了。"

"走着瞧吧。我觉得少花些钱在粉刷上总之没坏处。"

"但薇拉,这是粉色的呀!"爱玻大喊。

"我觉得没那么糟糕嘛,不过我反正略微有些色盲。"

新邮局挺宽敞,约有二十平方英尺,柜台隔在中间,供人们领取邮件,购买邮票和明信片。后墙边还是摆着分类文件架,邮件分门别类放在上头,等待领取。那时候还没有送件到门的服务,大家都得去薇拉·布罗克的邮局取信。

"哎,薇拉,我倒是一点儿也不觉得难看。"我说,"这镇子也该振奋振奋精神了。"

话才出口,房门就开了,进来的是米兰达·格雷,许多个月以来北山镇最能振奋我的精神的人儿。认识米兰达是今年夏天的事情,就是彻斯特湖的那宗案件,在此之后我们坚持约会了几个月。夏去秋来,学校开课,病患和急诊电话随即增多,由于这样那样的原因,米兰达和我见得越来越少。她在北山镇住满了整个夏天,我猜这说明她的意图大概很严肃,要比我严肃很多。

"哈,山姆,一向可好?"她对我打招呼道,"上周六晚上以后你怎么就不见踪影了?还以为你跑到波士顿去了呢。"

我希望能发现她说话时眼中含着笑意,但却事与愿违。她很生气,因为我接连五天没有打电话给她。"气候湿冷,米兰达,很多人生病。我没日没夜地在忙。"

"还以为新医院能帮你分忧呢。"

"在重病患者上的确帮了大忙，但遇到流感和水痘，大家还是习惯给我打电话。米兰达，我现在不像夏天那么有空了。"

你来我往的当口，爱玻站在一旁，用类似于担心的眼神望着米兰达。爱玻大概将其视为诊所的敌人，让我不能全力以赴工作，把所有时间奉献给患者。总而言之，米兰达在爱玻眼中是个威胁，这种情绪一个月比一个月更加明显。

这时候，薇拉·布罗克显然意识到，她没法在开业第一天粉刷完新邮局了。我们已经在这里，镇民进进出出，络绎不绝，无疑都是透过前窗瞥见粉色墙壁后，忍不住进来瞧个仔细的。她伫立片刻，凝视着没有完成的任务——进门右手的那面墙，从柜台到门口这段距离，仍旧是乏味的黄褐色。"我得去拜托休姆·白克斯特，求他闭门一小时，过来替我刷墙。"她说，"我今天算是没时间了。"

"真不敢相信，怎么会忘记刷墙上这么大一块地方？"爱玻说。

"我刷墙时，分类架就摆在这儿，靠着这面墙。昨天工人把架子搬到现在的位置，我这才发觉忘了刷架子背后的位置。"

"真希望我不是这么忙。薇拉，我很愿意替你刷墙。"

"可别这么说，山姆医生。真是折杀我了！休姆要是不忙的话，招呼一声，十分钟就能过来。"

想到休姆可能忙碌，我险些笑出声来。大约一年前，他在镇中心开了家商店，售卖油漆、五金和农具，就靠那点儿微薄的生意,他怎么坚持到今天,这问题实在超出了我的领悟力。农夫需要用具的时候往往心急火燎,可不会先梳妆打扮,再搭车来镇子上买东西,而从镇民手上赚到的钱恐怕也少得可怜。

不过,话也说回来,大家都喜欢休姆·白克斯特,因为他尽其所能取悦众人。如薇拉所言,没到十分钟,他就出现在了邮局里,连刷子都自己准备好了。休姆三十五六岁,沙色头发,比我只年长一两岁,他还没进门,米兰达就开始朝他卖弄风情。

"喔,亲爱的休姆,我敢打赌,你肯定有时间陪伴你的女性朋友,对吗?"

他的脸刷地一下红了,眼睛东张西望,像是在寻找逃生通道:"呃,嗯,有时候,店里也挺忙的。"

"别理她,休姆。"我对休姆说,"都怪我不好,最近我不太有时间陪米兰达。"

休姆·白克斯特摊开罩单,打开粉色油漆桶的盖子。"呃,嗯。"他也进入了角色,"米兰达小姐,我实在想象不出,怎么会有人宁愿忙于工作,不肯陪你。"

"谢谢你,休姆。你的嘴巴可真甜。"

"刷漆的账单回头给我。"薇拉告诉休姆,"我找公家报销。"

"那就太好了,薇拉。我纳了不少税,要是能挣几块钱回来,我会非常开心的。"

他操起刷子,开始干活,薇拉则解开早晨邮件的袋子,放上柜台背后的分类架。

"薇拉，你忙你的。"我说，"我们也该走了。"

"不如再等几分钟，医生，顺便把你的邮件带走。"

"好主意。"我说，"就怕把你的新地方弄乱了。"

"我也等等我的邮件好了。"米兰达说。她每天下午到医院替护士打下手，上午总是有空的。

休姆·白克斯特从门口开始，倒退着一路刷向柜台："医生，今年的'世界大赛'①你怎么看？没想到运动家竟然有希望击败小熊。费城运动家在上周的五场比赛中四次击败了芝加哥小熊队！"

"我只在收音机里听了一场比赛的一部分。"我老实答道，"上周忙得要命。"

安森·沃特斯突然推门进来，打断了我们的对话，他是镇上的银行家，也是最高贵的镇民之一，只是这会儿看起来实在不怎么贵气。他拿着一个薄马尼拉纸信封，走到柜台前。

"天崩了还是地裂了，沃特斯先生？"薇拉·布罗克说，"您怎么慌慌张张的。"

"你们没听新闻？股市又崩溃了！我的经纪人刚从纽约给我打来电话。"

我大致记得在报纸上读到过消息，周一时股市大跌，周二亦然，但这于我似乎是另一个世界的事情。白克斯特谈论世界大赛，沃特斯说起股票市场，每逢这种时候，我就觉得我的世界与他们

---

① World Series，美国职棒大联盟每年10月举行的总冠军赛。由美国联盟冠军和国家联盟冠军进行7战4胜制的总冠军赛，争夺世界大赛奖杯。

的迥然不同。

"发生什么了?"米兰达问沃特斯。

"华尔街大恐慌。"银行家告诉米兰达,"股票交易所里场面一片混乱,他们不得不关闭观光厅廊。自动收报机的纸条打得太慢,远远落后于实际买卖,因此谁也不清楚局势到底如何。我的经纪人要我送现金过去,赎回押金购买的股票。"

"这我就帮不上忙了。"薇拉的说笑语气一如既往,"这儿只是邮局,除非你的经纪人也收邮票。"

"薇拉,别开玩笑了。"他把信封递上去,"寄给我的经纪人。里面有一张不记名的铁路债券,价值一万美元。替我挂号寄到纽约,必须让他在明天收到……"

"我可没法保证。"薇拉告诉沃特斯。

"最迟星期六早晨。周六是个短交易日,因此中午前必须到他手中。"

薇拉赶忙给信封盖戳,并在登记簿上做下记录:"债券是可以转让的?"

"正确。我的经纪人拿到后可以立刻变现。"

"通过邮局寄送可不太保险。"

"要不然干吗寄挂号?"

"面值一万美元?"

"没错。"

薇拉算清邮费和挂号费,沃特斯付钱。薇拉转过身,把信封放在背后的办公桌上,留待特别处理。

"恐慌会持续吗?"我问沃特斯。

"如果持续的话,整个美国都得遭灾。那会使全国衰退的。美国的银行业有基础性的结构问题,我必须承认这一点。"

"希望你是错的。"我说。

"我也同样希望。"他把挂号信的收据放进衣袋,走向门口,"我得守着电话去。祈祷上帝,希望过去这半小时内,事情没有进一步恶化。"

薇拉在柜台后忙碌,继续整理晨间信件:"天崩地裂啊,安森·沃特斯这种人,花太多时间研究他们的钞票,都没空享用了。"

"从来没见过他这么不安的样子。"爱玻附和道,"坐在银行里,他总跟一尊冰山似的。"

"也许我们该为自己的贫穷高兴。"休姆·白克斯特说。他的粉刷工作进展顺利,已经过了半途。

薇拉分完最后几封信:"好了,医生,这是你的信件。还有你的,米兰达。今天你只有一封。"

我接过她递给我的一小沓信件,快速浏览一遍。没什么特别重要的,只是几张账单,还有一份声明,一家药厂负责我的销售员换了人。"这也是你的。"薇拉说着,把我订阅的一份医学周报隔着柜台拿给我。从医学院毕业那年,我父母给我付了第一年的订阅费,后来就都是我自己掏腰包了。

爱玻、米兰达和我正要离开,房门却被人轰然推开,蓝思警长那令人畏惧的大块头出现在门口,他怀抱一个用结实绳索捆牢的大纸箱。"各位乡亲,早上好。"他打着招呼走向柜台,却又几乎立刻停下脚步,不敢相信地环顾四周。

"粉色?"他愕然说道。

"没错,粉色!"薇拉吼了回来,"警长,你今天可别给我瞎扯淡。办完事情赶紧滚蛋!"

"我要把这个箱子寄到华盛顿。"他乖乖地说,"箱子里有些酒瓶,是一起私酿案件的证物。"

薇拉抬起柜台的中段,打开一扇小门,示意警长进去。

"搬过来。"她命令道,"我才不想扛着死沉的箱子走来走去。"

警长依言把箱子搁在薇拉的办公桌上:"这样行吗?"

"别摆在桌上,你这老傻瓜!"薇拉的音调激烈得吓人。蓝思警长急忙抱起箱子,沿来路倒退了好几步,险些被休姆铺在地上的罩布绊倒:"不好意思,薇拉,又惹您生气了。我只是想完成自己的工作而已。"

"我今天早上有点儿一惊一乍的。"薇拉也找了个台阶下,"新地方开业,事情又多得要死。"

"没事儿,薇拉。"蓝思警长能温顺成这样,可真是难得一见,"我懂的。"

"粉刷结束。"休姆·白克斯特大声宣布,收拾起地上的罩布,"干透之前别离墙边太近。"他弯下腰,给紧邻柜台、离地不远的一处地方补漆,薇拉从柜台后面走出来,检查他的手艺。

"刷得不赖,比我的动作快多了。政府欠你多少钱?"

"要五块钱就已经很过分啦,都没费我一个钟头的力气。"

"开十块钱的账单吧——值这个价钱。我会盯着上头付钱给你的。"

我第二次陪着两位女士走向门口,但这次依旧未能如愿,安森·沃特斯折返回来,堵住了去路。身材矮小的银行家的模样更加不堪了。"我完蛋了!"他扯开嗓子叫道,"美国钢铁公司大跌十二点!"他的手里捏着一张镌版印刷的什么债券。

"你得买个信封。"薇拉正告道。

沃特斯惊讶地望着那张债券:"哪里有时间干这个!就放在前面那个信封里吧,我必须再给我的经纪人一万块。"

"不行啊。"薇拉公事公办地说,"前面那封都算是寄出了。"

"可还在邮局里,不是吗?"

"呃,是的。"

"那就让我放进去吧。那个信封属于我。在场诸位都是证人。"他扭头看我们,希望得到支持,薇拉则扭头去看蓝思警长。

"有没有某种表格,可以让他填写后取回邮件?"警长问。

"呃,有的。"薇拉·布罗克点头承认。

"那就让他填一张呗,然后把信封还给沃特斯,他把手里那张债券放进去,再还给你。"

"好吧。"薇拉让步了,她转身走向办公桌,"可是……"

"可是什么?"银行家紧张起来。

"可是,那封挂号信到哪儿去了呢?"

"你放在桌上了。"我说,"我亲眼看见的。"

"我知道我放在桌上了,后来一直没去碰过。"她弯下腰,在桌子底下寻找信封,然后直起身子。薇拉面如白垩。"不见了!"她语不成声。

"大家先别着急。"我尝试着让所有人镇定下来,"信封就算不见了,一定还在附近,因为从沃特斯先生寄出这封信之后,还没有人离开过邮局。"我依次望着爱玻、米兰达、薇拉、休姆、警长和沃特斯:"我们一共有七个人。信封如果不是被放错了地方,就肯定在我们中的某个人身上。"

"我根本没有接近过信封。"米兰达辩解道,"山姆,你总不能把我也列为嫌犯吧?"

"我们谁也不是嫌犯。"等薇拉给他讲完信封的来龙去脉后,蓝思警长说,"肯定是放错了地方。"

于是乎,薇拉和警长展开了一场细致入微的搜索,我们其余五个人站在原地,但失踪的信封却踪迹全无。安森·沃特斯看着他们两人忙活,耐心一点一点耗尽,他时不时抬头看墙上的挂钟。"中午了——我说不定已经破产了!告诉你们,我非得找邮政部讨还这一万块钱!"

"会找到的。"尽管嘴上这么说,但薇拉的表情却截然相反。

末了,蓝思警长扭头问我:"医生,你有什么看法?"

"别慌，咱们先梳理一下事实。"我不偏不倚地说，"信封要么被窃，要么放错了地方，两者必居其一。沃特斯先生，你知道信封的尺寸吗？"

"九英寸宽，十二英寸长。里面装着一张债券——和我手上这种一样——还有一封授权兑换信。我不希望债券被折叠，因此用了一个大信封装。"

"这样说来，它太大了，不可能掉进抽屉或是办公桌背后的盲区。油毡地毯是新铺的，因此也不可能落进地缝之类的地方。警长和薇拉搜查了整个房间，在哪儿都没有找到。因此，我们应该能够得出结论，信封没有被放错地方，而是遭窃了。"

"'失窃的信件'！"米兰达惊呼道，其他人似乎没听懂她的双关语。

"没错。"我赞同道，"在艾伦·坡的那篇小说中，信件从一开始就放置在最显眼的地方，只是谁也没有注意到罢了。正如切斯特顿的名言，聪明人会把树叶藏进森林，把卵石放上滩涂，还有什么地方比邮局更适合藏匿偷来的信件呢？"

"跟你说啊。"薇拉提醒我，"只有警长和我到过柜台背后，接近过那封信。你的意思难道是说我或警长偷了那封信？"

"薇拉，你在整理早晨的信件，很容易就能随手把那封信放上分类架，留到以后来拿。"

爱玻剥开泡泡糖的包装，把泡泡糖丢进嘴里。这是她的坏习惯之一，但我早已熟视无睹。

"山姆医生,你真认为那封信在架子上?"

"值得一看。"

于是,我们便去看了。

但还是没找到那封信。它没有和其他信件待在一起,分类架上没有,装入局邮件和出局邮件的口袋里也没有。

"跟你说过了。"薇拉恢复了镇定自若的神情,"我怎么可能偷自己的信?"

"是我的信,不是你们的!"

安森·沃特斯连这句话也不肯放过。

"只要在我的邮局里,就是我的!"薇拉反唇相讥,"就算不知道它在哪儿,也还是我的。"

"好了,警长。"我说,"接下来是你。"

"什么?我?"

"薇拉说得对,你也明白。进过柜台里面的人,除了她就是你,其他人在柜台这边够不到办公桌。"

"我倒是怎么……"

"用那个纸箱。我在某处读到过,纽约警察抓住的一名商店窃贼,他用的就是特制的假底纸箱。你把纸箱摆在了办公桌上,正好压住那封信。"

"我没看见什么信!"

"无论如何,我都希望你能打开那个纸箱。"

"医生,别逗了!"

"我说啊,警长,咱们当朋友已经好些年了,但这次你和其他人一样,也有作案嫌疑。实在抱歉。"

蓝思警长的嘴里唠叨个不停,但还是打开了那个纸箱。仔细检查之下,发现箱子没有假底,里面也只有一个个包扎整齐的装了私酿酒的大口瓶。信封不在箱子里。

"你的猜想怎么都不灵验?"沃特斯越发不耐烦了,"你提出了两种解释,但我的信封还是无影无踪。"

那时候我还很年轻,性子也烈,而且充满自信:"别担心,沃特斯先生。房间里有七个人,那就能提出七种解释。要是薇拉和蓝思警长没有拿你的信封,那我们就不得不扩展搜查范围了。"

"但柜台后只有他们两个人呀。"休姆·白克斯特不怎么同意。

"但能偷信封的不止他们两个人。休姆,接下来轮到你了。当时薇拉对警长吼叫了几句,他抱着箱子后退几步,有可能把信封从办公桌上带了下来。信封或许恰好从开口处飘出柜台,掉在了你的罩布上。"

"我没有……"

"也许这会儿信封就夹在罩布的哪个褶皱里。就让我们看一眼吧。"

于是,我们翻检了他那几块罩布,为了以防万一,我连他的刷子和油漆桶也列入了搜索范围。

信封依然杳无踪影。

"这越来越不可能了。"爱玻从旁观察道,"山姆医生,你不会认为我也有嫌疑吧?"

"很抱歉,爱玻,你和大家同样都有嫌疑。过程相同,信封若是掉落在柜台之外,其他人的注意力都集中在警长和薇拉身上的时候,你可以趁机捡起来。"

"然后怎么处理呢?"

"泡泡糖。你可以用一块泡泡糖把信封粘在柜台下侧。"

这个解释听起来合情合理,大家同时弯腰去看,但柜台下侧并没有信封的踪影,那里什么也没有。

矮小的银行家嗤之以鼻:"霍桑,你每次都被三振出局。下一个轮到谁?你的女朋友?"

直到此刻,我始终不敢去看米兰达,但现在没法继续逃避了:"米兰达,你捡起来后可以藏在裙子底下。"

"山姆,你这是什么念头!你打算怎么办?搜我的身吗?"

"可以拜托爱玻和薇拉。"

"山姆!"她都快要哭了,"山姆·霍桑,如果你敢这么逼我,这辈子都别想和我说话了!"

"真对不起,米兰达,我必须要排除每一种可能性。"

"来吧。"薇拉建议道,"咱们三个姑娘家的可以互相搜身。不会那么难堪啦。诸位先生,请转过身去!"

米兰达略略平静了一些,我们依令从事,三位女士仔仔细细地互相搜身。信封没有藏在米兰达身上,也没有藏在薇拉和爱玻身上。

"所有人都查过了。"安森·沃特斯说,"霍桑,怎么办?"

"还没完,只查了五个人。沃特斯先生,就剩下你和我了。"

"你认为我偷了自己的信?"

"你用挂号寄信,保值一万美元。假设信封里根本没装债券,假设那不过是个空信封,你手里那张想加进信封的债券是唯一的一张债券。邮局必须要赔给你一万块,股市狂跌之时,这笔钱能帮上不少忙。"

"空信封!太荒谬了!就算这是真的,我怎么让空信封凭空消失呢?"

"地址是用魔术墨水写的。薇拉若是在地上捡到一个没有写地址的信封,她多半会收进抽屉或随手扔掉。"

薇拉立刻指出了这套推理的漏洞:"即便地址消失,邮戳和挂号签也还在原处。我一眼就认得出那个信封。"

她说得对,我不得不承认。"那就只剩我了。"我说,"我知道我没偷那封信,但债券本身可以从信封里取出来,叠成一小方。我可以在不被任何人注意到的情况下塞进衣袋。现在该轮到其他人搜我的身了,警长,最有权做这件事的人就是您。"

蓝思警长不但搜了我的身,也同样搜了休姆·白克斯特和银行家的身。没有信封,债券也只有沃特斯拿进邮局的第二张。我反过来搜了警长的身,结果相同。

"七个人。"安森·沃特斯喷着鼻息说,"对谜案的七种解答!唯一的麻烦事是,七个全都是错误的!霍桑,接下来什么打算?

用听诊器检查我们?或许哪个人吃了我的债券!"

"这个似乎不可能。"我严肃地回答道,"胃酸会溶解纸张,债券就没用了。"

沃特斯转过去面对薇拉:"你要为我的债券负责!"

说完,银行家如暴风般冲出邮局,剩下我们几个人面面相觑。这个早晨带来的压力第一次在薇拉身上现出踪影。她眼泪汪汪地说:"第一天开业,还盼着能有个好开端呢。这下全给毁了。"

薇拉的情绪忽然外露,搞得爱玻有些尴尬。"山姆医生,我还是先回诊所去吧。"她说,"说不定有患者想找我们呢。"

"好主意。"我表示同意,也到了我离开的时候——遗失信封谜案没有合理的解释。

我和米兰达肩并肩走上主大道。"刚才发生的事情,我实在很抱歉。"我静静地说,"我没有真的想过你会偷取那封信。"

"咦,真的?你真糊弄住我了!我还以为要进监狱了呢。"

"米兰达,我……"

"山姆,我们之间到此结束。其实我早就知道了。"

"除非你坚持,我是不愿意结束的。"

"山姆,你不再是去年夏天我认识的那个男人了。"

"或许你也不是那个米兰达了。"我悲伤地答道。

我们在拐角分手,我穿过马路,走向自己的诊所。蓝思警长恰好从楼后绕过来,拦住了我:"医生,能占用你一分钟吗?"

"当然,警长。我刚和米兰达说完对不起,现在当然要跟你再道个歉。我没有真的认为你把信藏在了箱子里,但我不能疏忽。"

"我明白的。"他安慰我道,"但薇拉彻底被这件事情惹恼了。要是开张第一天就弄丢装有一万美元的信件,她怕华盛顿的官老爷会撤掉她的女局长职务。"

"你为什么特别担心这个?"我问警长。

"呃,好吧,医生,你也明白的。薇拉在她这个年纪上算是格外有魅力了,而我这老傻瓜当了好些年鳏夫,终归还是会有些孤单的嘛。"

我忽然开了窍:"你难道是说你和薇拉·布罗克……"

"唉,她有时候会对我发脾气,今天早晨就是明证,但平常我们相处得不错。我去过她家几次……"警长的声音低了下去,然后继续说道,"你知道,医生,我的侦探水平实在不甚高明。说实话,警长当得也不怎么称职。咱们的镇子越来越大,我这种人怕是要压不住场面啦。"

"警长,你是北山镇重要的一分子。"

"唉,可你看现在,薇拉惹了麻烦,我却没法帮她。该死,要是知道谁偷了那信封就好了,还有怎么偷的。咱们搜遍了邮局。"

"是啊。"我同意道,"我们搜了地上,搜了办公桌、分类架,还有装邮件的口袋。我们搜了白克斯特的罩布和工具。我们搜了柜台底下,甚至米兰达的裙子底下。我们搜了所有人的身。我肯发誓,邮局里没地方可供藏匿那封信件,也不可能让它离开邮局。咱们在的时候,没有人前来领取邮件,前后过程中也没有人离开过邮局。"

"这么说,医生,你和我同样一筹莫展了?"

"恐怕如此。"我不得不低头,"或许我更擅长谋杀案,因为动机总是摆在面前。这个盗贼的动机却再平常不过了——谁不需要一万美元?甚至沃特斯本人也需要。"

"唉,要是想到什么能帮助薇拉的,医生,千万记得告诉我,我们都会感激万分的。我和薇拉,都会。"

"我尽量吧,警长。"

走向诊所的路上,我不禁想道,这大概是认识警长这七年来他最有人味儿的时刻了。

一段情缘今天早晨在邮局结束,而另一对男女的关系却变得更加紧密。

华尔街大恐慌在中午前告一段落,银行决定汇集资源,支援股市。股价甚至在下午略微上扬,爱玻从银行回来的时候,甚至说沃特斯的脸上有了真正的笑容。

午餐后的日程表上只预约了一位病人,等我给这位女士看完病,送她出了门,就在书架上找到埃德加·艾伦·坡小说集,重新研读《失窃的信件》,但却没有得到任何灵感。

在薇拉的邮局办公室里,每一封信都经过详细检查。摆在眼前但被众人视而不见的信件是不存在的。

我要让薇拉·布罗克和蓝思警长失望了。不仅如此,我要让自己失望了。

那天下班的时候,爱玻进来道晚安。外面开始下起蒙蒙细雨,我险些没有认出换了新雨衣的爱玻。

"你看起来大不相同。"我说。

"添件衣裳常有这种效果。"

——添件衣裳。

爱玻走后,我坐在办公桌前,思考着添件衣裳的问题。

——可能吗?

天色已暗,一个钟头内就将入夜。

有个简单的法子可以知道这次我猜得对不对,但万一我惊动太多人,到头来证明自己傻得出奇,那就太糟糕了。

我锁上诊所的门,冒着小雨沿主大道走了下去。

到了邮局,我透过宽敞的前窗张望,琢磨该怎样才能进去。薇拉留了盏长明小灯,光线打在新刷的粉色墙壁上,看起来有几分诡异。尽管肉眼找不到,但我猜正门肯定连着警报系统。

但是,假如我的料想不错,窃贼今夜也将杀个回马枪。也许我需要的只是耐心等待。

"霍桑,还在找那名窃贼吗?"身后响起一个声音。转过身,我见到的是安森·沃特斯,为了遮风挡雨,他竖起衣领,把帽子压得很低。

"我又有了一个想法,希望能核实一二。"

"我已经为丢失的债券签了一张报失单。"

"还以为你今天晚上要搭火车去纽约呢。"

"没错。十点四十五分出发,到纽黑文换车。"

他谈起别的话题,就在这时候,我听见发闷的玻璃破碎声。邮局里的小灯灭了。

"快去!"我吩咐银行家,"叫蓝思警长来!"

"什么……"

"别问了!"

我任凭他站在远处,自己跑向大楼后侧。碎了一块玻璃,窗户被拉了起来。

我爬过阳台,四处寻找电灯开关。待到头顶的大灯亮起,我们两人都被晃了眼睛,但我看清了对方。

"休姆,你好。"

休姆·白克斯特瞪着我,丢失的信封就在他的手中:"山姆,你是怎么知道的?你究竟是怎么知道的?"

"不得不承认,我也迷惑了好一阵子,但后来碰巧想到了答案。唯一我们没有检查的地方。正如爱伦·坡小说《失窃的信件》,那封信从头到尾就在我们面前,但谁也没有看见。"

后来,蓝思警长到场,接管了休姆·白克斯特和失窃的信封,我开始解释:"一件衣裳就能遮瑕盖疵,改变事物的外表,这不由让我想起一层油漆能做到什么。前后经过其实是这样的:警长你把纸箱恰好摆在安森·沃特斯的信件上,薇拉冲你吼了两嗓子,你赶忙抱起纸箱,信封嵌在了捆扎箱子的绳索间,就那么挂在空中。你后退几步,走出柜台,信封落在地上。"

"怎么可能没有人注意到呢?"蓝思警长大惑不解。

"的确有人注意到了。"我提醒他,"这个人就是休姆·白克斯特。回想一下当时你们在房间里的不同位置,你马上就会发觉,最可能注意到的就是他。你怀里的大纸箱挡住了你的视线,你看不见地面。等你退出几步之后,柜台又正好拦在你和薇拉之间,遮住了她的视线。米兰达、爱玻和我在门口,正要离开,你的脊背遮住了我们的视线。沃特斯当时不在场。只有休姆·白克斯特,他拿着刷子站在旁边,他最有可能看见前后经过。接下来,你遵照薇拉的指示,把纸箱抱到后面的架子上,休姆把一块罩布丢在地上,盖住信封,然后想办法拾了起来。

"他的动作飞快,只一下就把信封贴在了新粉刷过的墙上,位置是贴近柜台、距离地面不远的地方,柜台的阴影正好落在那里。然后,他在上面又刷了一层粉色。我记得很清楚,他弯下腰,给柜台附近的一处地方补漆。信封正面自然是要贴墙的,免得让邮戳透出来。马尼拉纸信封的本色与墙壁原先的黄棕色差不多,叠上一层油漆后,信封的色调与墙壁没多大区别。"

"话虽如此,医生,但我们怎么会没有发现呢?"

"几个原因。第一,休姆提醒我们,叫我们别靠近新刷好的墙面,大家都很听话。第二,信封贴在靠近地板的高度,部分位于柜台底下,非常不显眼。第三,新刷的墙面总是有点儿显湿,在干透前往往是一条一条的,因此我们很难注意到信封的边缘。第四,请记住,那信封固然很大,但也很薄。里面一共只有两页纸,债券和字据。"

"等油漆干了以后呢?"

"问到点子上了!信封会从墙上脱落,至少其边缘将会松脱,人们会注意到它。因此我才知道犯人今天晚上必然要回来拿信封。他还会随身携带一小瓶粉色油漆,拿掉信封后重新为那块地方补漆。"

蓝思警长摇着头说:"为了金钱,人类真是敢想敢干啊。"

"为了爱情,不也一样?"我对他挤了个眼色。薇拉·布罗克走进了邮局正门。

★　★　★

"一开头我就说了,这是个独特的案件。"山姆·霍桑医生作起了结语,说道,"而且事实的确如此。首先,没有谋杀;其次,我的解答显示出,蓝思警长本人还帮了窃贼一把,因为正是他的纸箱带起了那个信封。他们都为此了付出代价,休姆·白克斯特去蹲大牢,而蓝思警长则进了教堂。没错——我和米兰达的感情就此告吹,但薇拉和警长却恰恰相反。这是我参加过的最欢乐的婚礼,尽管举办当天发生了密室杀人案件,险些——哎,咱们留到下次再分解吧!"

姚向辉　译

21
八角房间

门铃才响第二声,年迈的山姆·霍桑医生就拉开了门,午后强烈的阳光照得他直眨眼睛。尽管五十年不见,但他还是立刻认出了来者。

"请进,快请进!"他催促道,"时光飞逝呀,北山镇那日一别,竟然已经过了那么多年……没有,哪儿的话,绝对没有打扰我。等会儿还有客人要来,一位朋友,经常拜访我,听我唠叨往昔的好日子。说也有趣,我正要给他讲你,还有其他人,在蓝思警长婚礼那天发生的事情。知道吗,我常常想起这个案子。在那时候我协助破解的谜案当中,八角房间无疑是独一无二的。愿意听听我眼中的前后经过吗?很好,好极了!请坐,请坐,让我给您斟上——呃——一点喝的。咱们都上了年纪,时不时喝口雪利酒对血液循环有好处。还是说,你想来点儿更有劲的?不要?那好吧。你也知道……"

★　★　★

时值一九二九年十二月,对北山镇而言,这个十二月算是风平浪静。十四号,星期六,也就是婚礼那天,连片雪花的影子都看不到。若是我没记错,那天阳光明媚,温度在十五度上下徘徊。我早早起床,蓝思警长请我做伴郎。在北山镇住下来之后,我和警长成了亲近的好朋友,虽说他比我年长将近二十岁,但我还是很乐意在婚礼上站在他的身旁。

"山姆,"早些时候,他这样说,"正是十月份,在邮局的那一天,我真正意识到自己有多爱薇拉·布罗克。"薇拉是镇上的邮局女局长,精神旺盛,身体结实,四十来岁,邮局原先在百货商店里,现在有了自己的地盘。薇拉没结过婚,蓝思警长过世的妻子也没留下一儿半女。他们的关系曾经是纯粹的友情,后来慢慢结出爱情的花朵。我打心眼里替薇拉和警长高兴。

事实证明,薇拉·布罗克把她感性的一面隐藏得很好。她告诉蓝思警长,她最大的心愿不过是在伊甸老宅里著名的八角房间举行婚礼,这是因为她的父母四十五年前结婚时的地点就是科德角的一处八角宅邸。尽管不挂在嘴边,但警长其实是个虔信上帝的人,他想和初婚时一样,在镇上的浸信会教堂举行仪式。两人就此事发生了小小争执,最后出面解决问题的还是我,我去找教堂的牧师——汤普金斯博士——谈了谈,他不甚情愿地同意在八角房间为新人祝福。

伊甸老宅位于小镇边缘,历史悠久,景色优美。约书亚·伊甸在十九世纪中叶兴建了这幢屋子,当时正值所谓的"八角狂热"横扫美国,在纽约州北部和新英格兰地区更是风行一时。约书亚·伊甸极为迷恋八角构造的房屋,这使得他在新家的主层上特地添了一个镜面八角房间。他选了原先定为书房的宽敞方形房间,用从顶到底的镜面壁橱切断房间四角。四扇镜门的宽度与相隔的墙面宽度相同,房间便成了正八角形。房间仅有一个通向外部的门,走进去,你面对的是屋子南侧的大阳光窗。左手边和右手边的墙壁,在镜面隔断之间的位置上,悬着十九世纪的运动海报。这个房间虽说古怪,但也令人愉快——假如你不介意有那么多镜子的话。

四扇镜门背后各有一间壁橱,里面的格架从地面一直延伸到天花板。架子上摆满了书籍、花瓶、桌布、餐具、瓷器和各色小玩意儿,林林总总,不一而足。房间里却空空荡荡的,只有窗口的一张小台子支起一瓶鲜花。

平时如何我不清楚,至少这就是我在婚礼前几天去查看时见到的场景。我的向导是年轻的约什·伊甸,建造者的孙子,一位英俊的年轻人,对自己家族在北山镇的传统地位颇有自觉。他打开八角房间的锁,拉开厚重的橡木大门:"你大概也知道,山姆医生,我们时而为了婚礼和私人聚会出租八角房间。这么漂亮的地方,理当和社区居民共享,警长的婚礼自然配得上最好的舞台。"

"我太年轻,对八角房屋缺乏了解。"我承认道。

他闻言粲然一笑:"我比你还年轻一两岁哩,不过嘛,让我试着给您讲讲吧。八边形的构造既实用又经济,但和迷信也有些瓜葛。有种说法,邪灵常出没于正交角落中,而八角形的屋子没有直角,因此也就没有邪灵的栖身之处。所以呢,关亡人很喜欢八角房屋。事实上,据说我祖父的朋友在这个房间里举办过不少降神会。在我来看,他们招来的魂灵同他们想趋避的一样可怕。"

我瞥了他一眼:"这个房间闹鬼吗?"

"有些古老的鬼故事。"约什呵呵笑道。他边讨论婚礼细节边给我展示塞得满满当当的壁橱,又领我到窗口看窗外的风景。离开之前,我注意到他在检查窗户,确认室内的扭销已经转好。厚实的橡木门有一道钥匙锁,室内还有一道门闩。从外面没法拉上门闩,他拿出细长的钥匙,锁上了门。

"把鬼魂锁在房间里?"我笑着问他。

"壁橱里有些古董挺值钱。"他解释道,"不用的时候,我总是锁好门。"

我们在前楼梯口遇见了约什的妻子爱伦,她正抱着待洗的衣物下楼。爱伦热情地和我打招呼,一双蓝眼睛闪闪发亮:"你好,山姆医生,我还在想你啥时候过来呢。很高兴又见到你!"

她面孔红润,焕发着青春的健康和美丽,总是那么欢天喜地的,这让我很嫉妒约什·伊甸。他们在大学里相识,毕业后不久结婚,尽管两人都比我年轻,但都似乎完全掌控了自己的人生。约什的父亲托马斯在战后弃家不归,宁愿在巴黎和他在那儿结识的一名舞女同居。这打击让约什可怜的母亲无法承受,伤心和一九一九年的流感大暴发夺去了她的生命。

后来,约什去念大学,法庭宣布他的父亲已事实死亡,虽然没有证据能证明这件事情,但多年来杳无音信也足以说明问题。约什继承了伊甸老宅和一小笔遗产。他很明智,没有将之放入股市,而是投资地产;在最近华尔街的大崩溃中,他毫发无损。另外,不时出租八角房间亦是一笔可观收入。爱伦甚至建议将整幢屋子改建为餐厅,当然,前提是废除《禁酒令》的修正案能够通过。坊间已有传闻,说复兴酒业创造的工作机会可以部分抵消居高不下的失业率。

"我们在为周六的大日子作准备。"我告诉爱伦,"我来是就是为了提前看看房间。"

"蓝思警长肯定紧张得坐立不安。"爱伦坏笑着说。

"你恐怕都注意不到。他毕竟不是第一趟了,但对薇拉来说却不然。"

"我想他们一定会非常开心的。"爱伦说。

爱伦看来颇为看好这场婚礼。星期五晚上,大队人马前来彩排时,她给了薇拉和警长一个惊喜,拿出一床手制的被子当做结婚礼物送给他们。

"太漂亮了!"薇拉开心大叫,"就用它铺婚床了!"

"约什和我的小小心意而已。"爱伦低声说。比起上次见到她,爱伦显得不怎么活跃,大概是被严肃的汤普金斯博士吓住了吧。

牧师到场时身穿灰色套装,阴沉着脸同蓝思警长和薇拉打招呼,祝他们一切都好。然后,他转过脸对我说:"霍桑医生,你必须明白,明天上午的仪式一定要在十点开始。我在辛恩隅还有一场婚礼要主持。在教堂里的婚礼。"

"别担心。"我安慰他,心里有些郁闷我为啥非得和这么一位自命不凡的家伙打交道。

我们在八角房间快速演练一遍,约什和爱伦夫妇站在门口观礼。警长和薇拉只要两人陪伴,我是伴郎,而薇拉的好友露西·科尔则是伴娘。露西是个迷人的南方姑娘,快三十岁,一年前才搬来北山镇。她有时候会去邮局帮忙,在过去的一年内和薇拉慢慢亲近起来。

"知道吗,山姆,"早些时候,薇拉对我说,"要不是有露西的鼓励,我永远也不可能答应嫁给警长。一旦过了四十岁,还要不要初次嫁人就成了委实难决的事情。"

"可露西也没结过婚,不是吗?"

"没有,除非她在南方有个她从不提起的丈夫。"

露西性格外向,魅力十足,在某些方面和爱伦·伊甸颇为相似。我忍不住把她们看做新时代的先锋。书刊杂志里仍旧充满人城市轻浮女郎的故事,但我更喜欢露西·科尔和爱伦·伊甸这样的女人。

彩排过后,约什很细心地锁好八角房间的门,陪着我们走到我的车前。"诸位,咱们明天早上再见了。"他说。明天早上,几位亲近的朋友先在附近吃婚礼早餐,然后是一场招待会。

我把即将参加婚礼的几个人带回我的公寓，开了一瓶正宗加拿大威士忌。蓝思警长嘟囔了些犯法不犯法的废话，但这毕竟是结婚前夜的庆祝会呀。我们向新娘敬酒，向新郎敬酒，然后向我和露西奉上良好祝愿。

我又是起了个大早，因为我答应要开车接爱玻护士去婚礼现场。她唠叨个没完没了，兴奋得一塌糊涂，每逢即将参加婚礼和宴会，她都是这个样子。我们在路上接了蓝思警长，必须承认，我从未见过他这么衣冠楚楚的模样。我替他整了整大礼服，又正了正领带。

"收腹挺胸就更美了。"走向汽车的路上，我说，"你看起来真不赖。"

"医生，戒指没忘带吧？"

"别担心。"我拍拍自己礼服的口袋。

"你们俩可真俊俏，都能当婚礼蛋糕上的小人了！"我们坐进车里，爱玻感叹道，"剩下的那位不如让我嫁了吧？"

"当医生的老婆比当医生的护士更累人。"我笑着告诫她，发动了引擎。

我在伊甸老宅门口停车的时候，薇拉恰好钻出露西·科尔的小轿车。"哎，快看！"爱玻抬手一指，"新娘子！"她旋即记起我们乘客的身份，连忙加上一句，"蓝思警长，你可别看。婚礼前你不该见到新娘。"

薇拉·布罗克一袭白衣，美极了的蕾丝婚纱拖到地上。她用双手挽起婚纱,跑向伊甸老宅的正门。那一刻,她的年龄陡减一半,又是个年轻姑娘了,我看得出蓝思警长究竟为何爱上她。我把车泊好,走过去迎接露西。

"天气真好,正适合结婚。"我望着万里无云的天空,"或许今年不会有冬天了也未可知。"

薇拉又出现在门口,样子气呼呼的:"他们打不开八角房间的门,说是卡住了什么的。"

这似乎正是伴郎的职责所在。"交给我了。"我说。

进了老宅,我望见爱伦和丈夫两人站在八角房间的门口,面露难色。"门就是打不开。"约什说,"从没遇到过的事情。"

我接过他手中的钥匙,试了试锁。钥匙能转动,我感觉得很清楚,门锁一切正常,但房门还是岿然不动:"房间里有门闩?"

"是啊。"约什答道,"但只能由房间里的人在那头插上。房间里没人啊。"

"你确定吗?"

约什和妻子交换了一个眼神。

"我到外面从窗口看看。"爱伦说道。

就在这时,汤普金斯博士走进正门,他边走边看手里硕大的金壳怀表:"希望咱们能按时开始。你们都清楚,我中午还有一场婚礼在……"

"稍等片刻。"我告诉他,"门像是卡住了。"

"教堂就不会发生这种事。"

"当然不会。"

爱伦急急忙忙地从后门跑进屋子,上气不接下气:"约什,窗帘拉起来了!你走的时候没有拉窗帘吧?"

"当然没有!有人在房间里!"

"怎么进去的呢?"我的疑问合情合理,"我看着你拧上窗户的扭销,锁好了门。"

"窗户的扭销没拧开。"爱伦证实道。

牧师开始叽里咕噜地抱怨,约什说:"烦请忍耐片刻。需要的话,我们可以破门而入。"

我用拳头敲敲门:"很厚实的橡木门。"

约什也举拳敲击。"里面的人听着,给我过来开门!"他大叫道,"我们知道你在里面!"

门内一片死寂。

"是夜贼?"蓝思警长推测道,"被堵在里头了,不敢出来。"

"敲破窗户进去如何?"我提议道。

"别!"爱伦说,"除非迫不得已,请别敲破窗户。玻璃至少到周一才能换上,现在毕竟是十二月啊。要是忽然来一场暴风雨,这个房间就毁了。你们能不能一起用劲拽门把手,里面的门闩不是特别结实的那种。"

我们听从了爱伦的建议,转动门把手,随后用力猛拽。厚实的房门似乎有所动摇。"爱玻。"我朝背后叫道,"到我的车后厢里拿拖绳来。"

隔了一两分钟,爱玻带着绳索回来,嘟嘟囔囔地说手给搞脏了什么的。我们把结实的绳索系在门把手上,拧开之后,我和约什使劲拉拽绳索。

"有反应了!"他说。

"警长。"我大声呼喊,"虽说今天您要结婚,但也还是请搭把手吧。"

我们三人拼尽全力,扯动绳索。场面仿佛儿时的拔河游戏,我们得到的奖赏是螺丝与木头分离时的摩擦声响。猝不及防之间,门砰然打开,我们被拽了一个趔趄。约什和我连忙跑进八角房间,爱伦紧随其后。尽管帘布遮住了窗户,光线昏暗,但我们还是能够辨认出,房间正中四仰八叉地躺着一个男人。他衣衫褴褛,一副流浪汉模样,我从没见过这张脸。他的胸口插着一柄细长的银色匕首,毫无疑问,他早已魂归天国。

身后,露西·科尔惊呼起来。

我绕过尸体,横穿昏暗的房间,到窗口卷起窗帘。唯一的窗户锁得很紧,扭销尽管只转了一半,但已足够锁紧窗户。我很轻松就拧开了扭销,凑近了仔细查看,想知道这东西能不能从室外转动,但窗框之间合得很紧,没有留下缝隙。窗玻璃也一块块都在原处,没有被敲破。

我转身返回房间中。房门朝外打开,门背后没有可供藏人的空间,带镜子的壁橱——

"你不打算检查尸体?"约什问我。

"我想他已经死透了。现在更重要的是检查这个房间。"

我特别感兴趣的是门闩,在我们几个人的合力拖拽之下,它和木质的固定器件分了家,此刻悬挂在门框上,两个螺丝被从门上拔了出来。检查完孔洞和螺丝钉槽缝中的木屑之后,我不得不承认螺丝钉曾将门闩牢牢地固定在木门上。

我注意到门把手上系了一根线,试图回忆昨天夜里有没有见过这个绳结。我没有这个印象,但也不能百分之百确定。

"他死了,好得很。"汤普金斯博士在发牢骚。

我从门前转过身:"从皮肤颜色来看,死了几个钟头。倒不是我铁石心肠,但有些事情一看就知道。有人认识他吗?"

爱伦和约什同时摇头,牧师在旁边抱怨:"途经镇子的流浪汉呗。警长,你就不该……"

"我认得他。"露西·科尔在门口静静地说。

"他是谁?"我问。

"我的意思不是说我认识这个人,只是说我见过他。昨天,他们有两个人,沿着铁轨步行。大概都是游民。我记得打绺的长头发和脏兮兮的红马甲,还有脸上那些细小的疤痕。"

约什·伊甸上前跪在尸体旁:"匕首像是壁橱里的一柄银质开信刀。爱伦,能看一眼开信刀还在不在吗?"

爱伦轻手轻脚地绕过尸体,打开窗户左边壁橱的镜门。

她翻找了几分钟,然后说:"不在。好像还少了些东西,具体是什么我不确定。"

"既然已经开始。"我提议道,"最好把四个壁橱都检查一遍。"

"为什么?"约什问。

我低头盯着地上的尸体:"呃,要是杀人犯没有躲在壁橱里,攀在哪个宽大的储物架上,那这桩命案的犯罪现场,就是一个真正密不可透的上锁房间了。"

接下来的几小时发生了许多事情,我现在已经没法一一回忆起来。我们挨个仔细检查了镜门后的四个壁橱,没有在里头找到躲藏的人。我测量了尺寸,确认壁橱背后没有假墙。搜寻结束后,我相信杀人犯没有躲藏在房间里,也没有任何秘密通道或翻板活门能供人离开。八角房间仅有一扇门,但是从内部闩上了,仅有一扇窗户,但是从内部扣牢了。

检查完窗户的扭销,我又跪在门口的地板上端详着系在门把手上的那根细绳。"这根绳子总是在这儿吗?"我问爱伦·伊甸。

她望着那根绳子:"不,不是我们的——除非是约什出于某些原因系在那儿的。"

但约什也没有系过那根细绳。剩下可能做这件事情的只有杀人者和受害者。一两年前,我读过 S.S. 范达因的侦探小说《金丝雀杀人事件》,其中图解了用镊子和细绳在门外转动把手的过程。想法很聪明,但不适合眼前的场景。

我试着设想,细绳可以绕在门闩上,然后从外面把门闩拽到位置上，但首先绳子不够长，其次，门扇和门框合得很牢，缝隙不足以让细绳穿过。底下，一根木条用钉子固定在房门内侧的地板上，显然是为了隔断气流。我找了一根较长的细绳，尝试着用它拉上门闩。然而，门关得非常紧，我根本拉不动细绳。

我全神贯注地琢磨这个上锁的房间，把其他事情全然抛诸脑后。最后，蓝思警长走过来，对我说："医生，快十一点了。牧师马上要动身去辛恩隅。"

"天哪！婚礼！"

虽说薇拉对八角房间的热情无以复加，但还是拒绝在一个血迹未干的地方举行婚礼。我们出去，向等在瑟瑟寒风中的婚礼宾客宣布计划有变。所有人挤进汽车赶往附近教堂。尽管这番耽搁让他拉长了脸，但汤普金斯博士还是一副趾高气扬的凯旋模样，因为典礼终究还是要回归教堂举行。他匆匆忙忙主持完仪式，中间只稍停片刻，同新郎握手，啄了一下新娘的面颊，然后就消失在一团尘土之中，赶往中午那个婚礼的现场。

"再次结婚，感觉如何？"我问警长。

"棒极了！"他仿佛换了个人，感情洋溢，紧紧拥抱着新娘，"但蜜月似乎不得不推迟了。"

"为什么？"

"唉，医生，我毕竟还是警长，手头有一起未破的谋杀案。"

婚礼上，我都忘记了这件事情："警长，你去度你的蜜月。你的手下能处理好的。"

"他们俩？"他哼了一声，"手提箱里有只臭鼬都找不到！"

我深吸一口气："别担心，都交给我了。"

"什么意思？你知道谁杀了那家伙？知道他怎么在卜锁房间里杀人的？"

"当然。就说你别担心了。天黑之前，保证让犯人进牢房。"

他敬仰得眼珠子都快掉出来了："如果真是这样，等招待会一结束，我们就可以去度蜜月了。"

"尽管去吧。别再惦记谋杀案这档子事情了。"

我转身离去，脑子里想的都是该如何履行承诺。

我用车子载了伴娘出发。"这不是去招待会的路。"露西隔了几分钟才反应过来，"你这是在回镇子上。"

"咱们的任务比参加招待会重要得多。"我告诉露西，"你说你见过死者和某人走在一起。"

"另外一个游民，不知道更多的了。"

"再看见的话，能不能认出来？"

"不知道。也许可以。他的后脑勺有一块秃斑。这点我记得很清楚。脖子上扎着一条方格围巾。"

"咱们去找找看。"

"可招待会……"

"能赶上的。"

到了铁路车站，我沿着与铁轨平行的马路行驶。死者的朋友或许搭上快速货车,人已经在几英里之外了,特别是他与命案有关系的话。但是,依然值得花些时间寻找他。

过了北山镇,又开出去几英里,我们发现树林中有一片游民营地。"在这儿等。"我吩咐露西,"我去去就来。"

我顺着足印踩出来的小径,大摇大摆地穿过树林,希望篝火旁的那几个人不会惊慌逃窜。其中一个人,正凑近了火焰暖手,听见我的声音,扭头问道:"干什么?"

"我是医生。"

"这儿没人生病。"

"我在找一个人,他昨天从这附近经过。扎一条方格围巾,后脑勺有块秃斑。"我又补充道,"没戴帽子。"这是显而易见的事实。

"没这么一个人。"篝火前的人说完,又问我,"找他干什么?他没有传染病啥的吧?"

"还不知道他得了什么,所以才非要找到他不可。"

另外一个人走到火边,他身材矮小,神情紧张,说话带南方口音:"听起来像莫塞?"

"闭嘴!"前一个男人咆哮道,"谁知道这家伙是不是铁路条子啊。"

"我哪种条子都不是。"我辩解道,"看这个。"

我掏出衣袋里的空白处方簿,处方顶端印有我的姓名和开业地址:"现在相信我是医生了吧?"

前一个男人的神情忽然奸诈起来:"如果你是医生,能不能开一张威士忌的处方？药店里有得卖。"

"那是为了医疗用途。"我隐然有些不安。第三个人随即出现，从后方包抄过来。

突然，露西按响了车上的喇叭。三个人意识到我并非独自前来，纷纷退散。其中一人拔腿奔向铁路。矮小的那一个离我最近，我一把捉住他，问道："莫塞在哪儿？"

"放手！"

"告诉我就放你走。他在哪儿？"

"沿着铁道往前，水塔旁边。他在等他的朋友。"

"你认识他的朋友吗？"

"不认识。他们俩只是结伴同行而已。"

我松开他的衣领。"你们最好尽快离开。"我警告他，"镇上的警长凶狠了得。"

我跑回车旁，爬了进去。"谢谢你，按喇叭救我。"我告诉露西。

"他们开始包围你，我见了有些害怕。"

"我也一样。"

我们沿着铁道旁的公路继续前进。

"我们要找的那家伙也许在水塔附近。"

水塔进入视线，天空勾勒出它的轮廓，忽然间，一个身穿破旧长外套的人跳出隐蔽处，奔向树林。"我想那就是他！"露西叫道。

我以车子允许的最快速度跟了上去，秃斑和飘飞的方格围巾始终位于视野之中。接着，我急刹车，跳下地面，徒步追赶。我比他年轻至少二十岁,没多远就撵上了他。

他在我的双手中挣扎哀求:"我又没做坏事!"

"你是不是那个叫莫塞的?"

"呃,我想是的吧。"

"我不会伤害你,只想问你几件事情。"

"什么事情?"

"昨天有人看见你和另外一个人在一起。他头发很长,打着绺,穿脏兮兮的红马甲。五十来岁的男人,和你差不多,脸上有些小疤痕。"

"是啊,我们从佛罗里达一起搭车上来的。"

"他是谁?跟我形容形容。"

"叫汤米,姓什么不知道。我们在奥兰多上了同一个货车车厢,快到纽约的时候下了车,然后换了一列火车来这儿。"

"你们来这儿干什么?"我问,"十二月,为啥从佛罗里达往新英格兰走?你喜欢赏雪不成?"

"他想来这儿,我反正也没别的事情可做。"

"那他为什么要来这儿?"

"他说他能弄到好大一笔钱,属于他的钱。"

"他叫你在水塔等他?"

"是啊,他昨天晚上离开的,说中午前后回来,但我从此就没再见过他。"

"你再也见不到他了。"我说,"有人昨天夜里杀了他。"

"天哪!"

"他的那笔钱,他对此有没有说过别的?那笔钱在哪儿?"

"他没告诉我。"

"他肯定说过些什么,你们从佛罗里达一路搭车上来的。"

名叫莫塞的人神情紧张地别开视线:"他只说他要回家了,回到伊甸园。"

我把露西·科尔送到举办招待会的餐厅,然后驾车赶回伊甸老宅。在门口停车的时候,天色已经开始变暗,十二月的太阳匆匆来去,此刻消失在了西方的森林背后。开门的是约什·伊甸,看起来既疲惫又烦恼。

"婚礼如何?"他问。

"非常不错,考虑得很周全。他们很快就动身去度蜜月。"

"很高兴这幕惨剧没有毁掉他们的好日子。"

"不知能否让我再看看八角房间?蓝思警长请我协助他的手下办案。"

"当然可以。"他领着我走进屋子。八角房间大门敞开,看得出他正在修理门闩被强行拔开时损坏的木件。窗帘放了下来,正在消失的天光透过窗帘正中间的一个小孔射进室内,房间里几乎看不见东西。

"我不得不放下窗帘。"约什·伊甸解释道,"邻居家的孩子都跑来看血案现场。"

"孩子就喜欢这样。"我赞同道,"平时夜里窗帘都是拉起来的,对吧?"

"呃,是的——你昨天看着我锁门。窗帘是收起来的。"

"那么,把它放下来的要么是受害者,要么是杀人犯。"

"想必如此。他们要是在房间里点灯,肯定不希望外面的人见到里面的勾当。"

"什么勾当——"

"还能有什么?当然是偷东西!露西·科尔说她昨天见过死者和另一个流浪汉。两个人进来偷我的东西,争执起来,其中一人抓起那柄开信刀,捅死了受害者。"

"没有弄坏门窗,他们是怎么进房间的呢?更重要的是,杀人犯是怎么离开的呢?"

"这我就不晓得了。"他只好认输。

"死者名叫汤米。"

约什抬起头,望着我的双眼:"你怎么知道的?"

"他从佛罗里达向北旅行,就是为了来这儿,来伊甸老宅,取回他的财产。"

"山姆,你在说什么?"

"我认为死者是你父亲,是你那位战后就没回国的父亲。"

八角房间里一片漆黑,我们两人几乎看不见对方。约什到墙边打开天花板上的大灯。我们的镜像立刻出现在壁橱的镜门上。"太疯狂了!"他说,"你难道觉得我会认不出自己的父亲吗?"

"我想你的确认得。你或许太认得他了,以致当他在十二年后回来,想索取已经属于你的屋子和遗产时,对他动了杀机。他不再是你父亲,只是一个多年前抛弃了你和你的母亲的男人。"

"我没杀他。"约什不肯承认,"我根本没有认出他!"

我听见身后走廊里有人动了动。"我知道你没杀他。"我喟然叹道,"爱伦,进来吧,跟我说说,你为什么要杀死丈夫的父亲?"

爱伦站在八角房间的门口,面色惨白,不住颤抖。我早就在镜子里看见了她,知道她听见了我们的每一句话:"我——我不是存心——"她无以为继,约什跑到她的身旁。

"爱伦,他在胡说什么?这不可能是真的!"

"唉,只可惜真得不能再真。"我告诉他,"要是爱伦没有费尽周折,用上锁房间的把戏掩盖线索,陪审团很有希望认为这是一场事故,而非蓄意谋杀。你的父亲,汤米,昨天夜里回到这儿,想取回他曾经拥有过的东西。你从头到尾都在睡觉,但爱伦听见他的敲门声,放他进了门。爱伦带他来到这个房间,大概是害怕谈话声吵醒你。就这样,这个流浪汉,他站在那里,坚称是你的父亲,说他压根儿没有死,现在要取回伊甸老宅了。发现自己对这个地方的计划——餐厅等诸如此类的盘算——都将化为泡影,一时狂怒之下,爱伦走到壁橱前,拿起那柄状如匕首的银质开信刀,捅进了他的胸口。"

约什仍旧不愿相信,他摇着头说:"你怎么知道的?她怎么能杀完人之后让房间从内侧上锁？"

"回到这里前，我也不知道她的手法，但刚才我走进房间，看见光线透过窗帘正中的小孔射进房间，就在那一刻，我想通了。"

"窗帘上有个窟窿？真是有趣，我怎么从来没见过？"

"因为昨天夜里之前它还不存在。你想想看，与其他房间想比，八角房间有两个地方迥然相异——第一，房门正对着窗户，第二，门朝外打开。"

"这又有什么……"

"爱伦在门把手上绑了一根细绳，另外一端连着窗户扭销。然后，她从窗户爬出室外。今天早晨我们拽开房门的时候，那根细绳牵动扭销，给窗户上了锁。事情就这么简单。"

约什惊讶得合不拢嘴："等一等——"

"我们一进房间，我就检查了扭销。很容易就能转动，但只拧到一半的位置——仅够锁住窗户而已。她用细绳绕着扭销松垮垮地绕了一圈，等扭销转到一半的时候，也就是指向房间内部的时候，细绳就将滑脱，这正是她的计划。当然了，我根本没往这个方向琢磨，因为窗帘是放下来的。这就是她不得不在窗帘上打一个小洞的原因——为了让细绳穿过去。爬出窗户之后，她必须把窗户和窗帘都放下来，让那根细绳就位，这件事情难度并不大。细绳捆得有些松，我们开门的时候，立刻便会被拉紧。"

"要真是这样，那根细绳去了哪里呢？"

"绳套离开扭销后，穿过窗帘上的小洞，多半飘落在了地上某处。冲进房间时，光线昏暗，我们不可能注意到那根细绳。我立刻走到窗口，检查窗户，你们两人则跟在我背后。爱伦只需要捡起那根细绳，从门把手上一把拉掉即可。她无疑想连根扯断的，但细绳却在中间断开，门把手上剩下的那一截只好由它去了。"

"就算我能相信，为什么非得是爱伦干的？当时不止她一个人在场，还有我、露西·科尔……"

他全心全意地想去相信妻子是无罪的。我非常憎恨自己非得要打破他的最后一丝希望："只可能是爱伦，约什，你还不明白吗？正是爱伦绕到屋后，告诉我们窗户被锁住了。也正是爱伦说服我们，不要打破窗户，而是拉开房门——否则的话，她的设计就无法奏效了。只可能是爱伦，不可能是别人。"

"但她为什么非得弄出个上锁的房间呢？为什么要花这么大的力气，冒这么大的风险呢？"

"你父亲的身躯对她而言过于庞大，爱伦没法把他运到别处去。最正确的处理方式，应该是把窗户打开，让他看起来像是被同伙杀害的夜贼。但你也看见了，直到露西提起见过两个游民走在铁路旁，爱伦并不知道他还有同伴。这让我相信露西与此无关——因为如果是她，肯定会打开窗户，把嫌疑引向另一名游民。不，爱伦只能将尸体留在原处，但她想将其与屋子的其他部分隔离开来，与你和她隔离开来。她插好门闩，设置了细绳机关锁上窗户，或许希望人们会把死亡归咎于这个房间的古老鬼故事。"

终于，约什松开了护住妻子的双臂，后退几步，开口问道："爱伦,这是真的吗?"

年迈的山姆·霍桑医生往椅子里一靠,伸手拿起酒杯:"这当然是真的了,你说呢?爱伦。"

坐在对面的女人与医生年龄相仿,但她坐姿笔直,傲气逼人。她满面皱纹,头发雪白,但仍旧还是当年那个爱伦,尽管时间已经过去了五十年,但依然认得分明:"这当然是真的,山姆。我杀了那个老家伙,时光倒流,我还会再杀一遍。你送我进了监牢,我并不为此怨恨你。那些年很难熬,但我并不为此怨恨你。我怨恨你,是因为你害我失去了约什。"

"我和这个没有关系——"

"我进监狱之后没多久,他就和我离婚了。知道我再也无法返回伊甸老宅,这是巨大的打击。随后又听说他娶了露西·科尔。"

"这种事情在所难免。你们两个人很相似。你离开后,他投向露西的怀抱,我对此并不惊讶。"

"可是,你难道不明白吗?我杀死那老家伙,就是为了拯救伊甸老宅,为了保住我对其未来的憧憬。你却从我手中夺走了这一切——伊甸老宅,还有约什。"

"我很抱歉。"

"出狱之后,我搬到这个国家的另外一头居住。但我从来没有忘记你,山姆。你毁了我的人生,有时候我真想杀了你。"

"爱伦,是你毁了自己的人生。"

她叹了口气，瘫软在椅子里。无论是人生，还是斗志，在这一刻都离她远去。但她还要最后一搏："我杀的那个人，他为了别的女人抛弃家庭，回来时身无分义，想窃取属于儿子的钱财。我难道真的做错了吗？"

山姆·霍桑端详着爱伦的面容，良久之后方才答话，他的声音非常柔和："汤米·伊甸绝不是为了另一个女人抛弃家庭的，爱伦，他在战后留在法国是因为受伤严重毁容。在我这个医生的眼中，他脸上那些小伤疤意味着整容手术，这也解释了约什为何没有认出父亲的遗体。我在法庭上没有提及此事，因为约什已经足够伤心了。你杀死的那个人，他并不该死。你在监狱里服的刑期，也非常公正。"

爱伦长出一口气："十年前，山姆，我或许会连你一起杀掉。但现在不行，我太累了。"

"我们都太累了，爱伦。来吧，我给你叫辆计程车。"

★　★　★

"哎呀，"山姆·霍桑医生说道，"还不快进来！先前我还以为是你哩。那位坐进计程车的老妇人？真有意思，我今天正想和你说说她的故事。坐下吧，我给咱们斟上一点儿提神醒脑的好东西。要是你得空的话，等讲完八角房间的故事，我再给你讲一个紧接着不久发生的案件——非常令人困惑的医学谜案，发生在觐圣纪念医院。有位先生死了，心脏里有粒子弹，但身体上却没有伤口！"

姚向辉　译

22 吉卜赛营地

"我答应过你,今天还要讲个故事,对吧?"年迈的山姆·霍桑医生对客人说着,起身去给两人倒酒,"觐圣纪念医院的医学谜案,死者的心脏里有一粒子弹,身体上却没有伤口。说真的,这个故事也和吉卜赛诅咒有关系——这桩摆在我面前的古怪疑案,其中的不可能因素不是一处,而是一双……"

★　★　★

二十世纪三十年代,这个刚刚开始的新十年,在北山镇和过去十年并无太大分别。那年东北部的冬天格外温和,有些日子甚至暖和得可以让大家在下午去觐圣公园的新场地打场棒球什么的。蓝思警长才度完蜜月归来,自大喜之日那天起,我还没有见过他一面。老病号虽说总免不了要抱怨抱怨冬天,但大体而言我们的镇子近来风平浪静,无论是从医学还是犯罪的角度来说都是一样。

"我从没觉得这么懒散过。"一月里,一个美好的早晨,我这样告诉爱玻护士,"春倦症今年似乎来得特别早嘛。"

爱玻正忙着整理过期档案:"来得特别早的不只你的春倦症。吉卜赛人又在哈世金的老地方安营扎寨了。"

"真的假的?"这条新闻多少令我有些吃惊。吉卜赛人上次在北山镇出现还是四年前的事情,圣诞节钟楼谋杀案过后,我曾经以为他们再也不会回来了。然而,他们终于还是回到了那片旧营地。哈世金夫人一年前去了天国,享年八十岁,留下的产业尚在诉讼争夺之中。到了今天,田地里野草丛生,旧谷仓的一侧开始下沉,不无危险。这在镇民眼中多少有些刺眼,但吉卜赛人显然没么讲究,"他们几时出现的?"

"今早我开车路过那儿,看见了他们的篷车。皮奇特里夫人住在那条路上,说他们周末就来了。她想叫蓝思警长赶走他们,但这里头大概有些法律问题,只有业主才有权要求他们离开。"

"而法庭还没决定谁是业主。"

"正是问题所在。"

我站起身,伸了个懒腰:"哎,爱玻,我得走动走动了,免得睡过去。我去趟觐圣纪念医院,看看艾弗斯夫人病情如何。"

"祝你好运。"她很清楚我需要什么,遂在我背后喊道。艾弗斯夫人六十多岁,好发牢骚,一心认定所有医生都想毒杀她。

我考虑了一下,要不要顺道拜访蓝思警长,但想想还是算了,这事情没么急。今天是他归来后的首个全勤上班日,要做的事情肯定能堆到天花板。另外,我很想找亚伯·弗雷特聊聊觐圣纪念医院的未来。他们于去年三月开业,当时真可谓吹得天花乱坠,可是,医院共有八十张病床,从来就没有住满过四分之一,现在更是关闭了一翼建筑,以节省燃油和电力。

医院里共有三位全职医生。创始人西格医生、黑人住院医生林肯·琼斯,最后是亚伯·弗雷特。弗雷特来自波士顿,经验丰富。西格把业务都交给了弗雷特打理,正是他下了那个关闭一翼建筑的痛苦决定。即便是非营利性医院也得节俭度日。

我一走进大楼,弗雷特就看见了我,他高声说:"山姆,你好,早晨查房?"

"亚伯,我也得来看看我的病人嘛,总不能往你手里一塞,然后就此不闻不问。"

亚伯·弗雷特身材高瘦,略有些跛脚,那是战争期间在法国战壕里落下的腿部旧伤。他的小胡子刚开始发白,笑容能让患者接受哪怕最悲观的诊断结果。

"这次来看谁?"他问,"艾弗斯夫人?"

"天上地下独一位的。"

"那就拜托你了,这位好夫人昨天指责我们忽视她。"

"不奇怪。"我稍微压低声音,免得前台护士听见交谈内容,"你把病床减到四十张以后,事情怎么样?"

"噢,好些了。今天我们有十六位患者,过去几周内的平均数也大致如此。西格大概已经在事实面前低头了,他造的这家医院远超当前所需。不过嘛,谁晓得往后会怎样呢?"

"没有关门的危险吧?我可不想看见北山镇失去这么一个地方呀。"

"放心吧,我们会坚持下去的。我——"

他忽然住了口,盯着我背后的医院大门。我扭过头,恰好看见一位黑发留髭的男人走进医院。他穿黑色短上衣,没系纽扣,腹部色彩斑斓的腰带分外惹眼。走到近前,我注意到他的左耳挂着一枚金耳环。这是营地里的一名吉卜赛人。

"能帮助你吗?"弗雷特医生问他。

"我被诅咒了。"他面露惊惧之色,"我将死于心脏里的一粒子弹——"

"那你需要的是警长,"我建议道,"而不是医院。"

话才出口,他就紧紧攥住胸口,栽倒在地。弗雷特立刻在他身旁跪下:"山姆,担架!像是心脏病突发!"

我们把他抬进最近的空病房,一名护士也过来帮手,但却为时已晚。弗雷特医生剥开那男人胸口的衣服,努力按压心脏,几下之后,他忽然停了下来:"不起作用,救不回来了。"

我把听诊器贴在那人毛茸茸的胸膛上。没有心跳。我想起以往被骗——误以为活人死了——的经历,又做了几项其他测试,甚至拿镜子凑在他的鼻孔前,但镜面没有笼上水汽。

"山姆,想起死回生?"弗雷特医生问。

"不,只想确认他真的死了。他走得很快,就算是心脏病突发也太快了。就仿佛是恐惧成真,他挨了一枪似的。"

"我说山姆,你不会是相信吉卜赛人的诅咒了吧?"

"当然不信。尸体上没有伤口——连旧伤的疤痕都没有。"

亚伯·弗雷特纠正道:"胳膊上有刀伤的疤痕,但那是很久以前的旧伤了,不可能死于那个伤口。"

"尸检时我能旁观吗?"

"当然可以,但首先要通知家属——如果他有家属的话。"

死者没有任何证件,但我很快便在吉卜赛营地弄清了他是谁。老哈世金农场的空地上停了约莫二十辆色彩明艳的大篷车,扎营处距现已荒弃的住宅和谷仓一英里左右。马匹齐齐拴在营地一侧,我抵达时正遇见一位男青年在给马喂食。他望见我的车子开来,劈头便是一个问题:"你是律师?"

"不,我是医生。你们有个人在医院里。"

他双眼圆睁,惊慌失措:"埃度·蒙塔纳!那个诅咒!"

"营地里有他的亲属吗?"

年轻人点点头:"我带你去见他的妹妹,泰莉丝。"

泰莉丝·蒙塔纳身材高挑,瘦骨嶙峋,和这个小伙子年龄相仿。见到我们走近篷车,她跳下地,迎了上来:"史蒂夫,什么事?这个人是谁?"

"山姆·霍桑医生。你的哥哥是埃度·蒙塔纳?"

"是的。"

"一名男子今天上午在医院过世,看起来是心脏病突发。我很抱歉,但死者有可能是你的哥哥。"

女孩发出尖厉悠长的哀号,我害怕她会像哥哥一样倒地不起。其他人听见叫声,纷纷跑了过来,一名健壮的吉卜赛人用熊抱擒住了我。"泰莉丝,他冒犯你了?"他问女孩。

"鲁道夫,放开他——你还没杀够人吗?你的诅咒害死了我家埃度!"

我的双臂立刻恢复了自由,我转身盯着目瞪口呆的鲁道夫。"这怎么可能?"他问,"我又没朝他开枪!"

"但你威胁了他?"我问。

"我听见了。"史蒂夫证实道,"就是今早,他们打了一架,然后鲁道夫对他说:'愿你被一粒吉卜赛子弹穿过心脏!'"

"你给我闭嘴!"鲁道夫吼道,"我没杀他!"

"我们需要有人认领尸体。"我说,"医院打算解剖验尸。"

"我去。"女孩沉着地说。

我们离开其他人,穿过野地,走向我的车子。为了让泰莉丝镇定下来,我问起营地里的其他人,提及上次拜访北山镇的几位吉卜赛人的名字。然而,泰莉丝显然并不认识他们。"埃度和我最近才在奥尔巴尼①附近加入这个部落。"她解释道。

"谁是部落的王?"

泰莉丝深吸一口气:"鲁道夫·罗曼,所以他的诅咒才那么有

---

① Albany,美国纽约州首府,位于纽约州东部哈德逊河西岸。

威力。"

"他为何要诅咒你哥哥?"我问,但泰莉丝没有回答。医院出现在视野里,泰莉丝想起了她的任务。从哈世金农场到觐圣纪念医院只有几分钟车程,一路上都是林木包围、野草丛生的田地,但徒步的话,就算是全力奔跑,埃度·蒙塔纳也要十分钟才能到。

我陪着泰莉丝走进正门,来到后面的解剖室,弗雷特医生正等着我们。他和女孩庄重地握手,向她致以哀悼。随后,他拉起盖住死者的罩单,只拉开了一小块,仅够女孩看清死者的面容,女孩立刻哭叫起来:"埃度,埃度!"

我拉住泰莉丝的胳膊,免得她瘫倒:"来,我送你回去。"

她瞪着我,仿佛已经忘了我是谁:"不用了。吉卜赛人会来找我的。"

我琢磨起来,她为何说"吉卜赛人",而不是"我们的人",但没来得及细想就被打断了思路。西格医生冲进房间,满脸焦虑之色,光秃的头顶上汗珠涟涟。

"外头有五六十个吉卜赛人,朝医院前门来了。我要不要去拿办公室的枪?"

"我想就没有这个必要了吧。"我说。

西格是觐圣纪念医院的创始人,这一刻,他担心的肯定是吉卜赛人会不会冲进来捣毁医院。泰莉丝·蒙塔纳对他说:"他们是来和死者告别的。"

"把尸体还给他们之前,我们必须先做尸检。"弗雷特医生说,

"去和他们谈谈,叫他们冷静下来。"

"他们很冷静。"泰莉丝答道,但没有按照弗雷特医生所说,出去和他们谈话。

"他们大概会一直守在外面,等我们发还尸体,好让他们举行葬礼。"我说,"亚伯,咱们还是尽快开始验尸吧。"

西格跟着女孩离开房间,弗雷特和我换上外科手术袍,戴上口罩。他套上橡胶手套,选了一柄手术刀,准备初步切开。我掀开罩单,埃度·蒙塔纳赤裸的遗体出现在眼前。

弗雷特掀开两片肌肤,露出胸腔内部,我一眼就望见了被撕碎的组织和肌肉。心脏本身则被刺破,只花了几秒钟摸索,我们就找到了做出这些破坏的罪魁祸首:一粒小口径子弹。

我缓缓吐气,不敢相信自己眼睛看见的一切。

"你还是打电话叫你的老朋友蓝思警长吧。"弗雷特静静地说,"这是谋杀——这名男子心脏中弹。"

蓝思警长一看见解剖室的门就开始抱怨:"医生啊,我才度完蜜月回来上班,你怎么就又搅和出一起不可能谋杀案了呢?这次唱的是哪出戏?"

"这次的不可能之处主要体现在医学方面。要是说这起命案里也有上锁房间的话,那就是受害者的浑身肌肤了。确认死亡的时候,弗雷特医生和我一起检查过尸体。前前后后都没有伤口,唯一的疤痕是胳膊上的旧伤。弗雷特医生剖开尸体的时候,我也同样在场,我亲眼看见了子弹造成的破坏。我甚至亲手帮他寻找弹头。"

蓝思警长厌恶地望着打开了胸腔的尸体:"没多少血嘛。"

"他已经死了一个多小时。"亚伯·弗雷特解释道,"和别的液体一样,血液在死亡后也流向最低的地方。"

"这么说,他是被人谋杀的了?"

"看起来是这样。"我点头赞同,"我们只需要找到凶手,弄清楚作案过程。"

"你前面提到过什么吉卜赛诅咒。说的是站在医院外面的那些吉卜赛人吗?就是皮奇特里夫人打电话投诉的那些人?"

"正是如此。他们和上次一样,在老哈世金农场扎营。诅咒了死者的是他们的领袖,鲁道夫·罗曼。"

蓝思警长点点头:"我去找他。我信奉的是从最可疑的嫌犯开始查案。"

没多久,他就带着那位曾用熊抱擒住我的强壮吉卜赛人回来了。他自称鲁道夫·罗曼,是这个吉卜赛部落的领袖或"王",继承了他父亲的位置。他承认从其他吉卜赛部落那里听说过,老哈世金农场是个良好的扎营地,警察不会来骚扰他们。

"但哈世金夫人已经去世了。"我提醒他,"这片土地的归属正在诉讼中。"我对这桩案子并不熟悉,只晓得老太太有个侄亲声称土地应该归他,而非捐给慈善事业。哈世金夫人的遗嘱写得不够明确。

听了我的话,鲁道夫·罗曼只是笑笑:"我们才不管什么诉讼不诉讼。土地就是供人使用的。我们在这里扎营,但绝不会毁坏田地。"

"埃度·蒙塔纳呢?"蓝思警长问,"你难道没有毁坏他?"

"我当时说话没经脑子。"吉卜赛领袖承认道,"我们有些暴力争执,最后我给了他一句诅咒。'愿你被一粒吉卜赛子弹穿过心脏!'我是这么喊的,他听到后脸色刷白,转身就跑。"

"然后便死于穿过心脏的一粒子弹。"警长说,"你的诅咒总这么灵验?"

鲁道夫·罗曼叹息道:"我是部落领袖,父亲也曾经是。我的人盼着我有和父亲一样的本事。他有次诅咒了一个人,那个人隔天就死了。那次诅咒成了伴随我们的传奇,我对埃度说话时完全是无心的,但我的人却记住了那句话。他们警告过埃度,说我有那种力量。"

我点点头:"于是他就跑了。"

"但我没杀他!我根本没打算杀他!"

"他跑掉后你干了什么?"我问。

"回自己的篷车去静一静。"

"你们俩为何争吵?"

"我——这我不能说。"

"别忘了,这是在调查谋杀案。"蓝思警长敲边鼓道。

罗曼答话时,音调非常柔和:"是泰莉丝那姑娘的事。"

"她的什么事?"

"我想娶她做妻子。我的求婚让埃度狂怒不已。他用脏话招呼我,于是我就诅咒了他。"

"我还以为部落首领想娶一个人的妹妹会是大荣耀呢。"

罗曼正要回答,但转念一想,又住了口。他抿紧双唇,决定再不说话。"我们找泰莉丝再问一次话。"我建议道。

蓝思警长转身出去找她,我踱回解剖台前,望着弗雷特缝合尸体。"越快把尸体还给他们,他们就越早离开。"他说,"把尸体留在这儿,我们也查不出更多线索。"

话虽如此,尸体内部,破碎的心脏中却有某样东西吸引了我的视线。我戴上一只橡胶手套,从中拔出一小条木头。"那是什么?"弗雷特问。

"我也不清楚,像是一小条木头,但我不敢完全确定。"

我帮他缝好尸检造成的开口:"你打算怎么写死亡原因?"

"该死的,山姆,那家伙心脏里有粒子弹!那就是死亡原因。至于子弹是怎么进入心脏的,那就不关我的事了。"

蓝思警长把泰莉丝·蒙塔纳带进一间办公室问话,免去姑娘再次面对哥哥尸体的痛苦。我推门时,他正说道:"鲁道夫·罗曼承认,之所以和你哥哥起冲突,是他想向你求婚,但除此之外,他再不肯多说什么了。这件事情发生时,你在场吗?"

"在。"她垂下头,给出肯定的回答。

我决定问一件自己想了解的事情:"你和你哥哥的年龄相差

很大,对吧?他看起来都快五十了。"

泰莉丝踌躇片刻:"是的,他今年四十七。我二十二。他其实是我的继兄。"

"和你有血缘关系吗?"我问,"还是有别的什么关系?"

"你这话什么意思?"

"他对鲁道夫提亲的怒火让我不得不怀疑。泰莉丝,你们的真正关系是什么?"

泰莉丝忽然涕泗横流,蓝思警长目瞪口呆。他想说什么,我挥手让他先等等。"说实话吧,泰莉丝。"我柔声说,"你和埃度结婚了,对不对?"

她点点头,努力遏制住泪水:"我们去年夏天在奥尔巴尼结婚的,加入鲁道夫的部落之前。我们还没有办过吉卜赛传统婚礼仪式,因此埃度希望暂且保密。"

"你们的秘密守得太牢了,至少对鲁道夫是这样。可是,你们为何不跟他说实话,干脆办一场吉卜赛婚礼仪式呢?"

泰莉丝只是摇头,有好一阵子说不出话来。末了,她终于控制住自己,用怯弱的声音说:"我不是他们中的一员,我不是吉卜赛人。我离家出走,在奥尔巴尼遇见了埃度。他说我够胆气,能成为一名吉卜赛人,我们就加入了鲁道夫的大篷车队。他告诉大家我是他的妹妹,因此就不会有人怀疑我的血统纯不纯了。部落里有人认识他,所以大家连多问一句也没有,直到鲁道夫决定要向我求爱为止。如果埃度揭穿我们的真实关系,部落里就会知道我不是吉卜赛人,我就将被迫离开营地。"

"罗曼是怎么杀埃度的?你对此有什么看法吗?"

"没有——除非他的诅咒真的管用。"

"埃度是不是在和罗曼争吵结束后,立刻跑出营地的?"

"我想是的,没错。我还请史蒂夫去找他呢——还记得那位年轻人吗?今天早晨你在营地遇见过的——但他没追上。史蒂夫曾经说过,他有一颗胶囊,服下其中的药物,就可以抵御诅咒。"

"胶囊?"我的脑子里有东西猛然一动,"多大的胶囊?"

"他给我看过一次,大小足够让马匹服用。"

门打开了,弗雷特医生探进头来:"也许该和你说一声,我整理好尸体,已经还给吉卜赛人了。他们这就打算返回营地。"

我扭头问泰莉丝:"你和他们一起走吗?"

她抬起头,拂开眼前的头发:"我不知道。"

这一刻,她的样子的确非常年轻:"你说你离家出走了。你没有二十二岁,对不对?二十二岁的人不需要离家出走。"

"十七岁。"她终于说了实话。

"天杀的!"蓝思警长跳了起来,"你竟和一个比你大三十岁的家伙住在吉卜赛营地里?我要把你留下来,通知你父母领人!"

亚伯·弗雷特还在门口:"我该怎么和他们说?"

"说泰莉丝要留下接受问讯。"警长答道,"其他的就别说了。"

我走到窗口,望着吉卜赛部落的人将蒙塔纳的尸体装上担架,然后开始沿来路返回。"希望返还尸体这件事情没做错。"我说,"还不清楚他究竟是怎么被杀的呢。"

"心脏里的一粒子弹。"蓝思警长答道,"弗雷特找到了死因,我也满意了。是我吩咐他返还尸体的,免得吉卜赛人聚在门口。"

我出去寻找西格医生,发现他站在正门口,望着吉卜赛人远去的背影。他说:"感谢上帝,终于走了。希望我永远也不用再看见他们。"

"不知您是否能解答我的一个疑惑?"

"当然可以,请说。"

"您知道最近开始用于包裹药物的明胶胶囊吧?有没有可能在里头放一粒子弹,而吞下去的人则毫不觉察?"

"当然可以了,但子弹只会经过他的胃部,通过肠道排泄出体外。绝不可能抵达心脏——这大概就是你的念头吧?"

"这我也清楚。我只是在考虑这种可能性而已。还有,一粒子弹有没有可能在体内存留多年,停在心脏附近,由于突然用力或搏斗移了位置,从而最终杀死这个人?"

"有可能,山姆,但不适用于这个案子。弗雷特在缝合之前让我看过蒙塔纳的尸体。那粒子弹无疑是射入体内的。创伤太新,面积也太大,不可能是旧伤引发的结果。另外,唯一的疤痕位于他的手臂上。"

"这我知道。别在意,我只是想排除各种可能性而已。"

"而剩下的,无论看似多么不可能,都一定是真相?"西格笑着问我。

"问题就在这儿了——没有剩下的可能性!不过,我发现了一小根……"

"医生!快来帮忙!"

我们转过身,看见蓝思警长跌跌撞撞地从走廊里跑过来。他的鼻子和脸上都是鲜血。

"怎么了?"我迎了上去。

"他打了我,带走了那姑娘!两人从后面跑掉了。"

"谁打了你?"

"一个吉卜赛人!我听见泰莉丝管他叫史蒂夫。"

我止住警长的鼻血,陪他来到吉卜赛营地,这时候已近傍晚,天色渐暗。史蒂夫和泰莉丝不见踪影,鲁道夫·罗曼拒绝透露他们可能去了哪里。"明天早晨你最好把他们交出来。"蓝思警长告诉他,"否则我就逮捕你们所有人。"

罗曼淡淡一笑:"你觉得自己做得到?"

"他妈的我当然做得到!我会叫州警援助!"

"吉卜赛人有夜遁的本事。"

"你试试呀!我只要那姑娘,还有史蒂夫。竟敢袭击我!"

营地里的其他人一言不发地目送我们走回车上。一些男人和男孩正在收集木柴,准备生起篝火,抵御一月夜晚的寒气。"我不是瞎扯,山姆。"警长告诉我,"我这就给州警打电话。"他发动引擎,驶回镇上。

"罗曼暗示他们到早上或许就走了。"

"我一天不抓住史蒂夫和那姑娘,他们就一天不许离开!要是有必要的话,我愿意整夜守着他们的营地!"

我看得出警长狂怒未消,他把史蒂夫的攻击看做对他的侮辱。他在监狱打电话给州警,请他们明天早晨派三辆警车协助他围捕吉卜赛人。接着他又打电话给手下的警员,下了同样的命令。

我打电话给爱玻,得知我要出诊一次,然后才能回家。驱车经过哈世金农场时,我看到篝火勾勒出的篷车轮廓。看来他们打算在此过夜。身后,蓝思和一名警员把车驶下公路,停在能纵览整个营地的地方。我对他挥手告别,去办自己的事情了。

我平时总是起得很早,第二天醒来的时候,更是连天都还没亮,才五点刚过几分钟。尽管到天亮还有一两个钟头,但我满脑子都是吉卜赛营地的事情。我决定起床穿衣,尽快驱车赶往哈世金农场。我可不希望蓝思警长和吉卜赛人犯浑做傻事。

灌下一杯咖啡,几口吃掉一片吐司,我出门钻进车里,晨间的冷风吹得我禁不住发抖。十分钟后,我到了老农场,发现警长的车子仍旧停在原处。一辆州警的警车停在二十英尺之外的路上。我敲敲窗玻璃,拉开车门:"警长,还醒着吗?"

"喔,山姆,是你啊。还以为是州警呢。天就快亮了,到时候我要过去抓他们。"

"你整晚都没合眼?"

"整晚都没合眼。"警员从旁证明,"警长不想让吉卜赛人逃掉,哪怕一个。"

透过茫茫黑暗,我望着营地的方向,不知那些篝火是否都已熄灭。夜色的幔幕绵延不断,没有一丝光亮的踪迹。车头灯出现在前方的道路上,又一辆州警的警车放慢速度,缓缓停下。蓝思警长下车去打招呼。

"他们侵入私有领地,还可能窝藏罪犯。"我听见警长在解释情况,"其中一人昨天下午打倒我,帮助一名嫌犯逃跑。我手头另有一起凶杀案,几乎可以肯定与他们有关系。"他领着州警回到自己车前,我和几位穿制服的警官一一握手。看见他们的手都放在配发的左轮手枪的枪柄上,看见另外一辆警车里的人从车后厢里拿出一支霰弹枪,我的心情实在好不起来。

"似乎没必要用枪吧?"我对他们说。

"听说昨天有人被射杀了。"

"呃,是的。"我承认道,"然而……"

我忽然停下话头,因为我的双眼渐渐适应了正在到来的黎明光线。田野上飘着薄雾,袅袅烟气懒洋洋地从一堆几乎熄灭的篝火中升起。但令我心灵大受震撼的却另有他物。

昨天夜里停着二十来辆篷车及其马匹的地方,此刻空空如也。唯有篝火余烬能够证明吉卜赛人曾经存在过。蓝思警长和警员彻夜看守,但不知怎的,整个吉卜赛营地都平地消失了。

"恶魔的手段!"蓝思警长一边咆哮,一边在空荡荡的野地里走来走去。初升的太阳只是让大家确认了已经知道的事实——整个吉卜赛人的大篷车队在一夜之间不翼而飞。

"又是吉卜赛人的诅咒吗?"我半开玩笑地悄声说。扫视着周围的环境,我必须承认这件事实在太不可能发生。哈世金家的土地三面是高大的树林,还筑有不让牛只走失的篱笆。唯一通向公路的出口是一条狭窄的车辙小径,而警长的车子恰好挡在这条路上:"你有没有打瞌睡?"

"也许有过一两次,但我的手下弗兰克始终醒着。再说,我们的车就堵在这条小径的尽头。就算我们都睡着了,二十辆马拉篷车也不可能悄无声息地溜过去。根本没有足够的空间嘛。他们会摔进沟里的!"

我必须承认警长说得对。我走过篝火余烬,绕场地走了一圈,检查周围的篱笆,看有没有可供出入的缺口。"很轻松就能翻过去。"弗兰克告诉我,眼前的场景弄得他不敢大声说话。

"没错。"我附和道,"但马匹和篷车呢?篱笆上没有缺口,再说篷车也不可能穿过这片树林。"

州警对这整件事情都报以怀疑态度。"你确定他们一开始在这儿吗?"一名警官问警长。

"确定,非常确定!这位医生也亲眼看见了。你觉得我们是疯了还是怎么的?"

我翻看篝火烧剩下的木炭。他们曾经在这里,绝对没错,而现在却消失了。子弹出现在埃度·蒙塔纳的心脏里有多么神奇,这群吉卜赛人消失得就有多么神奇。

我掉头走向自己的车子,警长在背后大喊:"医生,你这是要去哪儿?"

"工作。还要打一两个电话。"

"就不能帮我破了案再走吗?医生啊,这个案件有两处不可能的地方!"他恳求道。

"警长,回家陪你的新娘去。昨晚上你就不该抛下她一个人的。我想到什么就给你打电话。"

"这些吉卜赛人呢?"

"请州警发出全面缉捕令。从这片土地上消失或许轻而易举,但想在公路上彻底避人耳目就是真正的神迹了。在距离这里大约一百英里的地方找他们,或许他们就在西北方向,正朝奥尔巴尼前进。"

"你怎么……"

"警长,以后再说。"

到办公室的时候还很早,爱玻进门前,我就看完了昨天的全部邮件。见到我已经端坐在办公桌前,爱玻面露讶异之色:"山姆医生,难不成你整宿没回家?"

"当然不是。我原本想在上班前先跑一趟吉卜赛营地。"

"听说警长要把他们全抓起来。"

"他这下要失望了。吉卜赛人一起失踪了。"

"整个营地?"

"整个营地。"

"你打算怎么处理?"

"打电话。"我说。我在桌上的地址簿里翻找一个号码,我曾在两年前拨打过一次,那时候我在给哈世金老夫人看病。

老太太的侄子正要出门去波士顿上班。我说清楚自己的身份,告诉他一群吉卜赛人在他姑妈的土地上扎营。"我晓得。"他敷衍道,"我的律师说别管他们。"

"为什么?"

"我们想向法官证明,这份产业应该归于我,而不是慈善团体。我的律师认为,只要有吉卜赛人在那儿安营扎寨,就能创造一种坏印象。我允诺将会开发利用这片土地,而慈善团体只会任其空置,吸引更多的吉卜赛篷车队。"

"哈世金夫人的遗嘱究竟怎么立的?"

"这片土地或许给我,或许给慈善团体,谁能证明其想法更有利于北山镇居民的公共利益就归谁。疯狂的遗嘱,但法官不得不左右权衡。他这会儿正在研究怎么裁决呢。"

"呃,我可以告诉你的是,吉卜赛人离开了,今天早晨之前的事情。"

"什么?"

"我说得很清楚。他们一夜之间就消失了。"

"怎么会这样,太糟糕了。"

"跟我说说,哈世金先生——你姑妈的遗嘱里提到的是哪家慈善团体?"

"一家非营利性医院什么的,觐圣纪念医院?"

"对。"我冷静地说,"正是这个名字。"

"霍桑医生,我得上班去了。你打电话就是问这个吧?"

"你解答了我的全部疑问,哈世金先生。"

十分钟以后,我开车赶往医院,路上遇到了警长的车子。他对我猛按喇叭,我停下车,他则倒退过来。"医生,你猜得非常正确。"他对着窗外大吼,"州警在纽约州的边境线上找到了那个吉卜赛篷车队。你怎么知道的?"

"如你所说,猜得非常正确。跟我去医院,咱们把这件事情了结掉。"

觐圣纪念医院已经从昨天的骚乱之中平静下来。看见我和警长,西格医生一脸紧张之色,等我问起弗雷特医生,他按铃呼唤的动作未免过于急切了些。"这是干什么?"弗雷特走进房间,说道,"最终对质吗?就和侦探小说里似的?"

"差不多就是那样。"我表示肯定。

蓝思警长还是一如既往地直截了当:"我们已经拘捕了吉卜赛人,现在要来逮捕谋杀犯。"他大声宣布。

"倒也未必。"我纠正他,"这儿没有谋杀犯。"

"啥?"他的嘴巴合不上了,"医生,是你告诉我……"

"我说咱们来了结事情,我也正打算这么做。之所以没有谋杀犯,是因为没有谋杀案。我们有两起不可能犯罪,但其中根本没有真正的罪案。"

"没有罪案?"弗雷特问道,"埃度·蒙塔纳心脏里的那粒子弹呢?"

"这次事件中,最接近犯罪的行为大概是侮辱尸体。弗雷特医生,我估计警长都懒得拿这个罪名指控你。"

他只是站在那里,一言不发地看着我。最后还是西格打破了沉默:"山姆,这话怎么说?"

"大家必须记住,埃度·蒙塔纳是一路从吉卜赛营地跑到医院来的。为什么?就因为有人诅咒了他?可能性很小,更可能的是蒙塔纳听见诅咒后,感受到了某些症状。比方说,罗曼话音刚落,他就觉得胸部剧痛,吓得他魂不附体,想去寻求医学援助。接下来他干了什么?他跑了十分钟来到医院,假如先前是心脏病开始发作的话,这是最糟糕不过的应对方法了。他到了医院,栽倒在地,然后死去——全然是自然原因。"

"可是……"

"就在他死前,亚伯·弗雷特听见了他的遗言——诅咒,心脏里的子弹——于是决定让诅咒成为现实。西格医生,他拿了你放在办公室的那柄枪,趁我离开去吉卜赛营地的那段时间,对准死者的心脏发射了一粒子弹。"

"但没有伤口啊。"蓝思警长不敢苟同。

"我在心脏里发现了一小根木头。我认为弗雷特用一层薄木板压在死者胸口,再拿枪抵着木板开火。这有两个目的——首先是减缓小口径子弹的射速,以免子弹穿透身体;其次是不让火药灼烫死者胸口,以免烧燎胸毛或者留下其他印记。

"隔着一层木板射击,弗雷特这枪只在尸体胸口开了个小小的射入,用肌肤颜色的油灰或化妆品很容易就能遮盖住。尸体盖在罩单底下,我在弗雷特切开胸腔之前只瞥了一眼——他的切口无疑会直接经过弹孔。死者胸毛很重,这也帮助隐藏了伤口。"

"他为什么做这种疯狂事情?"警长纳闷道。

"还是让他本人说吧。和哈世金家的地产有关,对不对?"

弗雷特的肩膀一沉。或许直到此刻他都认为我不过是在瞎猜。隔了几秒钟,他终于开口道:"我没伤害任何人。那位先生已经死于自然原因了。波士顿有位法官即将决定那片土地的归属权,判给哈世金夫人的侄子还是医院只在他一念之间。我昨天才和律师通过电话,他说法官知道有吉卜赛人在那里扎营。局势对我们很不利。把土地判给医院,我们只会让它继续闲置好几年,吉卜赛人将络绎不绝,对社区来说,由哈世金家经营农场是更好的选择。可是,我需要那片土地,对医院的未来有好处。把一粒子弹射入死者胸膛,这样能传播吉卜赛人的诅咒的流言飞语。他们要么被捕,要么被迫即刻离开北山镇,事情的发展不正是如此吗?我用毛巾包住手枪,借此消除枪声,不过点二二口径的子弹本来声音就不大。正如山姆所说,我射击时隔了一块木板。"

"你是怎么知道的?"西格问我。

"就像你说的,排除各种可能性。如果子弹是死后射入尸体胸膛的,那么唯有弗雷特有机会开枪并且隐藏创口。"

"吉卜赛营地呢?"蓝思警长想知道这个问题的答案,"他们是怎么消失的?"

"真正的问题是他们何时消失。在我们下午晚些时候拜访营地,到你晚间返回营地监视他们,这两者之间的时间内,罗曼指挥众人,很快就将马匹和篷车移出了那片地方。"

"怎么可能?篷车一直就在那里!我亲眼所见!"

"我们看见的是篝火勾勒出的轮廓。其实是与篷车尺寸相仿的硬纸板。罗曼大概有过在紧要关头借此脱身的经历,各辆篷车里想必都带着自己的硬纸板,就是为了这种紧急时刻使用。几名吉卜赛人殿后,给火堆添柴,搞出各种日常行为的响动,让大篷车队有时间沿公路逃跑。待到夜深人静,他们把纸板剪影在火里一烧了之,翻过篱笆,穿林抄近道和车队会合。如果你仔细检查篝火的灰烬,也能发现纸板块的存在证据。"

"真是活见鬼!"蓝思警长嘟囔道,"山姆,可你是怎么知道去哪儿找他们的呢?"

"猜得很准确,我说过了,仅此而已。如果他们昨天在天黑前离开,我猜他们的篷车能跑一百英里。蒙塔纳和泰莉丝在奥尔巴尼附近加入部落,因此他们很可能掉头沿那个方向折返。"

警长只是摇摇头:"我还是不敢相信。两件不可能犯罪,却根本没有罪案。"

"月有阴晴圆缺嘛。"我咧嘴一笑。

★　★　★

"事情就这么结束了。"山姆·霍桑医生作结道,"弗雷特医生在下一周去职,不知搬去了哪里。警长发现泰莉丝和史蒂夫没有回营,罗曼的吉卜赛部落遂告无罪开释。两人告诉罗曼,他们即将结婚,而后携手离开。除了鲁道夫·罗曼因失去泰莉丝而有些郁郁寡欢,整体上算是个大团圆的结局吧。

"咱们的酒瓶空了,也过了我的上床时间。有空再来坐坐,我还有一个故事要说给你听——那时候,盗匪和私酿贩子经常在北山镇开战,相形之下,连诡谲的不可能犯罪也黯然失色。"

姚向辉　译

23 私酿贩子的汽车

"稍等片刻,容我再开瓶酒。"山姆·霍桑医生这样说着,"离了——呃——这点小小享受,讲故事听故事岂不索然无味?知道吗?看见酒瓶,唤起我的许多回忆。你年纪太小,自然没经历过禁酒时期,但那时候我却正当年。你或许会以为,身处北山镇这片宁静的新英格兰乡村,帮派战争再可怕也与我们无涉,但请让我告诉你吧——一九三〇年春天,北山镇可遇到了好大一场阵仗!事情和整整一车的空酒桶有关系——没错,正是空酒桶,还有一桩不可能犯罪:私酿贩子在汽车里神秘失踪,而我破案不是为了别的,是真正为了自己的性命。

"整件事情都开始于我被匪徒绑架……"

★　　★　　★

五月初的一个周六早晨,我来到办公室处理账单。我的护士爱玻去了佛罗里达探望姐姐——这在那时候也算是长途跋涉了——抛下我一个人在三周时间内尽量应付各种状况。刚做完各种杂事,在几份账单上贴足邮票,准备稍后寄出,这时候,外门口的小门铃忽然响了起来,这昭示着有病人上门。日程表上没有预约,于是我起身去看来者是谁。

站在候诊室正中央的是一名男子,穿细条纹正装,戴棕色软呢帽,手里一柄左轮手枪的枪管直指着我:"霍桑医生?"

"正是在下。干吗拿枪指着我?"

"医生,请跟我来。有个兄弟受伤了。"

"如果真有人受伤,你不掏枪我也会去。让我拿上出诊包。"

他跟着我走进内间办公室,枪仍旧握在手中。我多找了几卷绷带,统统塞进包里,因为我很清楚他所谓的"受伤"是怎么回事。不过,我还是问了一声:"他出了什么事?"

"挨了枪子儿。"

"一颗还是多颗?"

"一颗就够糟糕的了。少废话,咱们快走!"

我啪的一声合上出诊包,领着他走出正门。"记得把门碰上。"我提醒他,"最近这附近有不少坏人出没。"

"嘴皮子总这么利索?"他问。

"一点儿也不。"

还有一个人在外面等,他坐在一辆黑色带篷轿车的驾驶座上。我注意到他的右手搁在外套内侧,毫无疑问也攥着一柄枪。我并不特别害怕,只觉得自己仿佛低成本匪帮片里的角色。

"进去!"我背后那位仁兄推了我一把。

我四处看看,但此刻毕竟是星期六早晨,诊所背后的巷子空无一人,附近屋子里的住户怕是也不可能察觉我的困难处境:"请问我该怎么称呼您?看起来咱们得共处几个钟头呢。"

"菲尔。"持枪的男人说,"开车的叫马蒂,不喜欢说话。"

"我们这是去哪儿?"

"镇子外面的一处农舍。'胖子'拉里租下的。"

"'胖子'拉里?"

他用左轮手枪捅了捅我:"也就是你的病人。医生,别再问东问西的了,对你的健康没好处。"

我回忆起报纸上读到过的一个名字:"莫非是私酿贩子'胖子'拉里·斯毕尔斯?"

"跟你说过了,别问东问西的。你还打算活着回来,对不对?"

我沉默下去,回忆"胖子"拉里·斯毕尔斯这个人。按照报纸所说,他控制着流入波士顿和普罗维登斯的大部分非法威士忌交易,据说手上有五六条人命。他本人亦是多次死里逃生,纽约匪帮悬赏要拿他的人头。匪帮想控制整个东北地区的私酿生意,最讨厌的就是"胖子"拉里这种独行侠。

离开镇子,沐浴在春日暖阳之中,沿旧山脊路颠簸了好几英里,马蒂终于一打方向盘,拐上一条杂草丛生的车道。我立刻认出了这处农舍,它曾经是哈世金家的老屋,一年前这家人的最后一位未婚男丁去世后便荒弃了。即便这个地方真是"胖子"拉里·斯毕尔斯花钱租下的,那他大概也没出多少钱。屋子不远处是个交叉路口,想必很适合私酿贩子碰头聚首。

马蒂和菲尔一前一后夹着我走进农场,左轮手枪依旧对准我的脊梁。到了离屋子不远的地方,房门砰然打开,出来一位身材苗条的黑发漂亮女人。"他还是不肯让我看伤口。"女人对马蒂和菲尔说,"但血流得到处都是!这位是医生吗?"

"山姆·霍桑。"我说,"多久前的事情?"

她瞥了一眼持枪男人:"菲尔,几点钟来着?九点前后?"

"是的。对方埋伏在路旁的树丛中。他一走出房门,那群人立刻开始射击。然后我们立刻就来找你了。"

"让我看看他。"我一边跟着女人走进底楼卧室,一边打开出诊包。

没错,正是"胖子"拉里·斯毕尔斯本人,尽管此刻的他与照片中那条风度翩翩的汉子大相径庭。他在床上蜷缩成一团,紧紧抱住腹部和躯干,不时发出痛苦的呻吟。床单和衬衫上到处是血,我一眼便看见他的左上臂还有一处皮肉之伤。

"我是医生。"我告诉他,"让我看看你。"

他翻过来,疼得龇牙咧嘴,吩咐那女人说:"凯蒂,出去,我不想让你看见我这样。"

"老天在上,拉里……"

"你听见我的话了!"他大吼道,"出去!"

女人和两名男子一起离开,回身关好门,让我和我的病人独处。"拿开手,让我看伤口。"我命令道。

他立刻伸直身体,衬衫旋即分开,出现在面前的胸腹部毛茸茸的,但却完好无损。根本没有伤口。

有的只是一柄点二二自动手枪,离我的脑袋仅仅数寸。

"别出声音。""胖子"拉里·斯毕尔斯警告我,"更别叫唤。"

"没这打算。"我镇定自若,"我是来给你包扎伤口的。"

"胳膊上有一处,没别的了,皮肉轻伤而已。替我包扎好,然后咱们聊聊。"

"没必要拿枪指着我。"

但他的手一动不动:"我怎么知道你是医生?"

"妈的,我怎么知道你是私酿贩子?"

"嘴皮子很利索嘛。"

"那也比不过你。"我开始处理他胳膊上的伤口,"你比报纸上瘦多了。大家为啥管你叫'胖子'拉里?"

"从前挺胖,最近减肥了,所以今早才侥幸生还。"他在床上翻了个身,露出压在身体底下的一件背心,这件背心有着非常厚实的衬垫,"一年前我开始减肥,但我决心保住这个秘密。混这个行当,纽约的一半枪手在追我,我觉得迟早会遇到需要快速改变外形的时候。于是,我开始在胸腹部围衬垫,在嘴里也塞上两团棉花垫高面颊。看起来和从前一样,实际上轻了五十磅。"

子弹恰好穿透了胳膊上多肉的部位,缝几针就能解决问题。"会很疼的。"我提醒他,"应该去医院。"

"动手吧,医生。我保证不开枪打你。"

"就盼着这句话了。"他紧咬牙关,我开始动手缝针,"但为啥不让门外那几位知道你减肥了?"

"因为他们中有个线人把我的一举一动全泄露给纽约匪帮,所以今早才有枪手埋伏在树丛中。知道我躲在这儿的就他们三个人。我的运气不错,衬垫挡住了子弹,但冲击力将我掀翻在地,我当即决定假装受了重伤。假如他们以为我濒临死亡,有罪的那个人也许会放松警惕,被我逮住。你明白了吗?"

"凯蒂肯定知道你在减肥。"我说。

他哼了一声:"你以为我和她睡觉?那是一年前的事情了。她现在还逗留不去,只是想从我手里多弄些钱花花罢了。也许她觉得纽约那群哥们能更大方。"

"好了。"我拍拍他的胳膊,"你运气不错。等你回到波士顿或者别的什么地方,记得找自己的医生复诊。"

"还有一件事情,医生。"

"什么事情?"

"我不得不请你留到今天夜里。"

"什么?"

"你听见我说的了。你知道我在这儿,也知道我没有受重伤。警察对前者肯定有兴趣,开枪打我的人则对后者更感兴趣。你必须留在这儿,等我今天夜里办完事,才能放你离开。"

"办什么事?"

"收货,一车酒桶。"

"酒?"

"不,仅仅是酒桶而已。日落前后到达,只有这一点我说得准。"他停下来,望着我,"非常值钱。"

我扣好他的衬衫,看着洒遍各处的血迹:"都是胳膊那个伤口流的血?"

这张熟悉但此刻显得很苍白的面孔上露出了真正的笑容:"是的。我把血浸到了衬衫上,让它看起来更像是胸部受伤。不谦虚地说一句,我的脑子转得很快。"

"只要能让你保命,我倒也不反对。"

"医生,本地警力配置如何?"

"蓝思警长有几名警员,但从不巡这条路。不必担心他们。"

"好极了!你要告诉外面那三个人,我能挺过去,但此刻需要卧床休息。听懂了?"

"懂了。"

"我会吩咐他们,卡车抵达之前别放你离开。你好好配合,肯定能活着回家。"他抬高声音叫道,"马蒂!菲尔!"

司机和枪手立刻现身:"拉里,感觉如何?"

"能活下去,医生说的。"

我点点头,站起身,开始收拾医疗器材:"他运气不错,子弹没有打中致命区域,但他现在很虚弱,需要卧床休息。如果没有并发感染的话,一个月左右就能下地走路了。"

"把医生留在这儿,陪我们一起等卡车。"斯毕尔斯吩咐两名手下,他特意让声音听起来格外虚弱,"我说过,事情办好后放他离开。"

"行,拉里。"菲尔说,"医生,咱们走。"

"叫凯蒂进来。"床上的拉里命令道。

农舍装饰简陋,不过前厅里还是有桌子和几把椅子。菲尔示意我坐下,然后对凯蒂说:"轮到你了。他要你进去。"

凯蒂转头问我:"他怎么样?"

"虚弱,但能活下去。"

凯蒂面无表情,转身走进卧室,回身关上房门。菲尔在桌前坐下。他已经脱掉了外套,左轮手枪也回到腋下的枪套中:"医生,打牌吗?会不会金罗美[①]?"

"当然。"我答道,"马蒂呢?"

"他不打牌。"

"他有没有说过话?"

菲尔望着那位魁梧的司机:"马蒂,给医生说两句听听。他觉得你是哑巴。"

"我会说话。"一个粗嘎的声音说。

"天哪,他的嗓子出什么问题了?"

"喝烂酒喝的,嗓子烧坏了,小命也险些丢掉。早些年,只要能装进瓶子的东西都有人敢卖。话说回来,现在依然有人卖。"

---

① gin rummy,一种两人或多人玩的牌戏。

我忍不住琢磨,马蒂会不会因为烧坏喉咙的劣酒责怪"胖子"拉里·斯毕尔斯。他之所以继续为斯毕尔斯做事,就是为了复仇,把"胖子"拉里出卖给纽约匪帮,会是这样吗?

我怎么又开始扮演侦探了?没有理由做这种事情嘛。满载神秘酒桶的卡车很快就会来,然后所有人各奔东西。他们现在还没有杀我,说明斯毕尔斯的确打算放我一条生路。

菲尔发牌时,我忍不住问:"你认为是谁朝拉里开枪的?"

他耸耸肩:"纽约匪帮雇用的枪手呗。"

"他怎么知道拉里在这儿?"

"我猜是跟踪吧。或者是从'酒桶'托尼那儿听说的。"

"谁?"

"托尼·巴莱罗①。大家都管他叫'酒桶'托尼,因为他就是卖酒桶的。今天送货的正是他。"

"告诉我吧,酒桶里装了什么?"

"什么都没装,除了空气。"

"拉里说酒桶很值钱。"

菲尔抓起面前的牌,马蒂站在他背后观看。"马蒂,到外头去。"菲尔命令道,"看卡车来了没。"等魁梧的司机离开后,他又说道,"这家伙总让我神经紧张。安静得怕人。谁也不知道他成天琢磨啥。说到哪儿了?"

"酒桶。"

---

① Barrello,与酒桶(barrel)字形相近。

"对,酒桶。"

"拉里说酒桶很值钱。"

"没错,每个价值六十块,那一车预计装了两百个酒桶。也就是一万两千美元。"

"一个空酒桶能值六十块?"

"很特别的酒桶。"菲尔面带笑容说,"你会明白的。"

我们玩了两局,他赢了两局。刚开始第三局的时候,凯蒂走出卧室。"他饿了。"凯蒂说,"我去给他做三明治。"

菲尔扫了我一眼:"胸腹部受伤的人不能吃东西吧?"

"呃,子弹没有打中胃部。稍微吃一点无妨。"

凯蒂走进厨房,那里显然存了不少熟肉和面包。"替我也做一个。"菲尔对凯蒂叫道,"马蒂多半也饿了,都一点多了。"

凯蒂端着一盘三明治出来,从那种没精打采的姿态来看,我猜她曾经当过端鸡尾酒的女招待。"拉里中枪的时候,你们几个都在什么地方?"我貌似随意地问道。

"凯蒂在做早餐。"菲尔皱着眉头端详他的一手牌,"马蒂和我都还没起床。我们过了午夜才找到机会睡觉。听见枪声的时候,我刚醒过来。"

"几声?"

"三四声吧。"

"四声。"凯蒂说,"一共开了四枪。我冲出正门的时候,拉里倒在台阶底下,正在努力爬回室内。枪手不见踪影。拉里说子弹来自路旁的树丛中。"

"他带着你们两个伙计,肯定预料到会有麻烦。"我评点道。

"拉里总觉得可能有麻烦。"凯蒂表示赞同,"特别是和'酒桶'托尼这种人打交道的时候。托尼和纽约匪帮有来往。你永远拿不准他究竟站在哪一边。"

下午慢慢过去,我开始不安起来,琢磨会不会有人注意到我不在诊所里。多半没有。今天是星期六,我通常只上半天班,爱玻又出门度假去了。蓝思警长路过时或许会敲敲门,但发现我不在,也未必会往心里去。

三点钟,我站起身,说道:"该去看看病人了。"

"我想他在睡觉。"凯蒂说。

"瞅一眼就得。"

我推开门,朝房间里看。"胖子"拉里闭着眼睛躺在床上,但听见响动就立刻睁开了眼睛。被单底下的手多半还攥着那柄点二二自动手枪。"什么事?"他问,"卡车到了?"

我走进房间,随手关上门。

"还没有,只是想看看你情况如何。"

他露出凶巴巴的笑容:"对于一个腹部中枪的人来说,好得很。他们起疑心了吗?"

"应该没有。但这样做能达到什么目的呢?盼着某一位会摸进来结果你?"

"也许吧。咱们等着看'酒桶'托尼来的时候会发生什么。"

我回去和其他人做伴。到这个时候,我想所有人都等得不厌其烦了,但还没等菲尔再发牌,马蒂就从外面推门进来了。

"有轿车和卡车过来了。"他用嘶哑的声音说。

菲尔跳了起来,伸手去拿肩套里的手枪。"马蒂,你守后门——免得他们耍花样。"他接着对凯蒂说,"去告诉拉里,他们来了。"

凯蒂跑进卧室,没几秒就带回了拉里的答案:"他让咱们把'酒桶'托尼带进卧室,好让他付这车货物的钱,完成交易。"

菲尔点点头,走向房门。透过玻璃窗,我望见车轮扬起的尘土在乡间泥路上越行越近。先是一辆轿车停在车道上,紧接着是一辆长型卡车,油布将货物盖得严严实实。说也有趣,尽管卡车运送的是空酒桶这么神秘的货物,但更吸引我的注意力的却是那辆轿车。这是一辆黑色帕卡德豪华加长轿车,后窗拉着遮光帘。从驾驶座走下来一名男子,他中等身高,满脸痘痕,穿戴与菲尔类似,也是黑色正装和宽檐软呢帽,但那身衣服似乎有些嫌大。

"'独家'特纳,托尼的司机。"菲尔介绍道,"那就是'酒桶'托尼本人了。"

"独家"拉开后车门,一名留络腮胡的矮胖男人走下车。他的体形尽管与酒桶还有差别,但也已经足够庞大,浓密的黑胡子和阔边软帽不知怎的给他添了几分不该有的短粗观感。司机懒散地靠在车身上,"酒桶"托尼快步走上台阶,来到门口。

菲尔把枪放回肩套里,打开房门:"托尼,你好,很高兴再次见到你。"

"酒桶"托尼铁灰色的眸子一眼看遍整个房间,在凯蒂身上略作停留,最后落在我的身上。"这是哪位?"他问。

"本地郎中,拉里受伤了。"

我伸出手:"山姆·霍桑医生。托尼,很高兴认识你。"

"高兴得很。"他有气无力地和我握了握手,我忍不住盯着他状如酒桶的钻石戒指,"拉里怎么了?"

"有人朝他开枪。"菲尔抢在我前面开口解释道,"医生说他挺得过去。我们把他安顿在后面卧室里了,他想见你,谈谈这批货物的事情。"

"最好别只是谈谈就算了。最好给我一万两千块钱外加租卡车的开销。"

"他给你准备好了。"

"他有司机了吗?"

"马蒂在后门口呢。"

"酒桶"托尼嗤之以鼻:"那个酒鬼!"

"你的人好得到哪里去?"菲尔瞥了一眼窗外,"他干吗拎着霰弹枪挥来挥去?"

"保护货物啊。""酒桶"托尼说。

我走到窗口,想知道他们在说什么。卡车司机也爬下了车,手持霰弹枪,像士兵站岗似的守在车旁。凯蒂来到我身旁:"拿枪的叫查理·哈。有一半印第安还是什么血统。和马蒂一个样,除了擅长用枪,啥也不懂。"

"这些酒桶为什么特别值钱?"

菲尔领着"酒桶"托尼去拉里·斯毕尔斯静养的房间,我和凯蒂等在外面。我听见拉里用虚弱的声音欢迎他:"托尼,我的老朋友!他们想干掉我,可惜我的骨头太硬。"随后,托尼关上了房间门。

我跟着凯蒂走出屋子,菲尔去屋后找马蒂。"酒桶"的司机"独家"特纳依旧倚着帕卡德车,看见我们靠近,他动了动身子。"为啥叫他'独家'?"我问凯蒂。

"他原先在芝加哥当记者,后来发现替匪帮干活挣钱更多。哪儿钱多哪儿就有他。"接着,凯蒂放开声音和他打招呼,"'独家',有啥新花样没?"

他报之以懒洋洋的笑容:"凯蒂,你好,还在倾倒众生吗?"

"那是自然。"凯蒂向我解释道,"我曾经在芝加哥演过一段时间野台子。某天晚报登了'独家'对我们的评论,对吧?"

"我爱死了。"

"能让我们看看托尼的车子吗?"

他耸耸肩,拉开后门。遮光帘拉着,车厢里很暗,车顶灯的柔光照在光鲜的皮革内饰上。前排坐椅背后的杂物袋里插着一柄短筒霰弹枪。"独家"拉开驾驶座的车门,把手臂搁在前排坐椅的椅背上,观察着凯蒂的反应:"相当上档次,你说呢?"

"你为啥要拉着遮光帘上路?"

"有太多人想让他吃子弹了。拉着遮光帘,别人就不知道他究竟在不在车里。看见吗?我侧面也是烟色玻璃。只有前挡风玻璃是透明的。"

"防弹?"

"据说如此,但我可不想拿冲锋枪试它。"

凯蒂和我继续朝卡车走,"独家"特纳关上轿车的车门,晃晃悠悠地走向屋子侧面。"害得你卷进这种事情,我很抱歉。"凯蒂边走边说,"但我让拉里答应绝不伤害你。'酒桶'托尼和他的人一离开,我们就放你走。"

菲尔和马蒂都从屋后绕到了门前,我的脑子里转过此刻拔腿逃跑的念头,但想了想还是压制下去。查理·哈,那位卡车司机,依然握着他那柄霰弹枪,我摸不准他遇到什么情况会开枪。见到奔跑的靶子,他说不定很有兴趣试上一试。

"查理,是我——凯蒂。还记得我吧?"

就算认得,他的表现也证明这无济于事。他的手指滑进扳机环中:"别靠近卡车。"

"查理,我们只想看一眼酒桶,不会弄坏任何东西。"

查理眼神迷离,很可能服过某些禁药。他的视线跟随着我们的每一个动作,盯着我们绕到车身的另一面,但他没有再次发出警告。凯蒂掀开油布,给我看那些木质酒桶。有一排酒桶倒立放置,因此我知道它们确实是空的。"连新的都不是。"我纳闷道,"看内侧仿佛烧焦了。"

"你真笨,当然是烧焦的!否则为啥那么值钱？'酒桶'托尼从加拿大的蒸馏酒厂买来,是用来陈化威士忌用的焦木桶。把改性酒精倒进去,放上几个星期,酒精会吸收威士忌的味道,酒桶原先存的是什么酒,倒出来就是什么味道,苏格兰威士忌、黑麦威士忌、波旁威士忌,要啥有啥。"

"改性酒精从哪儿来？"

"政府允许向一些特定的制造厂出售酒精。有时候里头添加了有毒化学品,但用来制造——举例来说——生发油的酒精只令人作呕,不会致死。找个懂化学的,重复蒸馏数次,精馏纯化之后就能去除让人呕吐的化学成分。把纯酒精灌进这些酒桶,喝起来和真家伙没任何区别。"

"了不起！"

"这个行当的小秘密之一。"

"还以为拉里·斯毕尔斯卖的威士忌是从国境线那边偷运过来的呢。"

"的确是,但需求远大于供给。再说,他喜欢赌博,债台高筑,需要更多的钱填窟窿。"

"所以他求助于'酒桶'托尼。"我说。农舍的门砰然打开,留络腮胡的矮胖男人走了出来,菲尔和马蒂恰好转过屋角。

"托尼,拿到钱了？"菲尔大声说。

"没错。"他嘟囔道,"卡车归你们了。"他伸出光着的右手,拉开豪华轿车的后门,钻了进去。

"马蒂,去开卡车。"菲尔命令道,马蒂朝卡车小跑而去。

就在这时,情况陡变。

查理·哈,他的意识被酒精或毒品弄得迷迷糊糊,看见马蒂朝他跑来,或许以为是遇到了袭击,抬起霰弹枪,对准马蒂的方向便是一枪。马蒂轰然倒地,扬起一阵灰尘,从外套底下拔出一柄短管手枪,趴在地上连开三枪,而查理的霰弹枪也再次发出隆隆枪声。

接着,查理·哈仰面倒下,在卡车挡泥板上靠了靠,最终躺在地上。"我的天,别再开枪了!"菲尔大叫,拔出左轮,也冲了过去。我和凯蒂站在"酒桶"托尼的豪华轿车的另外一侧,身前是轿车,背后是农舍。"独家"特纳从驾驶座上跳出车外,也拔出了他的武器。有一个瞬间,我真害怕他会在背后向菲尔和马蒂射击,但他犹豫起来,不知道接下来该怎么办。他低头盯着轿车的左前轮,从我站立的地方,我能看见轮胎瘪了下去。霰弹枪的一颗弹丸击中了轮胎。

"医生,我想他死了。"菲尔对我大喊,"能过来看看吗?"

"留在这儿。"我叮嘱凯蒂,然后走上前去。

马蒂拿着枪,还站在远处,望着地上的躯体。"他先开枪的。"他用嘶哑的嗓音说,"他想杀我。"

"可打中的只是我的轮胎。""独家"特纳说,"咱们都把枪收起来,行吗?"

我确认马蒂的子弹杀死了查理·哈,然后直起腰。我望着豪华轿车,"酒桶"托尼迟迟没有露面。回想起他在后座唾手可得的霰弹枪,我觉得有必要在他因为卡车司机之死发火,做出某些傻事前先跟他聊两句。

"你去哪儿?"菲尔问我。

"去看看托尼。"我答道,随后拉开轿车后门。

豪华轿车的后排坐椅空无一人。

前排坐椅亦然。

就在查理·哈和马蒂交火的这段时间内,"酒桶"托尼消失了。

"他在哪儿?"凯蒂问,"他没有离开轿车。"

"他肯定离开了。"我说,"因为他不在车里。"

"他怎么可能不在呢?""独家"特纳不敢相信。他推开我,自己上前查看。菲尔和马蒂也过来一探究竟。

"枪战刚一开始,他就逃回屋里去了。"菲尔提出他的设想。

"他没有进屋去,因为我看见了他!"凯蒂却不认同,"你们大家,无论在不在开枪,也都看见了!轿车离屋子有三十英尺,托尼也不是什么隐身人!"

"别吵了,我进屋找一圈去。"说完,我跑向农舍。我从前门进屋,期盼着一眼望见"酒桶"托尼躲在椅子背后。但前厅空无一人。

我走进底层卧室,心想拉里·斯毕尔斯可别也失踪了。但他没有,他好好地坐在床上,点二二自动手枪瞄准门口。他面色苍白,惊魂未定。"为什么开枪?"他问,"条子?"

"没那种好事。马蒂杀了查理·哈,他们的卡车司机。"

"小小损失而已。"

"还有更大的损失呢,就在枪战的时候,'酒桶'托尼从他的轿车里消失了。"

"消失?什么意思?"

"就是那意思。我们看见他钻进车里,可现在他不见了。"

拉里·斯毕尔斯放下枪:"呃,那就快去找到他。我不能出去,让他们知道我腹部是假受伤。他们中的一个还在动我的脑筋呢。"

"我会回来的。"我承诺道。

外面,凯蒂正在翻弄轿车的内饰,寻找足够藏住一个男人的隐蔽隔间之类的东西。然而,这辆轿车不像有这种空心区域,我请"独家"打开后车厢的锁,但除了几件工具和备用轮胎之外,那里并无他物。

"他在哪儿?"菲尔问我。

"我知道就好了。他不在屋里,拉里啥也不清楚。"

我们绕着屋子走了一圈,又绕着卡车走了一圈,想找到什么线索,但却一无所获。我们搜了拉里的轿车,然后挨个翻看卡车上的空酒桶。他不可能在没人看见的前提下钻进酒桶,但为求稳妥,我们还是一一检查。

二十分钟后,我们准备接受失败的结果。"酒桶"托尼不见了。

"我知道最容易找到答案的法子。"菲尔拔出肩套里的枪,转身指着"独家","我们都看见他钻进车里,你应该知道接下来发生了什么。"

"什么也没发生!"前记者断然否认知情。

"他对你说了什么没有?"我问。

"他只是吩咐我接查理上车,然后离开。但紧接着外面就开枪了,轿车轮胎也被击中。"

"查理乘这辆轿车回去?"

"当然,陪我坐前排。斯毕尔斯连货物和卡车一起买下了。"

"作价一万两千美元。"我提醒所有人,"'酒桶'托尼的口袋里装着这笔钱,对你们中的任何一个人来说,都是足够的动机。"

"你说我们中的一个人杀了他?"凯蒂问道,"但是,是怎么动手的呢?"

"我不清楚。"我承认道。

"去他妈的托尼。"菲尔下了决定,"无论他是死是活,查理·哈反正翘了。现在咱们应该趁被人发现之前,赶紧收拾东西离开。这一卡车的酒桶仍旧值不少钱。"

其他人纷纷点头,只有"独家"特纳有个问题:"尸体怎么办?"

"我们随车带走。"菲尔倒是很有担当,"塞在酒桶里。路上反而比较容易处理,找座桥之类的地方,往下一扔了事。"

特纳指着我问:"他怎么办?"

"我觉得他知道得未免太多了。"菲尔直截了当地说。

"等等!"凯蒂尖声说,上前在菲尔拔枪前拦住了他——他大概正有这个念头,"拉里答应过不伤害他的!"

"咱们都清楚拉里已奄奄一息。你说接下来该怎么办呢?"

"医生什么也不清楚。他连咱姓什么都不知道。"

"他知道我姓什么。""独家"特纳说,"我该怎么办?查理死了,老板失踪了。"

"你该怎么办?"菲尔说,"说实话,你把老板弄到哪儿去了,就该这么办!"

我举起双手,要大家安静:"内讧的话,大家都没有好结果。按照现在的局势,警察大概要逮捕你们所有人。查理的尸体已经有了,只要他们再找找,很快还会发现托尼的尸体。"

"托尼死了?"凯蒂讶异道。

"若是我没猜错,是的。现在,你们是想一起蹲大牢呢,还是想让我揭出是谁杀了他?"

"是我们中的一个?"

"就是今天早晨在门口向拉里·斯毕尔斯开枪的同一个人。事实上,应该说,对拉里开枪是这起罪案的一部分。"

"你知道托尼的尸体在哪儿?"

"知道。"

"这么办吧。"菲尔说,"你找出托尼的尸体,告诉我们是谁杀了他以及怎么杀了他,我们就放你走人。医生,这个交易怎么样?"

我点点头:"咱们去拉里的房间。他足够健康,该听听这些。"

他们跟着我走进室内,只剩下查理·哈的尸体躺在他倒下的地方。整个下午这条路上都没有汽车经过,但我知道蓝思警长在傍晚前后迟早要来这里兜一圈。另外,附近居民非常有可能听见枪声,跑去向警长报告非法盗猎。

见到我们进屋,拉里·斯毕尔斯举起手枪:"这是干什么?你们要干什么?"

"我们达成了协议。"我解释道,"若我找到'酒桶'托尼的尸体,就可以自由离开——当然,还要揭穿是谁谋杀了他。"

"受了那么重的伤,你怎么还坐得起来?"凯蒂问拉里,"上次进来看你,你都半死不活了。"

"显然有许多事情需要解释。"菲尔说。我瞄到他的手指已经跃跃欲试,随时都会拔枪。"但是,如果'酒桶'托尼真的死了,那杀他的只可能是一个人。"他指着"独家"特纳说,后者的脸上开始出现惶恐的神情。

拉里·斯毕尔斯把枪口移向特纳:"他也有机会今天早晨开车到附近,然后对我开枪!"

我看见拉里扣住扳机的手指有些发白,知道我必须立刻行动了。我扑到床上,在他打响手枪的那一刻撞开枪口。子弹击中天花板,我赶在他再次开枪前抢下他的武器。"菲尔!"斯毕尔斯在我身体底下大叫,"杀了他!把他们俩都杀了!"

"喔,不可能!"我说,"菲尔既不会杀我,也不会杀'独家',因为他想知道尸体在哪儿。"

"尸体在哪儿?"凯蒂追问。

我抓紧了拉里·斯毕尔斯:"他的床底下,而且,正是斯毕尔斯把尸体塞在床底下的。"

我说话时,"独家"特纳一寸寸地移向房门口,但马蒂默默堵住了他的去路。

"很好。"我说道,"盯着他。我们会需要他的。"

"'独家'也和事情有关?"凯蒂问道。

我点点头,拉起皱巴巴的床单,正如我的预言,"酒桶"托尼的尸体就躺在床底下:"拉里杀了他,但若是没有'独家'的帮助,他没法成功。你说过,'独家'是跟着钞票跑的那种人,拉里肯定在过去某个时候收买了他。'酒桶'托尼正是在这个房间里遇害的。"我更仔细地打量刚刚露面的尸体:"用细金属丝勒死的。他根本没有离开这个屋子,而是'独家'戴着假胡子和腹部衬垫走出去,进到车里。他和托尼穿类似的套装和帽子,我早先就注意到了,他的衣服有些嫌大。"

"我实在听不明白了。"凯蒂反对起来,"你不是说杀死托尼的那个人,今天早上也朝拉里开过枪吗?"

"正是如此!拉里开枪打了他自己。我刚来这儿时,就知道他的腹部没有受伤,但直到没几分钟前,我才想明白,他胳膊上的伤是自己弄的。从来就没有什么埋伏在树丛里的枪手。"

"为什么?"凯蒂问,"他有什么动机要对自己开枪,杀死托尼,然后演一起神秘失踪的戏码?"

"他开枪打自己是为了引诱托尼走进卧室,然后在那里杀害托尼。否则的话,他们更可能在室外见面,周围还有咱们大家围着看。杀死托尼的动机非常简单,因为他没有一万两千块钱来付酒桶的账款,而他又亟须这些酒桶挣钱。至于失踪的戏码嘛,那原先根本不是这么设计的。"

"这话怎么说?根本不是这么设计的?"菲尔好奇心大盛。

"还是让我从头给诸位描述一下这起罪案吧。"我提议道,"大家可以听听他原先是怎么盘算的,又是在哪儿出了岔子。拉里需要这些酒桶来制造人工威士忌,从中获得极为丰厚的利润。大家都知道,他安排了交易,从托尼手中以一万两千美元的总价购入。但是,在过程中的某个时候,他手头的钱用光了——拉里,对吧?凯蒂说你近来赌瘾很重。'酒桶'托尼这样的人可不容你少给他钱,结局多半是掀起帮派战争,因此你知道你必须干掉他——但所用手段又必须让你洗清全部嫌疑。

"于是,你安排贿赂'独家',花了一千块或者你能攒聚的全部现金。今天早晨,你走出正门,用那柄点二二对准胳膊上肉多的部位开了一枪。出的血不少,足够你假装腹部也同样中弹。想让伤口附近不留下火药灼烧的痕迹很容易,隔着一层衣服之类的东西开枪就行。另外,你也知道,点二二弹头不会造成太大伤害。"

"他把腹部是假受伤的事情告诉了你?"凯蒂问。

"他必须告诉我。你们肯定要替他找医生,这事他拦不住。胳膊上只是皮外伤,没法让他卧床不起,而躺在床上又对整个计划至关重要。他必须将'酒桶'托尼单独骗进卧室,否则就不能下手勒杀他了。另外一方面,他告诉我,他怀疑你们三人中有人把他的所在透露给了纽约匪帮,但那只是误导我的'红鲱鱼'而已。就这样,托尼独自进来收款,拉里甚至有可能存心压低声音说话,引诱托尼在床边弯下腰。随后,他用金属丝勒死——"

"他的一条胳膊吃了子弹,还能勒死托尼那么强壮的人?"凯蒂有所疑虑。

"伤口在左臂,他的右臂还能出全力。另外,这件事情完全出乎托尼预料,收紧绞索也不需要多少力气。"

"'独家'特纳呢?他扮演了什么角色?"

"简而言之——穿窗入室。回忆一下,他给咱们展示完豪华轿车内部之后,踱着步子向屋子侧面去了。然后,他从窗户爬进室内,戴上假胡子和拉里用来掩饰减肥效果的衬垫,有可能还帮拉里把尸体塞在了床底下,然后走前门离开,坐进车里。他只需要嘟囔几个字就行,这你应该也记得。坐进轿车的后排座位,他立刻摘掉假胡子和衬垫,很可能塞在了手套箱里。我们寻找托尼的时候,谁也不会费神去看那么狭小的地方。

"接下来,'独家'爬到前排座位,准备驾车离开。原计划是将查理·哈接上车,然后驶离这个地方。等你们也离开之后,拉里大概会在托尼的尸体被发现之前烧毁这幢农舍。然而,正是查理·哈毁了这个计划。他忽然开枪射击,打爆了豪华轿车的轮胎,我们很快发现'酒桶'托尼失踪了。否则的话,托尼不会在这里'不可能'失踪,而是在五十、一百英里之外杳然而去。轿车说不定会从哪座桥上落入滚滚河水中。拉里无论如何都不需要为此负责。查理吃药吃得迷迷糊糊的,多半不会注意到老板没坐在后座上。即便他注意到了,'独家'也能说服他,托尼已经在哪儿下车了。"

"你是怎么知道这些的?"菲尔问我。

"托尼坐回车里的时候,我注意到他的右手没有那枚酒桶形状的戒指。尽管大家都看见了托尼坐进车中,但我并没有见到'独家'上车。烟色玻璃挡住视线,我们无法得知他在不在驾驶座上——可是,假如他在车里的话,一定会下车给老板开门,来的时候他不就是这么做的吗?假如那位留胡子的男人不是托尼,那就只可能是'独家'了,假如托尼没有离开卧室,那他的尸体肯定还在房间里。那么,是谁杀死了托尼呢?拉里是最符合逻辑的人。剩下的事情嘛,包括动机在内,都就是顺理成章的推断了。"

菲尔低头看着床上的拉里:"拉里,有什么想说的?"

"我杀了他,没错!他又不是我杀的第一个人。咱们按计划离开这儿吧。"

"医生呢?"

"杀了他。"

"'独家'呢?"

"也杀了。"

"你几分钟前已经做过了这样的事情。"我不得不指出,"杀死自己罪行的唯一知情者。接下来,你就要杀死凯蒂、菲尔和马蒂了,否则消息总有可能走漏,匪帮将追杀不休。"

马蒂忽然从窗口退开，用嘶哑的声音说："有车来了。"

"是警察。"我自信满满地说，心里当然希望我说得没错，"肯定有人听见枪声，报告了上去。"

这时，"独家"瞅准机会冲出房间。听见蓝思警长的怒吼声时，他已经奔出了农舍。我放松下来，露出笑容。一切都结束了……

★　　★　　★

"凯蒂、菲尔和马蒂没兴趣分担杀死'酒桶'托尼的罪责。"山姆·霍桑医生作结道，"他们丢下武器投降，没有反抗。警长在屋外逮住了'独家'特纳，他很快便对自己的罪行供认不讳。几个月后，'胖子'拉里·斯毕尔斯——这时候的他更加瘦削了——出庭受审，被控一级谋杀成立。从那以后，私酿贩子似乎都对北山镇避而远之，但我们也还有别的麻烦。一九三〇年夏天，巡回飞行马戏团造访镇子，本地的一个姑娘坠入爱河，我们手头有了一桩天空中的上锁房间案子！不过嘛，这就留到下次再讲吧。走之前——呃——再斟上一杯，你说如何？"

姚向辉　译

24
铁皮鹅谜案

"这回要给你讲哪个故事来着？"年老的山姆·霍桑医生说着，倒了两满杯雪利酒，随后坐进磨旧了的皮革扶手椅，"喔，想起来了——是一九三〇年夏天造访北山镇的飞行马戏团。那一次真可谓惊心动魄，谋杀发生的现场可以称之为飞行中的上锁房间。依照我的看法，整件事情开始于一名巡回表演飞行员和一位当地姑娘刹那间擦出的爱情火花……"

★　★　★

那是一个炎热的七月天下午，万里无云。我慢慢逛到《北山蜜蜂报》的办公室，想在周末版上刊登一则分类广告。我打算卖掉棕褐色的帕卡德敞篷轿车，这辆车陪了我两年多一点，车虽说不错，但无论如何也替代不了我挚爱的黄色响箭，它在一九二八年二月葬身于烈焰之中，而那次笨拙的尝试原本是想杀死我的。我运气不错，从辛恩隅的一位医生手中购得一辆漂亮的一九二九年款斯图兹鱼雷,几乎全新,原车主不幸在股市大崩溃中损失惨重。我将不得不放弃帕卡德,于是决定刊登广告出售。"

"六美分。"邦妮·普拉蒂数完字数,告诉我价钱,"听起来很划算,我似乎也该去看看这辆车。"

"欢迎之至。"我怂恿她说,"现在就停在我的诊所门口。"

"噢,我见过你开那车的样子。"邦妮是一位活泼的红发女郎,一年前父亲过世后,她从大学辍学,接下来就一直在《北山蜜蜂报》工作。普拉蒂一家都是好人,尽管我和邦妮不熟,但她显然属于那种能在北山镇这种小地方大放异彩的漂亮姑娘。"不过嘛,晚些时候我或许会过来看看。"她最后说道。

我和她聊得很愉快,因此在付完六美分后,我又多逗留了几分钟:"邦妮,有什么新鲜事吗?给我点儿独家新闻听听。"

她回应着我的促狭笑容说:"山姆医生,那你就得买份报纸了。你难道会不收钱看病吗?"

"不会。"我承认道,"但头版头条就不能让我偷瞄一眼?"

"唉,算了。"她大发慈悲,举起下午版的报纸,"整版都是周末要来镇上表演的飞行马戏团。"

"可我们没有机场。"我不敢相信,"他们到哪儿降落?"

"亚特·齐兰的飞行学校。看看这些照片。马戏团有一架福特三引擎飞机,从头到尾都是金属机身,所以俗称'铁皮鹅'。他们还会搭载乘客,横跨本县然后再折返回来,足足要飞二十五分钟呢。这是他们耍特技用的双翼飞机。只要你胆子够大,他们也愿意带你上天——五美元五分钟。马戏团有一架福特三引擎和两架双翼飞机,这场演出肯定够劲。"

"近些年这种巡回表演很盛行。"我说,"我还疑惑过他们为啥从不来北山镇呢。"

"因为亚特·齐兰的飞行学校才开办呀。"她的答案合情合理,"以前飞机没地方降落。航空业的时代就要来临了。人们将在空中穿越全国。我有个姨妈,她去年从洛杉矶去纽约只花了四十八个钟头!他们白天飞行,夜里换乘火车,因为天黑后飞行就太危险了。她那一趟是处女航,驾驶飞机的是查尔斯·林白[①]本人。"

"这事情让你真的很兴奋。"

"那是自然。"她承认道,"他们允许我代表《北山蜜蜂报》访问罗斯·温斯洛。他是马戏团的头儿。你瞧,他多英俊呀。"

温斯洛飞行马戏团的头儿是一位魅力十足的男人,他满头黑色卷发,留着细细的八字小胡子。看着报纸头版上的照片,我不禁生出强烈的感觉,罗斯·温斯洛这样的人乃是未来全新世界的开路先锋。邦妮·普拉蒂这样的姑娘只可能喜欢他,而不是我这种乏味的乡村医生。

"我想会会他。"我说,"一九二七年有飞行员来这里拍摄电影片段,我和他们只打过那么一次交道。"

邦妮点点头,回忆着过去:"那时候我刚离家去念大学。这样

---

① Charles Lindbergh(1902—1974),美国飞行员,首个进行单人不着陆的跨大西洋飞行的人。

吧,如果你真感兴趣,星期五和我一起去见他。他们中午前后上天试飞。"

她的提议激起了我的兴趣:"咱们到时候看。要是哈斯凯尔夫人不生小孩,我肯定能溜出来几个钟头。"

就是出于这样的前因,周五中午,我陪着邦妮·普拉蒂出镇子去齐兰飞行学校,观看巨大的福特三引擎飞机和两架较小的双翼飞机完美着陆,在绿草茵茵的地面上停稳。亚特·齐兰本人当然也来到现场迎接他们,亚特在脖子上扎了一条白色丝巾,按照自己心目中的形象,打扮成世界大战飞行英雄的模样。他和我年龄相仿,都是三十五六,也同样尚未结婚。他在一年前左右迁至北山镇,开办了这家飞行学校,坊间有些未经证实的流言,说他把老婆孩子抛弃在了南方。飞行学校的学生最近渐渐多了起来,他估计心情不错,但多数时候都将快乐藏在自己心里。

"山姆,很高兴再次见到你。"我驾驶新到手的斯图兹鱼雷带着邦妮来到学校,亚特迎上来欢迎我,"医疗事业看起来蒸蒸日上嘛。"他拍了拍汽车亮闪闪的黑色挡泥板。这辆车的车体是棕褐色,两个座位的皮饰为红色,与车体形成对比,而方向盘则和座位相配,亦是红色。对于一名乡村医生来说,这辆车显得过于浮华,但一个人总得有点儿奢侈的爱好嘛。

"乡间道路有些崎岖,得开辆好车才行。"我答道。

"买这辆车的钱,买架飞机都绰绰有余了。"

我们穿过场地,去和巡回表演的飞行员打招呼。罗斯·温斯洛非常显眼,他正在从领头的飞机上往地面爬,见到我们,他挥手致意,过来和我们一一握手。介绍自己和我的时候,邦妮·普拉蒂的兴奋溢于言表。"医生,但愿没有您的用武之地。"温斯洛打趣道,他握手时仿佛铁箍,"话也说回来,恐怕也不需要。要是从机翼上失足跌落,你恐怕没有太多可为我做的。"

亚特·齐兰已经和温斯洛见过面,他指点三架飞机应该停泊于何处。他们接下去聊了聊大概能吸引多少观众,又压低声音谈了谈温斯洛的门票分成问题。很显然,齐兰答应的只是平平常常的几百美元,搭载乘客上天挣到的都算是外快。

我把注意力转向温斯洛飞行马戏团的其他成员,数过来一共有三个人。两个男人,年龄都比我略大些,金发那位面颊上有条伤疤,名叫麦克斯·伦克尔,性格开朗的矮个子名叫汤米·凡尔登。但我真正感兴趣的是团体中的第四名成员,这位名叫梅薇丝·温恩的女士一头金色长发,对我投来的和缓笑容在北山镇当真无可比拟。

"没想到有女人做飞行表演,在机翼上行走。"这是我恢复语言能力之后的第一句话。

"噢,霍桑医生,当然有女人。"她再次露出那个和缓的笑容,"莉莉安·博耶拥有自己的飞机,还用大写字母把名字画在机身上。那就是我的人生目标。我的真名是温加滕,但写在机身上就不够响亮了,你说呢?①"

---

① 温恩(Wing)有"机翼"之意。

"哪里需要写名字？您只放照片就够了。"我猛献殷勤。

"哎，霍桑医生，别开玩笑了——你很会逗女人开心嘛。"

还没等我继续深入这个话题，温斯洛就吩咐手下去停稳飞机，邦妮和我则开始采访他。亚特·齐兰在机库里摆了桌椅，邦妮一边听温斯洛说话，一边运笔如飞，拼命记录。

"麦克斯和汤米都在战争中当过飞行员。"他解释道，"因此，他们对我堪称左膀右臂。我接受了飞行员训练，但还没等我去法国，战争就尘埃落定了。我们三个人在十多年前认识，决定尝试巡回表演。你或许读过艾伦·科巴姆爵士的事迹，那位著名的欧洲人，巡回表演大师。他的马戏团足迹遍布整个欧洲大陆，我们希望能在大西洋这边达到同样的目标。当然了，我们相互之间竞争激烈，都在拼命琢磨更疯狂的点子，就想搞出能压倒另外两人的疯狂特技。"

"能说说你们的飞机吗？"邦妮提问时都没有从笔记上抬起头来。

"在国内，我们开的都是'詹尼'，小型双翼飞机，也就是军队在战争末期制造的 JN-4D 教练机。这些飞机造出来的时候，战事已经结束，政府以每架三百美元的低价卖掉了几千架。很多在战争中当过飞行员的人，还有像我这样受过飞行员训练的人，纷纷摸出钱包，为自己添置一架飞机。麦克斯、汤米和我原先有三架'詹尼'，去年用其中之一换了那架福特三引擎运输机。我们发现观众看完特技飞行表演以后，都会有上天兜两圈的愿望。每次都有四五十人排队参加詹尼的五分钟航程,因此我们算了算账,如果每次搭乘十个人,飞行距离稍长一些,即便每个人依旧掏五美元,我们能挣到的钱也会多上许多。"

"能说说你们的特技表演吗?"邦妮已是急不可耐,"大家来就是为了看特技飞行呀。"

"呃,一开始,我们低空飞掠镇子,两架詹尼,麦克斯和我在机翼上行走。然后是梅薇丝的疯狂表演,我驾驶飞机,她单臂悬空。这个节目能把人吓晕过去。汤米·凡尔登是队里的丑角,啥时候都靠得住。他有时候换上女人衣裳,排队乘坐詹尼教练机。趁飞行员下地的时候,汤米溜进机舱,假装由他控制起飞,当然还有失控的戏码。保证能让观众大呼小叫。最后的压轴戏由我表演,从一架飞机的机翼尽头,通过绳梯或者徒步行走,到达另外一架飞机的机翼尽头。"

"表演这些能挣大钱吗?"

罗斯·温斯洛嗤之以鼻:"该死的,当然不。我们表演是因为热爱飞行。有些人说,巡回表演中最危险的地方莫过于困顿而死,这话一点没错。我们原想今年金盆洗手,可大家都说全国正在走向经济衰退,我们上哪儿都找不到工作。因此,我们打算再飞个一两年,等空中航线稳定下来,说不定能把我们收编成商业飞行员。到那个时候,我们才有可能挣钱。"

"能聊聊梅薇丝·温恩吗?"

"她是一流的。眼见为实,你等着看她在空中的表演吧。梅薇丝去年夏天加入团队，我们的生意顿时上了好几层楼。没有比目睹美女挂在飞机上更能让群众欢呼和咬指甲的了。我请她留长发，好让大家从远处就认得出这是一位女士，另外，她表演时穿灯笼裤，露出半截长腿。"

"听着会是一场了不起的表演。"邦妮说，"明天我一早就来。"

准备离开的时候，温斯洛问她："镇上有什么夜生活吗？有没有够劲的酒吧？"

"禁酒令难道不管用了？"她装出惊惧的模样反问道。

"别逗了——我相信你肯定知道上哪儿消磨时间。"

"有个便餐馆，可以让你用咖啡杯喝一两盅威士忌。满足你的要求了吗？"

"聊胜于无吧。愿意陪我喝一杯吗？"

邦妮只犹豫了一秒钟："哎——当然愿意了。"

"那好。我来办公室接你？"

"开你的飞机？"

温斯洛嘿嘿一笑："亚特说我们在镇上时可以开他的车。"

事情就这么定了下来。我驾车送邦妮回报馆，心中大感不忿，罗斯·温斯洛居然这么轻而易举就约到了邦妮，我为啥就从来没想过去试试看呢？

《北山镇蜜蜂报》每周一、三、五下午出刊，周五那份即是周末版。彼时与现在不同，大部分人星期六至少还要工作半天，但周五刊无疑仍是读者最多的一期，所以我才选择在这一天登载售车广告。周五晚上便有几位感兴趣的人打来电话,其中之一是镇上银行家的儿子,周六清早就上门和我交割了车辆。

旧车出手,我感觉这下可以安享周末了。哈斯凯尔夫人的孩子尚未呱呱坠地,亦无迹象表明会在周一前降临世间,因此我决定周六早早闭门,带着爱玻护士去看飞行马戏团的演出。

"你是说我可以体验你的新车了?"她的语气让我觉得这是比看巡回表演更加振奋人心的大喜悦。

"我现在只有这辆车。"我答道,"今早我把旧车卖掉了。"

"要是有钱的话,我真想买下那辆车。山姆医生,你把你的车子都照顾得很好。"

坐在斯图兹车里前往飞行学校的这一路上,爱玻不停伸手按住风中飞舞的乱发,激动得无以名状。临近中午的时候,我们到达了目的地,紧邻飞行学校的场地上停满了马车和汽车。飞机前后兜圈,奉上开场致意,噪声让马匹精神紧张,但人们却爆发出阵阵欢呼。

"镇子上的人都到齐了。"爱玻说。

蓝思警长和新婚妻子薇拉也来了,我们见面自然是分外欢喜。婚后生活让警长几乎变了个人,不过我很高兴地发现,其内里仍是原先那位老家伙:"医生!薇拉正在说呢,找天晚上请你过来吃晚饭。我们度蜜月回来都半年了,却只在春天的教堂集会上见过你一面。"

薇拉也在旁边趁热打铁:"就下个星期吧,山姆,你看哪天晚上合适？"

我清楚薇拉还在操持邮局，工作日结束后再劳烦她准备餐食不符合我的为人："星期六应该不错。从明天开始算的下个星期？"

"好极了。"她应允下来，"我能搭你的车子兜风吗？"

"那还用说？"

爱玻扯扯我的袖口："山姆，快看！"

两架詹尼飞机本已降落，此刻其一重又升空，机翼上的人形清晰可见，那人披着金色长发，穿白色衬衫和半截灯笼裤。梅薇丝的表演开始了。我把爱玻托付给警长和薇拉，自己绕过人群的边缘，想找个更好的观看地点。一边走，我一边不时和人群中熟悉的面孔点头打招呼，等走到机库区的时候，恰好遇到了并肩而立的邦妮·普拉蒂和罗斯·温斯洛。温斯洛穿的是飞行短皮夹克，轻轻搂着邦妮的腰。"邦妮，你好。"我说。

"山姆，你好。"邦妮动了动，挣出温斯洛的怀抱。

"开场真精彩。"我恭维温斯洛道，"还以为你在天上带梅薇丝飞呢。"

"今天由麦克斯带她。梅薇丝表演完她的绝技之后，轮到我开铁皮鹅载乘客上天。"

齐兰走进机库，面色不善："罗斯，能单独谈谈吗？"

两人进了后面的办公室，我对邦妮说："这么说，昨天晚上领他在镇子上转了转？他喜欢吗？"

"山姆，我想我是爱上他了。他那么帅气，那么勇敢。感觉就像是位战争英雄。本地的小伙子谁也比不上他。"

"邦妮,他过完周末就要离开,千万别有非分之想。"

"他说他想安顿下来,北山镇似乎就是个好地方,还说他已经飞够了。"

不知多少个镇子上有多少个姑娘在多少个周末听过这几句相同的台词。但我只是简单地答道:"邦妮,希望你能梦想成真。"

齐兰和温斯洛回来了,我听见飞行学校的主人在嘟囔:"签你们的时候,谁晓得会撞上这么一群人。"温斯洛没有回嘴,只在看见邦妮时露出那熟悉的灿烂笑容。

按照我当时的知识,这架飞机无论怎么衡量,都称得上是庞然巨物了。波纹金属板蒙皮的机身,上单翼左右各挂一个引擎,第三个引擎位于机头处。机舱里有两列柳条椅背的坐椅,中间由一条过道隔开。我找了一把椅子坐下,感觉很像草坪休闲椅。"不是特别舒服。"我对温斯洛评论道。

"柳条重量轻,不过商业航线和你意见相同。舒适非常重要。我们能用特别便宜的价钱买到这架飞机,就是因为商业航线在逐步淘汰铁皮鹅,用道格拉斯的新飞机替代。铁皮鹅噪声太大,飞得高了机舱里冷得要死。"

"新飞机何时能上天?"

"几年之内恐怕还不行,但等它们成了气候,大概就要把福特公司挤出航空业了。福特公司拥有底特律机场,但亨利·福特老先生不许机场在周日开门营业。"他满脸爱怜地拍拍这架金属巨物,"不过,现在的主力还是这家伙,大部分时候你想去哪儿它都能带你去。有兴趣上去转转吗?"

我的确有兴趣,但抛下爱玻独自享乐会让我有负罪感。"我得带上我的护士。"我解释道,"我们等会儿再来。"

"您二位呢?"温斯洛问邦妮和齐兰。

"当然要去。"亚特·齐兰答道,"咱们走。五美元能让大家欣赏到什么,我很想见识一下。"

我离开飞机时,见到温斯洛爬了几级楼梯,钻进驾驶员座舱,随手关上舱门,继而拉开窗户,叫住一位地勤人员,吩咐他挪开轮子底下的阻挡物,然后逐次发动三个引擎。接着,他滑上机窗,驾驶飞机缓缓驶向覆着草皮的跑道。最后,他开大油门,飞机如离弦之箭般蹿了出去,没走多远轮子便离开了地面。

我抬头瞥了一眼,詹尼教练机仍在空中盘旋。梅薇丝已经回到了机翼上,正在爬向前座舱。第二架詹尼停在地面上,团队里的另外一名成员,汤米·凡尔登不知去了哪里。

我慢慢逛了回去,爱玻和蓝思警长夫妇还在原处。"你是不是上过飞机了?"爱玻问我,"我好像看见了你。"

"只是进机舱看看而已。温斯洛带着亚特·齐兰和《北山蜜蜂报》的邦妮·普拉蒂上天转转。等降落以后,他会搭载付钱的乘客。"

"我想坐飞机。"爱玻说。

"就知道你想。"

观众对着空中指指点点,我抬头望去,见到麦克斯·伦克尔驾驶的詹尼教练机飞到了与福特三引擎大飞机极近的位置,两架飞机的机翼顶端几乎贴在了一起,梅薇丝对人群挥挥手,再次走上詹尼教练机的上层机翼。

"那姑娘又要搞什么名堂了?"蓝思警长疑惑道。

"我猜她大概想走到另外一架飞机的机翼上去。"我记起了温斯洛描述过的特技。

梅薇丝如同过马路一般轻而易举地到了另外一边。人群欢声雷动,迎接两架飞机掠过头顶,它们的飞行高度极低,我甚至在三引擎飞机的机窗中见到了邦妮的面容,她抻着脖子想看清头顶机翼上的表演。"乘客显然会错过演出。"薇拉评论道。

接着,梅薇丝快步赶了回去,跳到詹尼教练机的机翼上,两架飞机继而缓缓分开。我望着梅薇丝钻进一个敞开的驾驶舱,詹尼教练机又转了一圈,最后降落在场地远端。三引擎飞机随后落地,渐渐减速,在众人附近停稳。

我们原以为乘客舱会立刻开门,但却良久没有动静。透过驾驶舱的窗户,我看不见温斯洛的踪影,但乘客舱中传来了响动。又过了几秒钟,乘客舱的门终于被推开,邦妮探出头来。"山姆医生!"她大叫道。

我大踏步走过起降时被压平了的草皮,胸中已经预感到出了岔子:"邦妮,怎么了?"

"罗斯还在驾驶舱里,舱门锁着。我们叫了他好几声,他没有回应。我想他大概出什么事了。"

我钻进机舱,沿着柳条坐椅间的过道走向驾驶舱。

只见亚特·齐兰站在驾驶舱门口大喊大叫道:"温斯洛!怎么了?开门啊!"

"能不能找把梯子,爬到驾驶舱的窗口?"邦妮问。

我试了试舱门:"如果是心脏病突发的话,每一秒钟都很重要。这把锁不怎么结实。"我看了看齐兰,寻求他的同意,"撞开行吗?"

"快!"

我用肩膀猛撞舱门,门向驾驶舱内动了一动。再撞一下,舱门开了。

罗斯·温斯洛立刻出现在眼前,他从驾驶员的座位上跌了下去,趴在旁边没有人的副驾驶员座位上。我看见血迹,过道里传来邦妮高分贝的声音:"什么?——这是怎么了?"

我深深吸气,吩咐齐兰:"把她领开,带下飞机。立刻!"紧接着,我上前两步,俯身凑过驾驶员的座位,去检查温斯洛的躯体。毫无疑问,他已然魂归天国。

"医生,出什么事了?"

我转过身,见到梅薇丝·温恩走进驾驶舱,她仍旧穿着特技表演的服装。"罗斯·温斯洛死了。"我说。

"什么?"

"他被人刺死了。帮个忙,把蓝思警长叫来。他在人群边缘,是个矮壮的男人。"

蓝思警长摇着头,瞪着我道:"医生,你的话简直没有半点可能性。温斯洛被刺死时独自一人在上锁的驾驶舱里开飞机,你现在却要告诉我,这不是自杀?"

"不是自杀。"我重复道,"请看刀刃刺入的方位——左侧肋骨之间,靠后背的位置。一个人没法刺中这个位置自杀。这是近乎于不可能的自刺角度,同时也没有必要刺这个地方。另外,他是什么时候自杀的呢?记得吗?他驾驶飞机降落,然后在人群附近停稳。难道你想让我们相信,这时候他忽然起了自杀的心,紧接着从近乎不可能的角度刺中自己背部身亡?"

警长挠挠下巴,思考着这幕场景:"唉,那就只有一种解释了:齐兰和邦妮·普拉蒂让他打开机舱门,合力将其刺死。"

"齐兰和邦妮两人都不怎么认识对方。他们为何要合谋杀死温斯洛?还有,你忘了吗?机舱门是从温斯洛那一侧锁着的。门还是我用肩膀撞开的呢。"

"是啊。"他阴沉地说。

"先和他们两人谈谈再说。"我下了决定,"无论驾驶舱里发生了什么,他们都该有所察觉。"

齐兰和邦妮等在机库里。我们分头行动,蓝思警长对付齐兰,我则找邦妮问话。"我没听见驾驶舱里传来任何声音。"邦妮信誓旦旦地说,"坐在飞机里,山姆,你连自己脑子里在说啥都听不清楚！那绝对是你能想象的最吵闹的机器。亚特·齐兰告诉我，商业航线上发棉花球给乘客，叫大家堵住耳朵。"

"从我们的角度来看，飞机降落得非常平稳。"

"的确很平稳。直到飞机停妥，但罗斯怎么都不出驾驶舱为止，在此之前，没有任何异常的地方。"邦妮再也没法保持镇定，她失声啜泣起来。

"邦妮。"我柔声说，"有件事情我不得不问清楚。你和温斯洛之间有多认真？你们昨天才认识啊。"

邦妮抬起泪痕斑斑的面庞："山姆，我从未遇到过他这种人。我以前不相信一见钟情，但想必那就是在我身上发生的事情了。"

"他呢？也有同样的感觉吗？"

"他说他有。我们——我们在一起过夜的。"

"我懂了。"

"他说他想放弃巡回飞行表演，在北山镇这样的小地方安顿下来，结婚生子。"

"邦妮，同样的话他也许和许多姑娘说过。"

"山姆，我不这样认为，我相信他。"邦妮擦着眼睛说。

"你今天早晨来这儿看表演，发现他欺骗了你的感情，也许会让你动杀心。"

"你是这么想的吗？"

"邦妮，我也不知道该怎么想。"

她平静下来，擦干眼泪："好吧，无论是不是凶嫌，我终归是在报社做事的。我想我还是去把这件事写成稿件,供周一刊发吧。"

我将邦妮留在机库,出门寻找警长。见到警长后,他告诉我齐兰的口供与邦妮的一致。飞机的噪声让他们无法听见驾驶舱里的任何不寻常声响。"现在怎么办?"蓝思警长问,双眼不安地望着仍在场地边缘等待的镇民们。有人向他们宣布发生了事故,剩余的表演不得不取消,但大部分人拒绝离开,连目睹覩圣纪念医院的救护车来接尸体也不能令其改变心意。

我认为此刻最重要的是在梅薇丝·温恩和两名同伴离开前截住他们。我把想法告诉蓝思警长,他遂和我一起去找他们。梅薇丝和另外两人都在齐兰的办公室里,与镇民保持距离。我把梅薇丝拉到一旁,问道:"你同罗斯·温斯洛的关系如何?"

她目光灼灼地瞪着我:"我想我没必要回答你的问题,你又不是警察。"

"他不是,但我是。"蓝思警长告诉他,"回答他的问题。"

"也许我该把话说得更清楚些。"我继续说道,"温斯洛和一个当地姑娘过了夜,你说不定妒火中烧,对他起了杀意。"

"怎么可能?另外,你忘了,他被杀时,我还在天上呢。"

"在他的飞机的机翼上。"我提醒他,"他也许滑开了驾驶舱的窗户,跟你打招呼什么的,结果被你掷出的匕首杀死,但在临死前又滑上了窗户。"我注意到警长听见这番说话猛做鬼脸,连他都看得透这个推测的不可能之处。

"站在机翼上看不到驾驶舱内部。"梅薇丝告诉我们,"不相信的话,自己试试看就知道了。另外,我在他的机翼上只待了几秒钟,地面上看得一清二楚。谁也没有看见我掷出任何东西。掷飞刀?亏你想得出!我那时候保持平衡还来不及呢。"

"我们会去试试看的。"我向她保证,但我知道这是一条死胡同。我转而问蓝思警长:"那把刀的来源弄清楚了吗?"

他点点头:"齐兰说是机库里的工具刀,谁都可能拿走。"

"你注意到任何人身上有刀吗?"我问梅薇丝·温恩。

"没有。"

"你在他的机翼上时,有没有注意到任何不寻常的事情?"

"没有。"

"算了。"我叹息道,"警长稍晚些时候或许还要问你。"

"另外两人呢?"离开齐兰的办公室,蓝思问我,"伦克尔和凡尔登?"

"伦克尔在驾驶梅薇丝所在的飞机。凡尔登在地面上某处。说不定是伦克尔从他的驾驶舱里丢的飞刀。"

"医生,别胡扯了——你很清楚这不可能。首先,那把刀前后不平衡,没法当飞刀用,特别是在天上,风很大。其次,伤处位于体侧靠近背部的地方,倾角向上。透过詹尼教练机的舱窗,再怎么扔,刀子也扎不到那个位置。"

"当然不可能。"我爽快地承认,"和梅薇丝说话时,我就意识到了,伦克尔也因此洗清了嫌疑。不过,还是找他谈谈吧。"

麦克斯·伦克尔三十五六岁,金发和面颊上的伤痕令我想起德国空战英雄,一个个脸上都带着大学里决斗落下的疤痕。伦克尔直截了当地回答了我们的问题,又顺便让我们知道了一些别的细节。

"你透过三引擎飞机的驾驶舱见到了温斯洛吗?"我问。

"是的,我看见了,甚至还朝他挥了挥手。那时候他活得好好的——也理当如此,否则还怎么驾驶飞机?"

"我想站到机翼上,就像梅薇丝那样。"我忽然换了个话题。

他瞪大了双眼:"在天上走来走去?"

"当然不是!就在地面上。能帮忙找副梯子,让我上去走一圈吗?"

"没问题。"

伦克尔先爬了上去,然后帮我站上机翼,这里距地面大约十英尺。

尽管能看见驾驶舱,但梅薇丝说得没错——窗户的角度让我无法看见驾驶员的座位。

"这就是我想确认的。"我说,"咱们下去吧。"

"在三引擎飞机的机翼上行走,比在詹尼教练机的机翼上更加危险。"帮我沿着梯子往下爬的时候,伦克尔解释道,"小飞机的两层机翼之间有绳缆,表演者可以抱住,也可以用腿钩住。你从底下看不见,但对我们来说帮助极大。"

到了地面,我们走向飞机头部。"这是什么?"我指着驾驶舱右侧窗户底下的金属小门。

"放行李和邮袋的储物舱。我们拿来存放工具。"

"能通过这里爬进驾驶舱吗?"

"不行。你自己去看看好了。"

我回到机舱中,沿着柳条坐椅之间的倾斜过道向前走,踏上几级台阶,穿过被我撞开的舱门,来到了驾驶舱中。

我先检查窗户,发现每扇窗户都附有插销,而每个插销此刻都牢牢地插着。

"我们按照我们的需求改造了驾驶舱。"伦克尔在我背后解释道,"门的位置与商业航线的飞机略有不同,插销是我们加装的,免得在乡下机场停泊过夜的时候,顽皮孩子翻过驾驶舱的窗户,溜进飞机内。"

"这样看来,门和窗户都是在内部上锁的。"我边想边说,"即便窗户开着,也不可能扔进来一把刀子,杀死温斯洛。"我在狭窄的驾驶舱里转了个身,问伦克尔,"你觉得呢?他是怎么被杀的,你应该有些想法吧?"

他靠在门口的墙壁上:"那当然。亚特·齐兰和那姑娘捅死了他。罗斯踉踉跄跄地走回驾驶舱,锁上门,不让他们进来,然后死在了里头。我听说过有这种事情,受了致命刀伤的人还能走动。医生,是不是这样?"

"是的。"我说,"但很难想象两人同时撒谎。另外,门口也没有血迹,血迹仅仅位于座位附近,他似乎是坐在那里的时候被捅了一刀。"

"那么,还能有什么解释呢?自杀?"

"我也不清楚。"我承认道,"自杀也不可能。"

"先说清楚,我绝对没有理由杀他。罗斯是表演中的明星,他和梅薇丝两人是主角。离了他们,汤米和我啥也不是。"

"我还是找汤米聊聊吧。"我作出决定,"他在地面上——也许看见了什么咱们都遗漏掉的细节。"

汤米·凡尔登个子不高,黑发剪得很短,坐在办公室里的时候,仍紧紧围着一件白色长风衣,像是要抵御寒气。"我对此一无所知。"他抱怨道,"当然不是我杀的。"

"事情发生时,你在什么地方?"蓝思警长问。

"我不知道事情啥时候发生的。"他巧妙地逃避问题,"你们认为他在空中还是在地上遇害?"

"飞机降落的时候他肯定还活着。"我说。

"呃,也是。那时候我在机库后面,拦住小孩子,不让他们靠近我的飞机。"

"有人看见你吗?"

"好像没有。"他承认道,"但是,也没人见到我杀死罗斯。"

"难道真是你杀的?"我问。

"我说过了,不是我。你的耳朵没问题吧?"

"你是队伍里的丑角吗?哪有你这么态度恶劣的丑角。"

"老板死了,我的态度再好也没有用。"

我和蓝思警长一起走出办公室。"我不喜欢这小子。"我告诉警长。

"医生,我也是,但这不代表他杀了人。我们仍旧不知道温斯洛是怎么被杀的呢。"他思考了几秒钟,"我有个想法,驾驶员的座位上会不会有什么机关?他坐下去就被捅了一刀。"

"他忘记了吗,他正常起飞,做了几个危险的特技动作,甚至还和詹尼教练机贴了贴机翼,最后安全降落。若是背上插了柄刀子,他怎么可能做完这些事情?"

"也对。"警长吊着脸同意道,"但这位凡尔登呢?他怎么样?他如果真是小丑,为何不出去逗孩子开心,而是要守在机库里,不让孩子靠近他的飞机呢?"

"问得好。"我点点头,"假如他隐瞒了自己在谋杀发生时的真实位置——"我停下来,忽然想起先前一段对话中的内容:

"咱们去找齐兰。"

飞行学校的主人在机库里,他坐在邦妮对面,握住姑娘的双手。看见我们进来,他们立刻分开:"山姆,你好。邦妮和我只是在聊天。"

"我也是这么觉得的。亚特,在温斯洛遇害前,你找他单独谈话,出来的时候我听见你在说'签你们的时候,谁晓得会撞上这么一群人',这话什么意思?"

齐兰不安地动了动身子:"今天早上,我接到俄亥俄一位朋友的电话。他说温斯洛和他的手下在他那儿的一个镇子上喝得烂醉,把那地方毁得乱七八糟,温斯洛和他老婆为此在看守所里蹲了一夜。"

"他老婆?"

"是啊,他和梅薇丝结婚了。"

邦妮·普拉蒂的面孔涨得通红,别开脸去。

"你知道这件事吗?"我问邦妮。

"亚特刚告诉我。我以前不知道。"

"这就是动机了。"我说,"最古老的动机。"

"医生,动机我们也许已经有了。"蓝思警长说,"但依然不知道杀人犯是谁。你已经排除了温斯洛在上锁的驾驶舱内遇刺的全部可能性。"

"警长,只除了一种可能性。"我望向机库大门,恰好看见汤米·凡尔登快步穿过场地,走向他的飞机。"跟我来!"我叫道。

我奔了出去,想叫出凡尔登,但他也许察觉到了我的怀疑,拔腿就跑。"截住他。"我对警长喊道。

凡尔登的长风衣在身后飘舞,似乎减缓了他的奔跑速度。最后,我终于追近到了能够抓住风衣下摆的地方,用力一拽,他随即倒地。警长和我立刻按住了他。

"这么说,他就是我们要找的杀人犯了?"蓝思警长伸手去拿手铐。

"不,警长,你还没弄明白。"我说,"有件事情你难道不觉得奇怪吗？梅薇丝的飞机在表演后降落在场地远端，但人群却都守在这面。"我拉起汤米的长风衣，出现在眼前的正是白色女式衬衣和半截灯笼裤。金色长假发塞在外衣口袋里，"梅薇丝并不在那架飞机上。汤米代替她在机翼上行走，梅薇丝则在铁皮鹅的驾驶舱里，杀害她的丈夫。"

警长逮捕梅薇丝，录下她的口供之后，我把事件原委详细讲述了一遍。我站在空荡荡的机库中央，觉得自己像在讲课："其实真的很简单——简单到了险些让我忽略掉的地步。我撞开驾驶舱的门以后，派邦妮和亚特去找警长，自己俯下身检查尸体，这时候，梅薇丝忽然出现在我身后的门口。我亲眼看见她站上过另外一架飞机的机翼，因此根本没想到要问她为何出现在那里，也没有问她怎么如此之快就从场地远端到了这儿。我想当然地接受了她的现身，都没有怀疑过她为何比蓝思警长来得都快。"

"她是怎么上飞机的？"邦妮问，"我没在机舱外看见她。"

"当然不可能看见，因为她从头到尾都在飞机上，躲在驾驶舱里。温斯洛发现她的时候，并没有大声呼救，因为温斯洛没想到梅薇丝要杀他。梅薇丝大概请凡尔登替她出过场。温斯洛也说过，凡尔登有时候会在表演中打扮成女人。远处的观众见到的只是金色长发和梅薇丝经常穿的那套行头。"

"她为何要躲在驾驶舱里？"

"质问她的丈夫，因为温斯洛和邦妮过了夜。梅薇丝，我说得对吗？"

她换了个姿势坐着。"他总这样。"梅薇丝无可无不可地答道，"我告诉过他，再被我知道就杀了他。"

"因此，你躲在驾驶舱里，和他对质。起飞后，你们或许吵了架，但发动机的噪声盖过了你们的声音。你走到他的座位背后，一刀捅进他的体侧。然后，你在副驾驶座上接管控制，降落飞机。我撞坏门插销，推门进来的时候，你只是简简单单地贴在门背后我看不见的地方。等我弯下腰，你一下子就站在了门口，装出刚刚登机的样子。"

"真是该死。"蓝思警长嘟囔道。

"要是齐兰和邦妮留在飞机上，这套计划就无法奏效了，但你反正也是在即兴发挥。这是你唯一的机会。"

"但伦克尔和凡尔登肯定知道是她杀了温斯洛。"警长说。

"他们非常怀疑梅薇丝，但马戏团已经失去了一根台柱，要是告发梅薇丝，他们就会失业。"

凡尔登摇摇头："顶替她出场时，我并不清楚她打算干什么。我完全是因为好玩才这么做的，我不知道她要杀温斯洛。"

说完这些话时，人群已经散去，只有爱玻和薇拉尚未离开。她们两人站在铁皮鹅旁，等待我们结束谈话。我觉得很对不起爱玻，因为我没能兑现诺言，让她上天兜一圈。

★　★　★

"故事到此就结束了。"山姆·霍桑医生结语道，"这是最后一个来北山镇的飞行马戏团。巡回表演的时代也行将结束,它来去匆匆;而对罗斯·温斯洛这位出色的表演者来说,这个时代就结束于那一天。当年秋天,家里人来北山镇看望我,他们想知道我这个当医生的儿子过得如何。那是狩猎季节,猎鹿中发生的一起不可能杀人事件险些毁了他们的美好假期。不过嘛,这个故事就留到下次再说吧。"

姚向辉　译

© EDWARD HOCH Estate 2008.
Chinese language edition arranged with Fei Wu

吉林省版权局著作权合同登记 图字：07-2009-2075号

图书在版编目(CIP)数据

不可能犯罪诊断书. 2 / (美) 霍克著；吴非, 姚向辉译. 一 长春：吉林出版集团有限责任公司, 2010.9
（古典推理文库）
ISBN 978-7-5463-3624-4

Ⅰ.①不… Ⅱ.①霍… ②吴… ③姚… Ⅲ.①推理小说 – 作品集 – 美国 – 现代 Ⅳ.①I712.45

中国版本图书馆CIP数据核字(2010)第165113号

不可能犯罪诊断书 Ⅱ

作　　者	[美]爱德华·霍克
译　　者	吴非　姚向辉
出　　品	吉林出版集团·北京汉阅传播
策划编辑	渠　诚
责任编辑	顾学云
封面设计	未　氓
开　　本	650mm×950mm　1/16
印　　张	21
版　　次	2010年9月第1版
印　　次	2017年7月第2次印刷

出　　版	吉林出版集团有限责任公司
发　　行	北京吉版图书有限责任公司
地　　址	北京市宣武区椿树园15－18号底商A222
	邮编：100052
电　　话	总编办：010－63103398
	发行部：010－63104979
网　　址	http://www.jlpg-bj.com/
印　　刷	三河市京兰印务有限公司

ISBN 978-7-5463-3624-4　　　　定价　48.80元

版权所有　侵权必究　　　　投稿热线：010－63109462－1040